谨以此书献给中华人民共和国成立七十五周年

追寻乡村振兴的『诗和远方』

——驻村帮扶工作札记

李强 著

天津出版传媒集团

天津人民出版社

图书在版编目(CIP)数据

　　追寻乡村振兴的"诗和远方"：驻村帮扶工作札记 /
李强著. -- 天津：天津人民出版社，2024. 7. -- ISBN
978-7-201-20538-0

　　Ⅰ. Ⅰ267

中国国家版本馆CIP数据核字第20244CY637号

追寻乡村振兴的"诗和远方"：驻村帮扶工作札记
ZHUIXUN XIANGCUN ZHENXING DE "SHI HE YUANFANG"：
ZHUCUN BANGFU GONGZUOZHAJI

出　　版	天津人民出版社
出 版 人	刘锦泉
地　　址	天津市和平区西康路35号康岳大厦
邮政编码	300051
邮购电话	(022)23332469
电子信箱	reader@tjrmcbs.com
责任编辑	张校博
装帧设计	汤　磊
印　　刷	天津新华印务有限公司
经　　销	新华书店
开　　本	710毫米×1000毫米 1/16
印　　张	17.25
插　　页	1
字　　数	230千字
版次印次	2024年7月第1版　 2024年7月第1次印刷
定　　价	88.00元

序

　　2017年秋季的一天，担任北京市农业广播电视学校校长的弟弟朱启酒教授告诉我说，天津财经大学李强老师在村里帮扶，想约几位乡村研究专家聊聊如何帮助村民脱贫致富，研讨一下建设乡村的思路。我们约了时间，在朱启酒家附近见到了李强。一见面就被李强老师的热情所感染，被他改变帮扶村落后状况的迫切心情所感动。

　　2019年8月，受李强之邀，我与朱启酒教授一起来到他挂职第一书记的天津市蓟州区下仓镇乔安子村，为村民讲授乡村振兴的经验和实现路径。当时村里的党群服务中心正在翻建中，我们就站在街道上向村民们讲授了一堂乡村振兴的课。李强告诉我说，要脱贫致富，首先要转变老百姓的观念，开阔视野，培训先行。这是他们村举办的"新时代农民素质提升工程培训班"系列内容之一。从此，乔安子村就成为我关注的对象，李强的驻村帮扶工作也成为我们感兴趣的内容。四年时间，我们多次聚在一起探讨村庄发展问题，不仅在村里调研考察，李强及其同事也常到北京来讨论问题，我们还一起去唐山市参观学习交流经验。每次互动李强都是饱含着对乡村建设的极大热情和富有感染力的乡村情怀。多年过去了，蓦然回首，李强老师驻村帮扶工作时的情景历历在目。这种感觉就像李白诗中所描写的"却顾所来径，苍苍横翠微"。

　　今天，从容回看这四年盘旋而上的"所来之径"，深切感受到，这不是一条现成坦途，而是广大驻村帮扶干部踏踏实实走出来的道路，上面深深地留下了他们拼搏的足迹，浸透着他们的汗水和心血，饱含着帮扶干部的酸甜苦辣。按照庄子的说法，事物有"迹"，有"所以迹"。"迹",就是一般人所能见到的事物与现象;"所以迹",是事物、现象形成发展的内在成因或者背后的精神与信念。《追寻乡村振兴的"诗和远方"——驻村帮扶工作札记》一书的珍贵之处,不仅在于李强记录了天津财经大学驻村帮扶工作组在蓟州区发展的"所来之径",还有"所来之径"形成的背景、动机与思路,更有"迹"及其"所以迹",忠实记录了帮扶过程,并对帮扶工作的特点和规律做了探讨。该书为解读天津财经大学结对帮扶困难村工作取得优异成绩提供了宝贵的文献资料,对未来的乡村振兴工作也具有重要的启发价值。

党的十八大以来,像天津财经大学驻村帮扶干部李强老师一样,全国有数百万的扶贫干部奋战在脱贫攻坚第一线,他们倾力奉献、苦干实干,同贫困群众想在一起、过在一起、干在一起。我能深切感受到很多驻村干部驻守乡村,对于乡村建设和发展殚精竭虑,作出了不可磨灭的贡献。

在基层走访和调研过程中,乡村普遍面临的问题是产业发展遇到瓶颈,被局限在产业链低端,靠农业增收变得越来越困难,年轻人进城务工,乡村老龄化严重,农村发展缺乏发展动力和活力,留守村民普遍感觉看不到乡村的未来和希望,这从主观上阻碍了乡村建设和发展。不得不说,振兴乡村难度超乎想象,但并非不可实现。在发达地区,通过"能人"带动,一部分乡村率先实现了富裕,尝到了乡村振兴的硕果。但是李强老师所在的沽东村和乔安子村并没有这样的能人,为此李强提出"扶智"和"扶志"策略,通过教育和培训,提高党员的党性修养和村"两委"班子成员干事创业的能力和管理素质,调动村民的积极性,发掘村里的红色资源,激发村民的奋斗精神,尝试培育新型集体组织,为村集体发展开辟了新道路,让村民看到了乡村振兴的希望。

在脱贫攻坚过程中,无数像李强老师一样的驻村干部和驻村帮扶工作组默默奉献,用自己的血汗与智慧书写了共同奔小康的壮丽诗篇。乡村振兴是比脱贫攻坚更复杂、更艰巨、更持久的任务,是全党工作的重中之重,需要动员全社会的力量,更需要千千万万像李强老师这样优秀的人到乡下去,为乡村建设贡献自己的力量。《追寻乡村振兴的"诗和远方"——驻村帮扶工作札记》一书的出版,恰逢其时,可以为致力于乡村建设的同人提供诸多有益的借鉴,相信广大读者一定会从中有所启发,有所收获。

中国农业大学农民研究所 朱启臻

2023 年 8 月 30 日于大峪沟村

前　言

　　"2017年8月,天津开展新一轮结对帮扶困难村工作,从市、区两级789家帮扶单位中,选派了2095名优秀干部组建了688个驻村工作组,结对帮扶1041个困难村。"①我作为天津财经大学第三批驻村帮扶工作组组长来到蓟州区下仓镇沽东村和乔安子村担任驻村第一书记。

　　蓟州区在天津市最北部,位于京、津、唐、承四市交界处,历史悠久,古称无终、渔阳,无论是自然风光,还是人文历史,都令人称奇。"自春秋以来即设县置州,世代相沿。"②唐代大诗人杜甫的"渔阳豪侠地,击鼓吹笙竽"、白居易的"渔阳鼙鼓动地来"等诗句提到的"渔阳"均指今天的天津市蓟州区。在京津冀协同发展的背景下,2016年7月28日,天津市第十六届人民代表大会常务委员会第二十七次会议通过了《关于蓟州区第一届人民代表大会有关问题的决定》,根据《国务院关于同意天津市调整部分行政区划的批复》,天津市委、市政府决定,撤销蓟县,设立蓟州区,原行政区域和政府所在地不变。

　　下仓镇位于蓟州区最南部。"唐代以来,建有州河水运码头,是粮食、货物集散地,有'下米仓'之称。"③主要农作物有玉米、小麦。下仓镇地处太河洼区,地势低洼,历史上十年九涝。"新中国成立以来,已调挖疏通干八里、大仇庄、庞家场和永安庄4条干渠,建成永安庄排

---

　　① 何会文、张磊. 天津市新一轮结对帮扶困难村工作基本完成 高质量奔小康不落一村一人[N].《天津日报》,2020年11月2日。

　　② 蓟县志编修委员会. 蓟县志[M]. 天津:南开大学出版社、天津社会科学院出版社,1991年:5。

　　③ 同上,101。

水站,使生产条件有了改善,促进了生产的发展。"①下仓镇政府驻地下仓,北距城区30千米,下辖67个行政村,我们帮扶的两个村位于蓟州区东南部,紧邻河北省唐山市玉田县林西镇,东隔兰泉河相望,是下仓镇下辖的行政村,原属蒙翻乡。

沽东村是"以自然地理实体得名的202个村庄"②之一,"清代成村,因位于州河(旧名沽河)东,名沽东村。"③乔安子村是"以姓氏加方位得名的村庄"④,"明代成村,因乔姓和村有尼姑庵名乔家庵,新中国成立后改称现名。"⑤聚落沿河岸分布,与沽东、金芦庄等村相邻。漫步在乔安子村东河堤,环村而过的兰泉河水缓缓流淌,如引线穿珠,把周边村庄连在一起,构成一幅美丽的生态画卷。

2013年以来,天津财经大学先后派出两批驻村工作组前往蓟州区侯家营镇对老宋庄村、许有庄村和其林庄村3个困难村进行帮扶。在学校党委的全力支持下,被帮扶困难村的基层党组织建设得到进一步加强,强村富民成效显著,村民生活明显改善,村民素质得到进一步提升,困难村逐步实现了稳定和谐发展。

四年驻村帮扶,使我懂得了要着重在建强基层党组织上下功夫。正如习近平总书记所强调的,要把加强基层党的建设、巩固党的执政基础作为贯穿社会治理和基层建设的一条红线。要加强党的领导,推动党组织向最基层延伸,健全基层党组织工作体系,为城乡社区治理提供坚强保证。因此,抓好党的农村基层组织建设至关重要,抓好队伍建设,在提高基层党员干部能力素质上下功夫,农村基层党员干部能力的素质直接影响着为民服务的水平。

四年驻村帮扶,使我懂得了群众的评价才是根本评价。唯有把

① 蓟县志编修委员会.蓟县志[M].天津:南开大学出版社、天津社会科学院出版社,1991年:101。
② 同上,69。
③ 蓟县地名志编纂委员会.天津市地名志18蓟县[M].天津:天津人民出版社,2001年:69。
④ 蓟县志编修委员会.蓟县志[M].天津:南开大学出版社、天津社会科学院出版社,1991年。
⑤ 蓟县地名志编纂委员会.天津市地名志18蓟县[M].天津:天津人民出版社,2001年:295。

群众的冷暖疾苦放在心上,倾心投入感情为群众谋福利,才能赢得群众最根本的评价。我已把蓟州当作家乡,把百姓当作亲人。春华秋实,我们用辛勤的汗水,集结成干群鱼水般的浓浓情谊;寒来暑往,我们用深深的脚印,走出了通往乡村振兴的康庄大道。

四年驻村帮扶,使我懂得了民生的"关键小事"就是政府的"头等大事",琐碎繁杂的小事都与百姓的切身利益息息相关。我们将帮扶工作与党的群众路线教育实践活动紧密结合。与群众同"干"共苦,"打"成一片,在驻村帮扶岗位上走实群众路线,当好干部群众的"知心人"。父老乡亲的喜怒哀乐就是我们的喜怒哀乐,父老乡亲过上好日子就是我们最大的心愿。

"靡不有初,鲜克有终。"唯有不忘初心,才能始终保持干事创业的热情,才能为百姓做真事、做实事。唯有不断反省,减少虎头蛇尾地学习和做事,才能不断成长,遇见更好的自己。

目　录

第一章　担当作为，做沈浩式的好干部

我曾两次来到小岗村，被"敢闯、敢试、敢为人先"的小岗精神深深震撼与感动。我到沈浩事迹纪念馆参观学习沈浩同志的先进事迹，深刻体会到了一名基层干部的忠诚和大爱、创新和奋斗的崇高精神，并被他艰苦朴素、一心为民的作风和情怀深深触动着。

沈浩是时代精神的旗帜，先进典型的标杆，是当代共产党人精神风貌的优秀代表，是真心实意为人民谋利益的基层干部的杰出楷模。他扎根基层、服务农村的奉献精神，感人至深；他心系百姓、一心为民的公仆精神，令人敬仰；他锐意改革、勇于开拓的创新精神，难能可贵；他艰苦创业、勤政廉政的奋斗精神，令人钦佩。作为一名驻村第一书记，我深感肩上责任重大，内心一直把沈浩书记当作榜样，我也会用心、用情、用力去做好驻村帮扶工作，也想听到乡亲们唤我一声"好书记"。我想，为群众办好事、办实事，才是对沈浩书记的最好纪念。

一、以沈浩为榜样，当好驻村第一书记

我最早关于小岗村的记忆，是在2009年通过媒体的报道了解的。安徽省滁州市凤阳县小岗村党委第一书记沈浩同志因过度劳累去世的消息令我震惊而惋惜。当时，对于"驻村第一书记"究竟是干什么工作的，我一无所知。但是直觉告诉我，沈浩同志的工作一定干得很出色。

我的朋友汪洋家在安徽凤阳，他多次邀请我和家人去凤阳做客，

2013年"十一"黄金周期间,我携妻女来到了凤阳县。我们在安徽科技学院汪洋一家人的陪同下,来到小岗村参观沈浩事迹纪念馆,探寻驻村第一书记沈浩的足迹。为了让我们一家人能够切身感受到过去小岗村村民的真实生活,汪洋老兄特意安排我们在村民组老党员的家中用餐。知道我们远道而来,主人盛情款待了我们,特意炖了一只大公鸡,做了萝卜烧肉、炒青菜、西红柿蛋汤。

由于是十月初,安徽的天气相比天津还有些炎热,吃完饭我们和汪洋老兄一家人外出在小岗村散步,一路上汪洋老兄向我们介绍了沈浩书记的事迹和小岗村的前后变化。沈浩书记作为安徽省财政厅的普通公务员,带领乡亲们一步一步摆脱贫困,走向富裕,个中艰辛可想而知。听汪洋老兄和村民们说,沈浩时刻把村民的冷暖放在心上,谁家有困难,他都会想方设法去解决。"有困难,找沈浩"是小岗村民的口头禅。韩庆江患有严重哮喘病,沈浩知道后及时带他住院治疗并预付了医药费用;韩德国孙子一出世,母乳不够又买不起奶粉,沈浩便从自己口袋掏出1000元钱送去;大包干带头人关廷珠的遗孀、86岁的邱世兰老太拄着拐杖说:"这拐杖就是沈浩回省城给我带来的,说遇见我时发现原来的那根坏了、怕我跌倒。"

沿途参观小岗村的老房子和新房子,它们差别之大给我留下了深刻印象。未翻新的老房子里,为了防止漏风,窗户是用塑料布糊上的。屋子的墙几经潮湿和干裂,变得斑驳不堪。墙上张贴了不是很新的年画,两侧挂着风干的玉米穗和红辣椒,地上只有掉了漆的一张长条桌子和两个凳子,水泥抹的地面并不平整,整个屋子四处都透露着岁月的痕迹。而经沈浩书记带领大家翻新的新房子完全是另一种面貌,外观大气,家具齐全,窗明几净,各个角落都尽显蓬勃朝气,二层小洋楼已不属罕见。这个落后的村庄能发生如此翻天覆地的变化,我心中对沈浩书记的敬畏油然而生。我萌生了像沈浩书记那样,到一个艰苦的地方去帮助人民,实现自我价值的想法。

恰逢2017年,天津财经大学党委向各基层党组织发布选派驻村帮扶干部的通知，我当即决定加入驻村帮扶队伍。脱贫攻坚是一场硬仗，面对这场硬仗、这场持久仗，天津发出最强"动员令"、吹响精准扶贫的冲锋号……这是头等大事、是第一号民生工程，更是政治任务、政治责任！我理应起带头作用，贡献自己的力量。

当天晚饭后，我们一家三口围坐在餐桌前，"我要去参加驻村帮扶工作！"话音刚落，有说有笑的气氛瞬间凝重，妻女面露不解。"我跟你说，这事我坚决不同意。一把老骨头了还想去村子里摸爬滚打，不知道自己的身体情况吗？"我爱人紧皱眉头，边收拾碗筷边愤愤地说。"爸，我也觉得您有点冲动了。这事确实意义重大，但是让年轻人去干可能更合适。"刚参加工作的女儿也在一旁附和道。

"学校第二批驻村帮扶干部结束两年的任期，现在需要选拔新一轮驻村帮扶干部。别人能去，我也能去。据我了解，现在帮扶村情况依然不容乐观，基础设施落后，教育资源匮乏，缺乏可持续发展动力。我尽管不是从小在农村长大，但从事了近三十年教育工作，我十分清楚村里的孩子需要什么。村里的孩子想要走出去太难了，如果没有人重视乡村教育，他们很难实现'逆袭'。我想趁自己还干得动，退休前为乡村建设做点有意义的事情。"

听我说完，妻子和女儿态度似乎有所松动。我趁热打铁继续说道："习近平总书记和党中央高度重视脱贫攻坚，就是因为它是全面建成小康社会的关键一环，人民不幸福，何谈共同富裕？在我看来，实现中华民族伟大复兴这个宏伟的目标不仅仅是党中央的事情，也是共产党员的初心使命，你们不可能不理解，同为共产党员，我觉得人民需要帮助的时候我不应该袖手旁观。还记得咱们家去小岗村参观的场景吗？你们最清楚我一直以来的心愿，我也想像沈浩书记一样为村民做一些力所能及的事。我这把年纪了，已经无欲无求了，只是在幸福生活里想到还有一些人过着贫苦生活，我感到心酸，我的力量肯定是微弱的，但是星星之火可以燎原啊！如果我的行为能为年轻一代起到带头示范作用，也是有价值的。"

妻子和女儿陷入沉思。许久之后,女儿缓缓开口:"爸,您的想法我明白了,这不是一件轻松的工作,但是一件意义深远的事情。我支持您,可是希望您以身体健康为先。"看着妻子不出声也不再反对,我暗自松了一口气。

只有一晚的时间考虑,第二天一早必须决定去还是不去。临睡前,家里突然安静,空气似乎都凝固了,妻子和女儿依旧沉默。

第二天早上,我从家里找出我的两寸免冠照片,在送妻子上班的路上我再次表达了想要驻村帮扶的想法,妻子叹了一口气:"既然你已经决定了,就要做好吃三年苦的准备,家里的事有我你不用操心,保重身体就好。"我心一下子暖了,冲着妻子呵呵一笑。

一到学校,我直奔党委组织部,毅然决然地上交了报名表。几天后,我在食堂打饭时恰好遇到校党委组织部副部长苏文鹏。他对我说道:"您是全校第一个报名自愿驻村帮扶的中层干部。"听闻此言,我认真起来,"2015年,学校选派第二批驻村帮扶干部,我便有报名参加的想法了,当时忙于新建体育馆项目没赶上,这次我一定要为帮扶村的建设出一份力,不负重托!"

当时我担任校园建设处副处长,负责综合体育馆项目前期手续办理事宜,每天的工作就是在各个行政单位穿梭往来,办公环境较好,而且学校离家较近,生活相对舒适。听前几年做过驻村帮扶工作的老师说,前两批帮扶村基础条件较差,估计我们即将去的陌生村庄条件也不会好到哪里去,冬天没有供暖。我更加坚定了改变帮扶村穷困落后现状的想法。

作为一名共产党员,作为一名土生土长的天津人,帮助天津的困难村庄走向富裕,志在必得。我认为无论生活在什么年代,都应该有这种奋斗精神。尽管驻村时我已是年近半百的人,但是丝毫不影响我为村庄发挥余热,所谓"五十而知天命"大抵如此。我五十多岁时明白了自己的使命并想要努力践行。

根据组织部要求,我被分派担任驻村第一书记一职。我又惊喜又迷茫。惊喜的是校党委给了我一次学习、锻炼和体验的机会;迷茫的是我从未有过农村工作经验,如何能挑起如此重担。我们将要经历哪些"第一次"呢?怎样才能当好驻村第一书记?我心里既忐忑又期待。

2017年8月21日,我参加了市级新一轮结对帮扶困难村驻村工作组组长(第一书记)第一期培训班后,又于2017年8月31日下午参加了蓟州区结对帮扶困难村工作市级单位驻村干部培训班,学习观摩上一轮结对帮扶困难村工作经验。蓟州区培训会后,下仓镇党委也及时在镇政府召开了"下仓镇帮扶工作调研规划推动会"。

通过市、区、镇分别召开的结对帮扶困难村工作会议,我逐渐地对帮扶工作有了更加全面的了解和认识,工作思路也渐渐清晰起来。按照要求,我们驻村帮扶组与帮扶村"两委"班子着手研究并制订帮扶规划。

随后,按照市委组织部要求,我们将自己的党员组织关系转到沽东村,依据学校党委组织部党费交纳数额的证明,按时交纳党费,并按期参加所在村党支部组织生活,真正成为蓟州区下仓镇沽东村、乔安子村的村民了。驻村那一刻,我们便"驻下"了一颗凝心聚力、攻坚克难、带领村民一起走上致富路的赤诚之心。

2017年"十一"黄金周我们一家时隔四年再一次踏上小岗村这片神奇的土地,再次站在沈浩曾经奋斗过的这片热土上。这是我担任驻村第一书记后首次走进这片希望的田野,既熟悉又陌生,村内的设施也比以前完善了许多。眼前的小岗村变化惊人,早已不是四年前的样子。除了农村的安静与朴实,小岗村似乎处处散发着一种浓郁的创新气息。当年,这里的每一块砖瓦,都浸染过沈浩同志的心血和汗水。

尽管我是第二次来此参观学习,但我受到的震撼仍不亚于初次。这里发生了新变化,有了新成就。在"大包干纪念馆",我认真地聆听着讲解员的解说,虽然这里的故事我早已铭记于心,但是再次回顾

追寻乡村振兴的"诗和远方"

"大包干"的历史,再次重温"小岗精神",我依然心潮澎湃。"我们分田到户,每户户主签字盖章,如以后能干,每户保证完成本户的全年上交公粮,不在(再)向国家伸手要钱要粮……"小岗村"大包干纪念馆"里展出的那份放大版"生死契约",寥寥数语,却字字千钧。当年十八位村民共同起誓摁下红手印,这一举动"拉开了我国农村改革的序幕",推动了家庭联产承包责任制的出台,助力中国改革向纵深推进。

在位于小岗村办公楼北侧的沈浩先进事迹陈列馆,通过讲解员的讲解并实地参观,我再次真切地感受到沈浩同志一心为民的情怀和埋头实干的作风。陈列馆展橱里展出的每一件物品都在讲述着沈浩的事迹,都寄托着人们对沈浩深深的怀念。在和平年代,在脱贫攻坚、结对帮扶困难村这样一个无硝烟的战场上,需要那样优秀且积极的共产党员在关键时刻站出来。触景生情眼前的这一切,让我不由自主地联想到自己作为一名"年轻"的驻村第一书记,应如何走好自己未来的驻村"赶考路",踏出履新的第一个脚步。

十月的小岗村,午间天气依然"热情不减"。在实地参观"当年农家"院落时,我有幸遇见了当年小岗村大包干带头人七十四岁的严金昌老人。那天,严金昌老人坐在"金昌食府"门前,笑呵呵地看着从他家门前路过的行人,热情地打着招呼。老人虽然头发已经花白,脸上也爬满了岁月的痕迹,但看起来依旧精神矍铄。这位小岗村"名人"在自家开的农家乐"金昌食府"里忙前忙后,抽空还给客人们讲述当年"大包干"的故事,说起惊心动魄的往事,老人双眼闪烁着光芒。

攀谈中,老人给我们一家人讲述了那段峥嵘往事。无法忘却的记忆随着老人的深情叙述,小岗村"敢为人先"的红色印记,犹如一幅壮美的画卷缓缓展开。多年前,老人把当年冒着风险分得的三十多亩田地都流转出去,和孩子们再次"创业"——办农家乐、开超市、发展乡村旅游。在与老人交谈中,严金昌老人的老伴儿也走了过来,聊天中谈道:"2016年4月25日,习近平总书记在安徽调研期间来到小岗村考察，还来我们家看望我们呐！我们坐一起聊生活聊未来。"回想起来，老人至今仍激动不已，话语里流露着满满的幸福。

在与严金昌老人交谈中得知，沈浩从"城里人"到"村里人"的角色转变很快，言语间也总是从"我们财政厅"变成了"我们小岗村"。村里的大事小情、百姓疾苦几乎没有他不知道的，还件件都时刻记挂在心上。沈浩同志生前常说："跟老百姓面对面，不如和大家肩并肩。"虽然彼时的我尚不能完全理解这些话的深刻含义，只是觉得要怀着满腔的热血与激情，尽快转变角色，全身心地迅速投入到驻村帮扶工作中去。

听了严金昌老人的讲述，我非常激动，我真真切切地感受到小岗人身上的改革创新、敢为人先的"小岗精神"。当两位老人听说我是一名来自天津高校的驻村第一书记时，立刻紧紧地握住我的手。那一刻，一股暖流瞬间袭遍了我的全身，仿佛置身于敢为人先的"小岗精神"中。当我握着这位小岗村"大包干"带头人的手，我想，这既是一种信任，也是一种重托，更是在传承一种精神力量。这是当年的小岗村"大包干"带头人对于一个"新入职"驻村干部上的驻村"第一课"，两位老人的信任一定不会被辜负。

偶然的结识、短暂的接触，这两位可亲可敬的老人，却让我终生难忘。我与两位老人一起在"金昌食府"农家乐门前合影留念。这张照片始终激励着我要像沈浩同志那样，扑下身子一心为民干实事。临别前，严金昌老人用手指着不远处的一片树林说道，"沈浩同志骨灰安葬在小岗村公墓，你们可以去看看。"顺着老人指引的方向，我们找到了小岗村公墓。沈浩就静静地安息在他深爱的这片土地上。

2010年2月11日《新华每日电讯》刊发了沈浩女儿沈王一（小名汪汪）写给父亲的信。沈浩女儿沈王一在给爸爸的信中这样写道："近来，汪汪老是做小岗村和你的梦，总是从牌楼外向里望，一没看到你，就急醒了。醒来后，就睁眼找爸爸、想爸爸……小岗村的牌楼老在眼前晃，你的墓地在村里，你的乡亲在村里，你的抱负在村里，你的魂灵一定也在村里,在那牌楼后面!""我会好起来的。等我以后长大了,也要为农村做点事。"

驻村后的我,再次读起这封家书,有了更深刻的理解,沈浩同志为小岗村村民所做的点点滴滴不断地浮现在我的脑海中,他辛苦、劳累、忙碌的身影仿佛就在眼前,我也情不自禁地联想到了自己。2012年,我也曾在《今晚报》副刊发表过一篇短文《想对女儿说》。共同的语言,同样是父女间心灵的相处和旅行,使我一下子感觉到拉近了与沈浩同志之间的距离。

在小岗村,似乎处处都能见到用生命践行初心的"第一书记"沈浩同志的身影。讲解员的解说词带给我们感人至深的画面深深地触动了我的心灵,我被沈浩同志的事迹和精神打动、折服,被一位普通共产党员干事创业、勇于奉献的精神所感动,真正地接受了一次触及灵魂的精神洗礼,点燃了我"想为"的奋斗激情。一天时间过得很快,但即使只停留了短暂的一瞬,我们一家人也再次重温了小岗村的红色精神,感受到了小岗人走过的奋斗历程。

正如习近平总书记所强调的,沈浩同志是深入实践科学发展观活动涌现出来的生动典型,他是我们党员干部的一面镜子,我们所有的党员干部都应该和他对照,想一想应该怎样对待群众?怎样对待组织?怎样对待责任?怎样对待人生?希望驻村干部继续发扬不怕苦、不怕难的精神,向沈浩同志学习,宁肯自己多受累,也要让群众快脱贫,宁肯自己掉上几斤肉,也要让群众走上致富路。

"小岗精神"已深深烙印在我的心里,为我今后的帮扶之路指明了方向。驻村帮扶工作在我看来是一场有温情的战斗。那一个个帮扶硕果,汇聚成万千星光和伟大的时代洪流,温暖人心。道阻且长,行则将至。狄更斯说过,世界上能为别人减轻负担的都不是庸庸碌碌之徒。我有着赤诚的奉献之心,我相信我一定能够通过自己的努力,带领一方人民脱贫致富,打赢这场脱贫攻坚战。

如果说沈浩同志的先进事迹是广大驻村干部"舍小家,为大家"

的一面镜子，沈浩书记做的每一件大事小事无一不是一种示范和启发，让我面对驻村帮扶这张"空白卷"时有了下笔的思路。作为驻村第一书记，我们需要敢于、善于直面自身，经常对照沈浩同志的标准检视自身，并不断地从沈浩同志的"镜鉴"中汲取经验，修正自身，以沈浩同志的事迹作为初心的"正容镜"，找准方向，摆正位置，把信仰的种子植根心中。

习近平总书记说过，"民之所忧，我必念之；民之所盼，我必行之。"2018年12月8日，当我在新闻媒体上看到党中央、国务院授予小岗村"大包干"带头人集体改革先锋称号，为其颁授改革先锋奖章时，时光仿佛又回到了一年前，回到了我与老人相逢的那一刻的场景，我再次感受到了老人对我这个"入伍新兵"的期待。

二、做好驻村帮扶工作要明确的问题

党的十八大以来，以习近平同志为核心的党中央把脱贫攻坚作为全面建成小康社会的底线任务和标志性指标，将其摆在重要的位置。从天津市的情况看，按照2010年国务院扶贫办确定的贫困标准，天津市没有国家层面上的贫困村、贫困户，但城乡发展相对不平衡、农业农村发展不充分的情况依然存在，需要帮扶工作的进一步推进。结对帮扶工作是天津贯彻落实脱贫攻坚战略部署的具体实践。

从来到蓟州的第一天起，我养成了每天写工作日志的习惯，记录每天发现的新问题，已经解决的困难，以及日常工作生活面貌。几年下来，工作笔记本记满了好几本，这些日志不光是为了记录工作，还为了记录自己在驻村期间的珍贵回忆。驻村背后的精神是一笔宝贵的财富，不仅仅是我们驻村帮扶干部本身需要的，也是当今社会稀缺的。

今天，我们回望来路，广大驻村帮扶干部积极响应党中央号召，主动申请驻村帮扶，发挥共产党员的先锋模范带头作用，接过脱贫攻坚"接力棒",不负学校党委的信任与重托。我接到这个任务的时候内心是忐忑的,因为没有在农村生活过,也不了解乡村的风土人情,只知道农村基层工作条件比较艰苦,不知道能否适应乡村的生活,但同时又是兴奋的,想着可以用一份热情,浇一方热土。怀着"为梦想出发、为使命担当、为困难村奉献"的热情,我们踏上了驻村之路。然而,这一切对于我们今天的驻村帮扶干部们来说,却有着更深层次的理解。

通过一系列的学习培训和融入群众、深入了解村情,我越发清楚地认识到,要做好驻村帮扶工作,驻村干部应明白以下三个道理:

1.作为驻村第一书记,必须明白驻村帮扶的目的和意义

驻村帮扶工作是实现共同富裕的重要举措,作为政府派驻到农村基层的重要支持力量,驻村第一书记对于推动农村经济发展、促进农民增收致富、加强基层组织建设等方面具有十分重要的作用。

2017年8月18日上午,天津市开展新一轮结对帮扶困难村工作会议在天津大礼堂召开。会议深入学习贯彻习近平总书记重要讲话精神和治国理政新理念新思想新战略,特别是关于精准扶贫、精准脱贫的重要论述,认真落实天津市第十一次党代会部署要求,总结部署结对帮扶困难村工作。

革命老区在历史上为新中国成立作出了巨大贡献,具有特殊历史地位。蓟州区是天津市唯一的国家级一类革命老区,在战争年代当地百姓为革命付出了很多。据不完全统计,抗日战争中,蓟州籍将士阵亡人数就达2000余人。但是至今村里的经济和生产相对落后,而且城乡差距较大。驻村工作组作为脱贫攻坚战的基础组织,以群众不富、寝食难安的责任感,以决战决胜的勇气和钉钉子精神,打赢脱贫攻坚这场硬仗。

我们去帮扶是怀着一颗感恩的心去报答乡亲们。如果完不成任务,我们"无颜面对江东父老"。于是,我暗自下定决心,既然来了,就要干好,就要干出个样子来。正如习近平总书记所指出:"好日子是干出来的，贫困并不可怕，只要有信心、有决心，就没有克服不了的困难。"我们要像一粒蒲公英的种子，在这片土地上迅速扎根。

2.作为驻村第一书记，必须明白自己的职责和任务

党的十八大以来，以习近平同志为核心的党中央高度重视脱贫攻坚工作，提出了精准扶贫、精准脱贫的方针，制定实施了一系列扶贫开发政策措施。为贯彻落实党中央决策部署，天津市委市政府启动了新一轮驻村帮扶工作。作为帮扶干部，我意识到，脱贫攻坚是实现共同富裕的关键一环，必须把解决农村贫困问题作为头等大事来抓。

驻村第一书记是扶贫工作的组织者、领导者，必须清晰地了解自己的职责和任务，以便更好地履行自己的使命。这个职位需要承担多种责任，包括协助村民脱贫致富、推进农村改革发展、维护农村和谐稳定等。第一书记需要深入了解村里的实际情况，掌握一手资料，帮助制定符合本地实际的扶贫规划，积极争取政府相关部门的支持，完善农村基础设施建设，改善农民的生产生活条件。驻村第一书记既要放眼全局，充分发挥农村基层党组织的战斗堡垒作用和党员的先锋模范带头作用，又要深入基层，充分发挥联系服务群众的桥梁纽带作用，以实际行动践行以人民为中心的发展思想，以习近平新时代中国特色社会主义思想为指导，团结带领群众脱贫奔小康、共圆中国梦。

蓟州区是革命老区，红色底蕴深厚，在这里发生了很多可歌可泣、军民同仇敌忾的英雄壮举，雄山秀水间回荡着英雄正气，流淌着红色血脉。为了让低收入户尽快脱贫致富，蓟州区开展了帮扶"攻坚行动"。全区所有处级以上领导干部和低收入户直接对接，开展"点对点"精准帮扶。驻村帮扶工作要求实现"三美四全五均等"的目标，即通过结对帮扶，实现村庄、环境、乡风"三美"，产业带动、转移就业、水电供应、户厕改造"四个全覆盖"，教育、医疗、住房、社保、便民服务"五个城乡均等化"，以帮助乡村经济社会全面发展为主线，实行全方位帮扶、整村推进。

3.作为驻村第一书记,必须明白如何把工作做实做优

从国家层面看,驻村第一书记要牢记党中央关于脱贫攻坚的方针政策,把思想和行动统一到党中央决策部署上来,坚决落实党中央提出的精准扶贫、精准脱贫要求,突出抓好农村基础设施建设、产业扶贫、教育扶贫、健康扶贫等领域工作,确保各项脱贫攻坚措施落地见效。

从农村基层看,驻村第一书记要深入调查研究,了解本村贫困户的实际困难,帮助制定针对性强、可操作性强的帮扶规划。要坚持目标管理,细化脱贫攻坚任务,层层落实责任。要搞好村级组织建设,充分发挥村党组织的战斗堡垒作用和第一书记的示范带头作用,要实现"三美四全五均等"目标。第一书记要时刻牵挂群众疾苦,想群众之所想,急群众之所急,以全心全意为人民服务的工作作风,团结带领群众走上共同富裕的道路。

当我成为村里人所说的"市里干部",我意识到自己作为高校教师群体的一员,缺乏联系基层群众的能力,自认为平易近人、古道热肠,其实从未深入过基层。对于农村问题,此前也多在茶余饭后跟亲友谈及,一些致富方法如泉涌似的喷发,致富的门路仿佛千千万。带着这些思路,在"纸上"已经做好了驻村帮扶的准备。真正走入农村后,我发现自身"接地气、摸实情、解难题"的能力尚需提升,第一书记领导基层干部队伍作风建设、密切党群干群关系的能力需要增强。这些现实中发现的不足,更增强了我驻村的工作决心,这些能力注定要在实践中增强。我们从细微小事做起、从具体实事做起,以为民、务实、清廉的良好形象赢得农民群众的信赖与拥护。

对于坐惯了办公室的我来说,来到基层,直面百姓的诉求,也让我感觉到自己大有可为。"不深入到基层,确实看不到大都市的农村还有那么多亟待解决的问题。过去面对的是市级教育机关,真是走到村里来,感受太不一样。"我在日记中写道。

加强基层组织建设、推进强村富民、改善农民生产生活条件、提

供有效智力支撑、完善基层治理机制、维护农村和谐稳定等多项任务，需要驻村第一书记去完成。看到此前的广大驻村干部深入基层一线，吃住在村、工作在村，与群众攀亲交友，既增长见识，又了解了农村实际状况和农民生活现状，拉近了与群众的感情，我深刻感受到这是我追求的方向。他们在服务发展、服务民生、服务群众的实践中锤炼了党性，切实增强了群众观念，提高了做群众工作的能力和水平。

我也希望自己在驻村帮扶中，作为第一书记，能够成为提升基层组织凝聚力、战斗力的"催化剂"，通过帮扶工作给困难村留下一个好班子，打造一支好队伍。

为有效提升党支部的凝聚力和党员干部的战斗力，实行"党建+帮扶"一体化帮扶攻坚的工作模式，我们制定了党员干部定期例会学习、主题活动等组织制度，打造了"党建文化宣传墙"，积极宣传党的相关政策、廉政警句、作风建设等内容，广泛开展重温入党誓词、主题党课研讨交流和学习结对帮扶文件等各类主题党日活动。通过帮扶，困难村党组织的战斗堡垒作用逐步增强，两个困难村党组织全部达到"五好党支部"创建标准。

此外，帮扶干部与全村群众对村庄进行全方位无死角的彻底清理，推进村庄道路、河道等基础设施提升改造，对垃圾点位进行集中清理，对街头巷尾的杂物全部清除，并大力绿化美化环境。基础设施条件得到切实改善，走进沽东村、乔安子村，看见的是街道整齐，路面干净。乡村彩绘和街道小景扮靓了这两个不起眼的小村庄，将其打造成了极富农村乡土田园特色的景观村。帮扶工作组聚焦道路硬化、街道亮化、垃圾污水处理无害化、能源清洁化、绿化美化、生活健康化"六化"和村党员活动室、农家书屋、文化活动室、便民超市、村卫生室、村邮站"六有"的"美丽乡村"建设目标，全面实施困难村基础设施和公共服务设施改造提升工程。扎实开展"厕所革命"，实施旱厕无害化卫生厕所改造，推动重点区域无害化卫生公共厕所建设，使帮扶村达到"美丽村庄"的创建标准。

最后,如何转变思路、调整产业结构、增加农民收入,是群众关心的问题。蓟州区是革命历史文化宝库,随处印刻着中国共产党带领人民抗日救国、拯救民族危难的光辉历史。深挖村庄红色历史文化资源,突出"生态建村,旅游富民"。"就地取材",充分挖掘红色资源,让村庄红色文化资源成为党史学习教育的宝藏。2018年,我们驻村帮扶工作组在村里成立了老龄委员会,邀请村里70岁以上的老人,每两周在党群服务中心座谈,回忆村庄的历史人物和故事,并于2019年底在乔安子村党群服务中心建成了党建文化展室,将黄土坎战斗故事和村庄革命历史人物故事有机衔接,在村庄主街道建成一条红色交融、红歌嘹亮、红色故事传颂的党史学习教育廊道,对来村庄开展党日活动的党员、青年团员进行爱国主义教育。通过红色文化遗址上寻、课堂上讲、书本上读、活动中演讲等多种方式,把革命老区村庄里的英雄人物、英雄事迹、英烈壮举讲好,让革命薪火代代传承。精心打造黄土坎战斗红色主题精品线路,把红色文化植入绿色乡村旅游,促进乡村旅游蓬勃发展。乡村红色旅游发展新模式,让曾经默默无闻的沽东村、乔安子村走上了脱贫致富的快车道,让村民有了更多的幸福感和获得感。到2020年底,两个困难村的农民人均可支配收入达到天津市农民收入的平均水平。

驻村工作的目标就是让所有群众都过上好日子。习近平总书记指出,扶贫开发贵在精准,重在精准,成败之举在于精准。驻村工作的目标关键就在于聚焦精准帮扶、精准施策,"整村推进"全面提升、"到户到人"兜住底线,不落一村一户一人。帮扶工作要始终坚持"六个精准"的重要要求,做到因地制宜、对症下药、精准滴灌。

产业扶贫是最直接、最有效的办法。我们的帮扶工作始终把实施产业帮扶、强化"造血"功能,作为困难村稳定长久脱困的重要途径。我们既支持村集体自我发展优势产业,又采取"区域统筹"模式,由区镇提供帮扶资金,利用区镇特色产业优势,打包建设规模化、市场化、长效化的大项目、好项目，带动村集体和农民双增收。

天津市委、市政府对驻村帮扶工作表现出高度的重视。举全市之力合力攻坚，真金白银投入帮扶，精兵强将充实基层，打好人力集中、政策集合、资金集聚的帮扶"组合拳"。在总结农村低收入户"帮扶攻坚行动"工作的基础上，明确要求全市各级党组织和党员干部、驻村帮扶工作组要扎实落实3个方面13项具体举措，确保小康路上不差一户、不落一人。

在脱贫攻坚这场看不见硝烟的战斗中，我要以一名优秀共产党员的标准严格要求自己，向党组织交上一份出色的答卷。我坚信，我只是千千万万驻村干部的一个缩影，在这片广阔的华夏大地上，还有数千万的"兄弟们"在日夜奔波，我们有着一样的信仰和执着。我坚信，通过我们辛勤汗水的挥洒，一定会换来乡亲们美满而又幸福的生活！

三、坚持调研开局

以调研开局，以调研开路，是中国共产党一直以来的办事风格，也是习近平总书记一直以来强调的重要工作方法。习近平总书记在《干在实处 走在前列》一书的自序中，曾提到自己"坚持调研开局、调研开路，凡事眼睛向下，先当学生，不耻下问，问计于基层、问计于群众，每年至少用三分之一以上时间深入基层和部门调查研究"。

沈浩书记的扶贫工作也是以调研开路，深入实际，亲身融入基层，倾听民众的需求并对症下药，倾力解决人民的困难。他到当地五保户老奶奶家里去调研慰问时，环顾四周，发现这间几近破败的小屋子里，墙皮能看出刷过的痕迹却难掩底层的土黄色，墙上挂着两串已发干的玉米，唯一的置物柜上放着老式电视机，两个黄色的暖壶也变了色，正中间的白色毛泽东陶瓷像格外醒目，地上放着两个陈旧的小木凳，一张褪去本色的木桌子，角落里几个装有粮食的编织袋整齐排列开,房屋内四处给人以陈旧的感觉。看着屋里一览无余的陈设,沈浩书记一阵心酸,和老奶奶促膝长谈,表明要带领村民脱贫的决心,老奶奶感动之余邀请沈浩书记去她家里过年。

驻村不到一个月时间,遇到的第一个问题就是怎么做成一个符合当地实际的规划。按照上级要求,我们驻村帮扶组需要与帮扶村"两委"班子共同商议制定未来三年的帮扶规划。尽管每名驻村帮扶干部都有各自的理论特长,但是我们既没有农村工作经验,又没有这两个困难村的群众基础,光有激情显然是不够的,还要提升能力。但如何打破这一困局? 一时间,我们束手无策。

我们每天早早地来到村委会,整天陷入议而不决的商讨和交流中。一段时间过后,总在十字路口徘徊的我们还是"一张白纸"。个别村干部开始用开玩笑的语气调侃我们:"你们就是下来'镀金'的,在这里待上几年,回去以后你们就提拔了。"

"群众想的盼的,就是我们干的"。我们没有急于回应这些幽默中带有讽刺的话语,而是冷静地记录着、思考着。这些话反倒让我更加清醒地认识到,自己要不断地去正视村干部们的牢骚。他们渴望致富的想法没有错,他们的抱怨恰好说明了他们对村庄的发展抱有积极的态度。村干部们要是人人都有一个赚钱的好思路,发家致富的好想法,那还要我们来做什么? 当下的"痛点"不正是未来的"重点"吗? 眼前的"逆境"恰好是未来的出路嘛! 我突然明白,这不正是他们心中所追求的通向美好生活的向往之路吗?

"一切真理来源于实践",多年的工作经历则告诉我,"深居简出"、凭空思考不是解决问题的办法。"与其坐而论道,不如起而行之",嘲讽的话语正是我们带着问题开展调研,跟着问题走、奔着问题去的动力。调查研究应有的打开方式就是到实践中去,从鲜活的基层实践中汲取智慧。

四、走出去"学习取经"，请进来"传经送宝"

2017年9月25日，在北京农业职业学院朱启酒教授的帮助和支持下，我们驻村帮扶组带领沽东村、乔安子村"两委"班子成员，以及党员、村民代表一起驱车前往北京市通州区学习考察并共同谋划未来三年的帮扶规划。

当天上午，大家来到目的地，先后前往金福艺农农业科技集团有限公司、北京碧海圆生态农业观光有限公司，通过听取介绍、观看短片、现场体验等方式，了解了休闲农业、体验农业等科学兴农举措。参观过程中，金福艺农"番茄联合国"基地的数字农业程控大厅、特色果蔬大棚、亲子农耕吧、创意艺术工作室等区域，温室大棚中的特色果蔬品种、先进的智能温控系统、节水滴灌技术，以及亲子农耕吧中的"我家小菜园"特色休闲体验区，都给大家留下了深刻的印象。村干部、党员、村民代表边走边谈、边看边问。对亲子农耕吧中的"我家小菜园"特色休闲体验区等产生了浓厚的兴趣，联系本村工作实际，不禁感慨道："北京市民认养的菜地，9平方米每个月200元管理费，可自己种也可代种。这事咱们庄也能干。"

大家跟着讲解员首先来到农业基地耕读苑"传统农耕文化"实物展室参观。讲解员讲解了农耕农具的使用及农耕的发展和演变。现在在农村很难看到这些老物件了，这些历史悠久的物件是中国古代劳动人民智慧的结晶。

调研座谈会刚开始时，出现了"冷场"的尴尬现象。两个村的村干部们不知道开场白怎么说，坐在第一排的村干部及党员、村民代表，像大一新生般腼腆，和平时在村里与大家有说有笑时不一样，突然变得性格内向了。于是我率先发言，打开了尴尬的局面。

随后，大家就调研所见和疑问与专家学者进行交流。朱启酒教授提出在当前"大都市小郊区"的背景下，农村产业升级必须走发展生态型农业的道路,帮扶工作组要突出"柔性帮扶","授人以鱼不如授人以渔",将"输血"与"造血"相结合。

"学而知不足,思而得远虑。"实地参观学习现代农庄的有益经验,的确拓宽了大家的视野,增长了见识,进一步解放了思想,更新了观念。更看到了自身存在的差距和不足,感受到了发展的压力。但是,在调研中帮扶组发现:休闲观光农业不仅需要大量资金,而且短时间内难以见到效果。与两个帮扶村"两委"班子沟通交流,大家的意见和思想高度一致,北京市的经验我们帮扶的两个村是不可能做到简单复制模仿的。那么,我们要找的"真经"到底又在哪里呢?

没有找到"项目"的我们不甘就此离开,与北京好友道别后,把车子停靠在路边,我们又进行了讨论。这时,常年在外务工的乔安子村一位党员提议,他认识的一位好友曾介绍说,天津市北辰区的一个地方有火龙果种植项目,建设智能化种植大棚,可以去看看。随后,我们一行人又驱车前往。然而,当我们按照导航指引找到这个温室大棚的时候,看到的却是另一番景象。一番沟通交流后,我们才知道,原来这几个简单的火龙果种植大棚,其实是拥有专业温室大棚的施工队伍安装的"样板间",这个所谓的老板原来是推销大棚的,最后只得扫兴而归。

一天下来,我们驱车近四百公里,尽管很疲惫,但我们没有气馁,暗自下定决心,不取"真经"不罢休。

记得2017年9月的一天,在一次与乔安子村"两委"班子的座谈会上,有村干部说道,唐山市有些村搞得不错。我问道:"有熟悉的关系吗?"这名村干部回答道:"这还用找关系?"我说:"不找关系也不知道往哪里去,去了学什么?"于是,我想起了多年的好友,时任河北省唐山市丰南区委组织部常务副部长的董进宏同志,当我把想来参观学习的想法与他沟通后,他立刻说道:"我先去你所在的帮扶村里看看,根据村里的实际情况,我在丰南区里找几个值得你们学习借鉴的村再来参观学习。"不几天，董进宏部长便与时任丰南区委组织部办公室副主任韩雪松，以及丰南区委干部考评委员会办公室主任于春海等三人来到沽东村和乔安子村。他们三人在农村基层组织建设以及乡村治理方面有着极为丰富的经验。在我们帮扶组及村"两委"班子的陪同下，他们三位同志在两个帮扶村"实打实"详细地走访了一圈，做到了心中有数。

2017年9月29日，我们驻村帮扶组再次组织两个帮扶村"两委"班子、党员、村民代表等十余人，来到唐山市丰南区进行实地考察观摩。按照董进宏、韩雪松、于春海等同志帮助设计规划的参观学习线路，我们一行人在一天时间里先后走访了丰南镇大岔河村、钱营镇北阳庄村、小集镇小集村、黄各庄镇王洪庄村、老庄子村、大齐各庄镇大长春村、赵各庄村等七个村庄。学习村务管理规范化典型，参观了发展村集体经济典型——丰南区小集镇小集村。学习如何变废为宝，就地生金，建市场、搞服务，壮大村集体经济的先进经验和做法。还参观学习了先进基层党组织的村庄，该村基层党组织充分发挥了"领头雁"作用。观看了黄各庄镇老庄子村的村史馆，村史馆留住了乡愁，浓缩了对历史的记忆，也打造了独具特色的乡村文化。

唐山的一日学习体验，让我们在扎扎实实的调研中获得了好答案。我们决心把学到的"真经"与两个帮扶村实际相结合，把"他山之石"变成可复制可推广的真招实策，运用到驻村帮扶的工作中去。

这时，我又想到了老朋友季景书。我与季景书相识于2008年，当时他是北京工业大学学生处副处长，而我当时担任天津财经大学大学生公寓管理中心副主任，我们都是分管学生公寓工作的"一个战壕"的战友，算是多年的老相识。因一场艰苦卓绝的脱贫攻坚战，昔日的老战友再次聚首。尽管时光飞逝，我们已不再年轻，但"久别重逢"的我们相互学习，再次踏上征程，在决战脱贫攻坚的路上，一起肩并肩战斗。

简单沟通后,我请来了时任北京工业大学驻密云区大城子镇张泉村第一书记季景书及村党支部书记赵克信,他们驱车几百公里来"传经送宝"。季景书和赵克信向我们介绍了工作经验。为了顺利推进工作,张泉村采取"先党员后群众"的方式,"两委"班子和党员带头拆除自家私搭乱建,在全村党员的带动下,在村干部挨家挨户地动员和推动下,拆除私搭乱建21处,共计800余平方米,改善了村庄的整体环境。在大城子镇党委和政府的帮助下,张泉村顺利进入首批美丽乡村建设的序列。

张泉村党支部的红色教育活动内容充实,既有参观"两学一做"党群教育基地,又有瞻仰革命烈士纪念碑,还有形式新颖、内容充实的第一书记讲党课,实地感受张泉村村民在党的精准帮扶政策下的生活变化。越来越多的单位组织党员和青年来这里接受红色教育,切实感受榜样的力量。

那一夜,我辗转反侧,久久不能入睡,白天的情景,一幕一幕地闪现在眼前,为什么我们帮扶的两个村这么困难?这两个村的结对帮扶怎么办?我作为第一书记,一定得干出点样儿来。

走出去、请进来,使得我们驻村帮扶组与两个帮扶村"两委"班子进一步厘清了发展思路,以党建工作为龙头,建强支部战斗堡垒、围绕壮大村集体经济为目标,村庄发展规划也实现成功"脱壳"。考虑到村干部白天务工的实际,我们在晚饭后召集村"两委"班子成员开会座谈。这样的"晚会"开过很多,这样既不耽误村民正常的生产,又提高了大家参与的积极性。脚步已迈出,永远在路上。发扬"孺子牛"的干劲儿、"拓荒牛"的闯劲儿、"老黄牛"的韧劲儿,一步一个脚印,砥砺前行,驰而不息,久久为功,正如习近平总书记所强调的那样,"只要路走对了,就不怕遥远"。

五、在建强基层党组织上着力

随着驻村时间的推移,为全面掌握村"两委"班子发挥的作用和运行情况,我们通过开展座谈、走访等方式,与村"两委"班子成员、党员、村民代表逐一见面交谈,对两个帮扶村的基本情况有了初步的认识和了解,渐渐地对村"两委"班子成员的工作思路、任务分工、工作能力和短板弱项及党员的思想动态等有了较为熟悉的了解与掌握。

(一)帮扶村基层组织建设存在的问题

镇党委组织部门提供的相关数据材料显示,截至2017年8月底,我们帮扶的两个村,沽东村党支部有党员14名,村"两委"班子成员共5人,平均年龄57.8岁,60岁以上党员有9人。其中村党支部书记年龄60岁。乔安子村党支部有党员24名,村"两委"班子成员共5人,平均年龄53.9岁,60岁以上党员有9人。其中村党支部书记年龄48岁。

从数据分析可以看出,这两个帮扶村党员年龄普遍偏大,村干部队伍结构搭配不优,党员队伍老化,结构不合理。就拿沽东村来说,用一句"七个党员八颗牙,支委全是白头发"的顺口溜完全可以道出沽东村党支部的真实现状。侧面反映出农村党员"青黄不接",党员队伍没有形成合理的年龄梯次结构,党员年龄老化现象比较突出。尽管这些老党员依旧保持了朴素奉献的精神,但是由于年龄、身体、文化等原因的制约,他们接触新事物的能力不强,思维固化。村党支部想解决村庄发展问题也是有心无力。

此外,值得注意的是,我们通过参加几次党支部党日学习活动,还进一步发现这两个帮扶村党支部党建工作中存在着另外的一些问题和困扰。

村干部对于村庄主街道环境存在"脏乱差"和私搭乱盖现象引发

邻里纠纷等历史遗留的复杂和焦点问题绕着走,导致村里私搭乱建的风气愈演愈烈,村民们的不满也就越来越强烈。工作组与村党支部多次沟通,发现这些问题短期不好解决。村党支部觉得心累选择回避,不愿意触碰焦点。工作组带领村"两委"班子协调处理村庄的遗留问题,村干部以各种理由选择回避退缩。一时间,出现了驻村帮扶干部与村干部的角色错位、"越位"的问题。

村干部们普遍满足现状,安于现状,只守摊,不创业,缺乏干事创业的勇气和决心,怕担责任,怕冒风险,以"看客"心态对待工作,没有摆正自己的位置,"等靠要"思想极其严重。遇到困难就缩头,遇到工作往后靠,他们当上了甩手掌柜,形成了"懒汉"思维,一定程度上出现了驻村帮扶干部"拼命干"、村"两委""靠边站"的现象。

(二)着力解决帮扶村基层组织建设存在的问题

软肩膀挑不动重担子,作为驻村第一书记,虽然是个"外来户",但我从不把自己当外人,从变身这个村的"当家人"那天起,我就是沽东村、乔安子村人。我带领两个帮扶村党支部积极探索实施支部主题党日活动,推进党内组织生活规范化。党组织建设和党员干部教育培养既是帮扶村的"软肋",也是"突破口"。只有抓好党的建设这个工作根本,以党建引领基层治理,让党员成为引领村级事务发展的"一面旗帜",才能带动农村面貌和农民生活更大改善。

2018年,带着镇党委的期望,我们驻村帮扶组以"两学一做"学习教育活动为抓手,聚焦支部发挥作用和党员积极参与这一学习要求,把开展支部主题党日活动作为"两学一做"学习教育重要实践载体,融入日常、抓在经常,通过明确活动目标、实化活动内容、坚持从严要求等举措,有效破解了两个帮扶村党内组织生活存在的"弱化""虚化"问题,激活了"神经末梢",为推动帮扶村形成良好政治生态提供了动力。

每月20日是蓟州区党员集中学习日,我们针对过往出现的党日活动缺乏计划性，安排不规范等问题提出了解决措施。在活动时间上，我们驻村帮扶组与两个帮扶村党支部统一思想，每月20日党员学习日活动，我们帮扶组三人先到沽东村参加支部党日学习活动，然后再到乔安子村参加支部党日学习活动。时间相对固定，让时间意识在每名党员头脑中根深蒂固。如遇节假日或特殊情况可顺延活动时间，但不能遗漏。一段时间后，两个帮扶村的党员同志们对参加党支部活动都有了新的认识。即便有的时候，沽东村的支部党日学习活动时间长了一点，乔安子村的党员同志们也还在耐心地等着我们的到来。

在我驻村帮扶的记忆里，印象最深刻的一件事就是村书记给了我一个"下马威"。那是冬日里一个阳光明媚的早晨，我们帮扶组三位同志自沽东村赶到乔安子村村委会，让人意想不到的是村委会的门是紧闭的，也找不着村干部人影，打村干部电话也无人接听。不明个中原因的我立刻拨通时任村党支部书记电话，问今天为什么没有召集党员学习开会，电话那头静了一下，随之不紧不慢地有点不满地说："我在外面呢，没在庄儿里，党员们都不愿意开会（注：其实是他自己的意思），天天开会有啥用呀？不如赶紧整点儿真的实惠。"话音未落，电话已经被挂断了。

那一瞬间，我猛然醒悟，才彻底明白其中缘由。这位村党支部书记之所以这么做，目的我们也很清楚，他经常挂在嘴边的一句话：村里许多事情离不开村干部处理，我们村干部要支持你们帮扶组，你们才能把帮扶工作干好，否则，我们村干部要是不配合，你们就难以成事。你们驻村帮扶工作组有再高的工作劲头，再铆足了劲儿，再想到村里来显一番身手，没有我们的配合，你们也没有用武之地。

头一次吃"闭门羹"的我们，自然也受到了其他村干部们的排斥和冷落。没有这位"强势"村书记放的话，其他村干部不敢贸然行动配合我们的工作。忽然间，一道"隔心墙"摆在我们面前，我们的关系较以前也变得陌生疏远。

我们驻村帮扶组并没有急于去找村书记"理论",而是静下心来寻找破解之道。一次回学校汇报工作,在餐厅吃午饭与老师们交流时,无意中受到天财人凝聚力工程"午餐沟通会"机制的启示。我就想到了村书记的妻子长期在蓟州城区帮助儿子、儿媳带孙女,村书记也是经常自己一个人将妻子每周提前准备好的饭菜加热再吃。对呀!我们为何不复制和借鉴这个经验呢!

周一,我们把在市区超市买足的一周食材带回村里,到驻地自己做饭。当晚,我们便把村书记邀请到帮扶组驻地,来一场特殊的"晚餐沟通会"。我们用心用情,一张圆桌、一份简餐,一言一语间,吃的是乡土味,聊的是村庄发展事。

工作中一段时间的相处,彼此的脾气和性格倒都了解。开门见山,直陈其事,不兜圈子。村书记与我们共进晚餐,大家敞开心扉,畅所欲言,边吃边聊,打开了话匣子。我们随意聊着,亲切的话语拉近了彼此的距离。经过我们一番耐心细致的思想工作后,村书记的思想也终于有了转变,我们"见机行事,随时施宜",当晚就把通知发给村里党员,转天就开会。"一顿饭"的功夫我们"重归于好"。被临时"取消"的会在恰当的时间补上了,而且把难解的疙瘩也解开了。正如习近平总书记所强调的,"精准扶贫有的需要下一番'绣花'功夫"。该如何与村干部做思想工作上,恰是将"绣花"功夫用在有效解决服务群众"最后一公里"的问题上。

作为"外援"让村书记看到我们驻村帮扶组不是在"抢权",而是当好"润滑剂"。村书记事后感慨道:"李处做事讲原则,有想法、有条理、有干劲,我们佩服。"每月一次的党内组织生活,不仅在每一名党员的心中得以强化,而且也让党员牢记自己的第一身份是共产党员,增强政治认同,提升思想觉悟。

时间确定好了,我们还明确要求村党支部在开展活动时统一悬挂党旗,全体党员佩戴党员徽章,支部记好《党支部工作手册》,党员记好学习笔记,坚决不让党日活动"挂空挡""打空转"。

戴上党员徽章，既是一种荣誉，更是一种责任，也是身份的亮明、形象的展示，更是义务的提醒。每一枚党员徽章都需要每个党员用心珍藏。在一次党员学习日活动中，我听闻沽东村一名党龄接近30年的老党员李大华说他的党员徽章损坏希望有一枚新党员徽章时，便将自己的崭新党员徽章为他戴在胸前。我为李大华佩戴党员徽章的那一刻，看到他摸着胸前熠熠生辉的党员徽章，能感受到他的光荣和自豪。

李大华后来又跑来找我说，为避免由于换洗衣服遗落漏戴，他便申请多领了几枚党员徽章，把经常穿的衣服洗干净后每一件都别上党员徽章。我们驻村帮扶组也组织村党支部向老党员李大华学习，在全村党员中开展"戴党徽、亮身份、树形象"活动。要求全体党员在参加党支部会议和村里集体活动时佩戴党员徽章，以亮明党员身份，规范党员言行举止，发挥党员先锋模范作用，始终牢记"每一名党员都是一面旗帜"，时时处处提醒自己不忘自我约束，不断增强责任意识、党员意识、自律意识、表率意识，自觉接受广大村民群众的监督。

我们驻村帮扶组与村"两委"组织党员清扫街道卫生，别看这义务扫地是件小事，从路上走过的村民向党员打招呼的声音中，他们重新找回"荣誉感"。驻村帮扶工作组进驻前，这些没有担任任何职务的党员，不知道该干啥了，甚至于周围的村民也不知道他们还是党员。"只要组织不嫌弃我们老了，我们还是愿意为社会和群众做点事的。"重新找回了归属感和荣誉感的老党员激动地说道。我们切身感受到了老党员的纯粹、真挚的精神境界和那种浸透在骨子里的忠诚和担当。

我们还注意到，无论是村干部还是普通党员，参加支部党日活动集中学习时，几乎都是空着手来的，面前难见纸和笔。我们帮扶组宣读学习材料时，也偶有拨弄手机的。个别村干部还就此与我们帮扶组"打开窗户说亮话"，辩论称："这些大道理我们都略知一二，边听、边强化记忆即可，用不着一本正经做笔记。"更有人念歪经还一口理：

"政治理论学习嘛,不就是走个形式、走个过场,拍个照片应付一下得了,何必太认真。"针对此,我们准备了一些笔记本,每月20日支部党员学习日活动时,我们都带上足够数量的笔记本和笔,见到空手来的,就随机发一下。几次下来后,党员们觉得不好意思,村支书也发生了思想转变,不断地提醒党员同志们,每次开会一定要佩戴党员徽章,带好笔记本和笔。

2019年12月中旬,天津迎来了入冬后的第一场雪,周日当晚我不慎摔折了三根肋骨。周一一早,对自己的病情并不知情的我,便与同事一起赶往沽东村参加党支部学习活动。一百多公里的路程,车子一路颠簸,我忍受着剧烈的疼痛,依然坚持赶到村里。当党员同志们看到我被同事缓缓地扶下车走进党群服务中心时的场景,很受触动。

帮扶村党组织建设实现"翻转",赢得了村民对我们驻村帮扶组的充分认可和尊重。四年下来,我也切身体会到,开展好村里的支部主题党日活动必须做好顶层设计,从一开始就设定好时间表、构思好任务书和规划好路线图。开展支部主题党日活动是加强党员党性修养和理想信念教育的有效方法,但要根据村庄实际情况。基层工作免不了面对各种各样的人,要搞好工作,必须抛弃守旧的方法,要讲求工作方式,切忌生硬地"贴标签"、照搬,不问缘由地批评、训斥。

党群服务中心落成后,党员同志们有了活动的场所。为了给党员同志们带来意外的"惊喜",我们驻村帮扶组为每名党员设立了桌牌。在每月20日党员学习日活动时,桌牌摆放在党群服务中心会议桌上的醒目位置,大家按照桌牌坐到自己的位置上,格外醒目的桌牌增强了党员的身份认同和归属感,使得每一名党员激动之余心里的那份责任感也是沉甸甸的。

激励党员特别是无职党员"无责"变"有责","无为"变"有为",充分发挥党员队伍的内在潜能和模范作用是基层组织建设的重要工作。有一支信仰坚定的好队伍,支部号召一呼百应,关键时候能拉出来、干起来很重要。沽东村党支部每年组织党员集体劳动十余次,无论是春天清理蒿草、还是冬天路边扫雪,班子成员带头干,党员不在家属替,全靠自觉。

"现在村里党员的表现怎么样,我们都有发言权了,党员们带头进行道路清洁,大家的服务热情都被点燃了。"党员作用进一步发挥,为民做实事的成效让广大村民纷纷点赞。不少农户家中大门上方的一块块标有"共产党员户"的金色牌匾格外醒目。

开展农村支部主题党日活动必须发挥党支部主体作用,激活基层"细胞"。党支部能不能按要求"动起来",党员能不能按要求参与进来,是支部主题党日活动的重要检验标准。

(三)如何开好村里的组织生活会

沽东村能从一个落后偏僻的小乡村,发展成现在的五星村,离不开组织生活会以及村党支部强大的凝聚力、向心力。有很长一段时间,沽东村党支部的组织生活会"不经常、不规范,不想过、不会过",用不好甚至丢掉了组织生活这个"传家宝"。

乡村冬天里的清晨过于冷清、安静。2018年2月6日周二早上五点多,"哦哦——"远处传来一两声响亮的公鸡打鸣声,把我吵醒了。为了让其他同事多睡一会儿,我悄悄起床,快速洗漱完毕后,简单准备好三个人的早餐,打开笔记本电脑,又开启了我一天的驻村生活。

七点钟,还在睡梦中的同事被我叫醒。半个小时后,我们顶着凛冽的寒风,从驻地出发赶往沽东村参加党支部组织生活会。我们任比约定的时间早来了半个小时。召开2017年度党员组织生活会和民主评议,必须高度重视。镇党委组织委员、包片干部也来参会。当我们步入老支书家里的时候,看到他正在精心打理自家的庭院。不大会儿,村党支部副书记高玉奎、村支委韩丙芬,以及张明、李晓丽等人陆续赶到,相互打过招呼之后并肩围坐在长椅上。老支书今天特意带来了一副新的老花镜,会前,还在认真地看着他的发言稿。

会议伊始,我们驻村帮扶组的同志首先传达了相关会议精神,并把召开专题组织生活会的程序、方法、要求等一些注意事项,向村党支部书记、党员同志们进行了宣读。讲清楚后,没有客套话,我们就直奔主题。会上强调要树立党的一切工作到支部的意识,充分发挥支委会的核心作用,进一步加强支部建设。在党员培训会上,李红敏委员强调每一位党员必须增强党员意识,尤其是年轻党员,要充分发挥模范带头作用,对支部布置的各项工作严格落实,不打折扣,实现农村党员"平常时刻看出来,关键时刻站出来,危难时刻豁出来",为建设新时代中国特色社会主义新农村贡献力量。

大家面向党旗宣誓,当鲜红的党旗展开时,几位老党员不自觉地缓缓举起了右手,严肃庄严地与大家一起重温入党誓词。几位老党员一生勤勤恳恳,不怕苦不怕累,如今年纪大了,依旧不忘初心跟党走,在场的每一个人都从他们的身上感受到了一位老党员以身许党许国的革命精神,并从中深受鼓舞。

会上,我带头主动做了自我批评。针对入村工作以来,特别是近期"化缘"寻求到的家具等物资的捐赠,由于只想着尽力解决帮扶村的实际困难,加上时间紧,没有做好家具尺寸测量的前期调研,导致把现代化的办公桌椅搬到村里后无处摆放,不但形成捐赠物资的浪费,而且还承担了一些运输等必要费用,让现代化的办公桌椅成为村里"甜蜜的负担"。没想到自己冒失的举动,不但没有赢得广大村民群众的赞誉,反而与个别村干部产生了意见分歧,以至于村干部和驻村帮扶干部之间关系出现了不融洽。

群众的评价是做好驻村帮扶工作的第一标尺。刚走出象牙塔的我们,由于自身对农村实际需要的不了解而产生的工作失误,导致几天来,村"两委"班子成员纷纷向我投来质疑的目光。当时,内心困惑的我委屈地反思着"自己究竟做错了什么?"。

沟通是解决问题的第一步,组织生活会上,大家听着我认真地做着自我批评，在失误面前不推过，今后要根据村民所喜所需所愿，精心制定具体措施让帮扶措施与村民需要一一对应、紧密结合，做到帮扶举措"送礼送到心坎上"，一定要避免这种"好心办坏事"的情况发生。待我发言检讨后，没有人接话指责和批评。此时，一向有点"执拗""难搞"的老支书却笑眯眯地看着我，面庞透出红光，像是想把气氛缓和一下，只是说了一句，"他们老三位(指我们驻村帮扶组三位同志)心是好的，是真心实意为了咱们庄儿好，只是这东西拉来村里确实没啥太大用……"我看出大家在这个问题上的纠结，老支书给我留足了情面。

轮到老支书和高玉奎自我批评时，他们陷入了沉默。沉默片刻之后，还是庄里辈分高的老婶、村支委韩丙芬提的问题一针见血，以独到的见解指出了问题，帮着老支书、高玉奎找出了他们各自的不足。

坐在床边一直不说话的村支委韩丙芬率先对高玉奎发话说："高玉奎，有活儿自己干，没有指挥大家干，尤其是年轻人。栽花(指村里植树)卸车，没有指挥别人干，驳不开面子，打不开情面。记工一定要落实好，把握好工时这个事，特别是零散工。"

坐在一旁的老支书也接过话头说道："缺点就是别人一找，就开工票了！村民有的是两个工，有的是三个工，容易产生矛盾。"

韩丙芬又重新自床边起身下来继续补充道："再有，就是每天开完会不能与老伴儿说。你老伴儿心眼好但太爱说，都快顶上咱村的大喇叭了！"老支书、韩丙芬一番朴实的话说完瞬间点醒了大家，高玉奎忽然感觉有些理亏，察觉到众人笔直投向自己的目光，他紧锁眉头，不再多言，依然闷头着抽烟。

紧接着，韩丙芬将话语转向老支书，随后她说出了三点意见，一是面子矮，有事需用喇叭喊却不喊，这一点没做好，往后别婆婆妈妈的；二是工作落实方面要雷厉风行；三是在镇上开了会必须贯彻传达。几句犀利话语，句句戳中老支书的要害。韩丙芬老婶情真意切的一番话让老支书有点意想不到,只见神情严肃、眉头紧锁的老支书猛吸几口烟后当场表态,歉疚地说:"老婶说得对,我是有这毛病。既然大家伙儿信任我,我就得往好里干。"

顿了顿,一直在倾听的张明老书记思索片刻后,也开口插话说:"党内每一名党员的思想状况还没有完全了解,要注意了解党员思想。"李晓丽表情淡定,也适时地在一旁补充,"会太多啦!""会议内容太分散,没有统筹性,过了十五,基本上没人了,有什么内容尽量在党员学习日沟通。"

在短暂的沉默后,老党员刘庆普瞧着大家的动静也鼓起勇气清了清嗓子,嘴唇颤抖着回头看向老支书,想了想又补充道:"开会不到的党员怎么办?要有个'说法'。每月20日开会,党员尽量地要集中。党员要严守机密,会议的内容不要外传出去。"

张明老书记、李晓丽、刘庆普等人一番掏心窝的话语,流露出他们对沽东村美好未来的憧憬。听着他们的话,我感觉到心中热乎乎的。是呀!村里的每一名党员都像他们一样,这个村的老百姓都齐心协力干事情,加上我们帮扶组的工作积极投入,任何困难都是可以克服的呀!党支部就是个火车头,就是要多干点实在为民的事。

会场气氛虽然严肃,但却不枯燥。这样务实、接地气的组织生活会,开诚布公、直奔主题、实事求是,自我揭短亮丑不遮掩,尖锐深刻不绕弯。

党组织生活会这样认真开,在沽东村还是历史上的第一次。过往称赞的话语没有了,这场火热的组织生活会下来,大家都觉着痛快,达到了醒脑排毒的效果。从"怕讲"到"敢讲",从"讲虚"到"讲实"。如此辣味十足的组织生活会,已成为助推工作的一项重要抓手。规范党内组织生活,强化党员教育管理,提升了支部战斗力、凝聚力、向心力。党员们在互相帮助、互相监督中共同增强了党员意识,提高了党性修养,改进了工作作风,这是驻村帮扶组深入基层了解实情、感受生活、接受教育、强化作风的一次新探索。这让我们知道了应该如何规范地过好组织生活，如何调动党员干部的智慧和群众的积极性，如何研究解决村里的现实问题。

"发展"是时刻萦绕在沽东村干部心头的大事。一支过硬的农村干部队伍，成为激发乡村活力、提振村民心气的关键。这场"不念稿、说真话、开短会"的组织生活会，传递出作风转变的好声音。我们驻村帮扶组与村干部们敞开心扉，最终达成了思想统一。

这次会后，我不断地反思自己，深感驻村帮扶工作要站在农民的视角，弄清楚他们关心什么、需要什么。要讲"接地气"，"听得懂"的语言，在村庄发展的堵点"找原因"，"为农民说话，让农民说话，说农民的话"，把事情办得实在，这样才能被农民所理解和接受。

第二章　点亮"心灯"，办有"温度"的乡村教育

教育扶贫是拔掉"穷根"的重要举措。乡村教育不只是乡村孩子们健康成长和乡村振兴的关键，更事关为党和国家培养新时代接班人这个重要大局。乡村教育存在理念相对陈旧、办学条件相对较差、师资水平偏低及支持功能缺乏等问题，这些问题是制约乡村教育发展的因素，是乡村振兴必须啃下的"硬骨头"。

党的十八大以来，习近平总书记关心少年儿童成长成才、谋划少年儿童发展进步工作，激励新时代少年儿童奋发有为、向阳成长。为此，我们积极探索"扶贫助学"、"兴学助教"等教育扶贫的新途径和新模式。在教育扶贫工作中，我们尤其关爱乡村孩子中的弱势和特殊群体，从物质层面与精神层面帮助他们克服成长道路上的各种困难。我们紧紧围绕孩子们的思想品德教育、乡村教育教学质量提升等工作重点，聚集爱心力量，积极搭建关爱、帮扶平台，推介先进典型，营造共同关爱乡村孩子们成长的浓郁氛围，创造良好的软、硬件学习环境，做有"温度"的乡村教育，点亮孩子们的"心灯"。

一、初识乡村孩子

2017年8月底，参加市、区两级驻村帮扶干部培训班后，驻村帮扶组便立即开启了驻村工作"战斗模式"。从入村第一天起，我们驻村帮扶组就在村干部的带领下，到村里的党员干部和群众家里进行走访，详细了解村民务工、就医、孩子上学及困难户等情况，并认真做好记录。面对面倾听村民的诉求和意见，帮助协调解决实际困难和

问题,这无形中拉近了我们驻村帮扶组与村民之间的距离。

入村后,我的第一感觉是村里的老人多、年轻人少,看上去缺乏朝气。村口超市门外稀稀拉拉地站着几群老人,挨着墙根儿(当地称"暖和仡佬儿")慵懒地晒着太阳。他们有的手里握着一支拐杖,有的提着一个小马扎,还有的嘴里叼着一根旱烟管,有一句没一句地闲聊着,妇女们则是在照看孩子之余唠唠家长里短。想象中的农家小院没有了,取而代之的是几排低矮的乡村小平房,窄窄的街道上到处都是垃圾,时不时还有一个大泥坑……一时间,我梦想中的诗和远方荡然无存。

理想再远大,都不如投身理想事业落实一件小事来得靠谱。按照镇里的统一要求,我们驻村帮扶组分别与两村"两委"班子一起察看村庄主干道路破损情况和危房,并走访困难家庭,"一看房、二看粮、三看劳动力强不强、四看家中有没有读书郎"①。把帮扶对象摸清、把家底盘清,做到心中有数、一目了然。我也正式担起了驻村第一书记的角色。

(一)自强自立的小男孩

2017年9月底的一天,我们驻村帮扶组与村干部一起入户走访,将近中午时分,正好转到沽东村南村口处,只见远处三三两两穿着红黄相间校服的孩子们沿着村道陆续往村里走,村干部告诉我们这是孩子们放学了。说话间,恰好看到有几名大个子小学生正在一路喊叫着追赶着一名小个子男孩,喊闹着"可怜鬼,没有爸,没人管",被欺负的男孩一边抹着眼泪一边快速朝着家的方向跑去。

见此情景,我们颇感错愕,急忙询问村干部原因,从村干部毫无掩藏地叙述中我们了解了事情的原委。这孩子名叫解未来(化名),刚上二年级,他父亲常年在外从事打井工作,在解未来5岁时,他父

① 中共中央党史和文献研究院.习近平扶贫论述摘编[M].北京:中央文献出版社,2018年:59。

亲到一处工地务工没满三天,便被突发的爆炸事故夺走了生命,可怜的孩子从那之后就变得愈发沉默寡言。

出于教育工作者本能的忧虑,我立刻说:"走,咱们到他的家里去看看。"说话间,撞见村报账员,我们便一同前去解未来家里。村干部郑重地介绍了我们:"这三位同志是来咱们庄儿帮扶的天津财经大学的老师。"解未来的母亲带我们穿过堂屋走进东屋,村干部抢前抬手帮身后的我们撩开红色门帘,只见解未来趴在面对着墙壁的小饭桌上边写作业边抹眼泪,回头怯生生地看了我们一眼,继而哭得更厉害。我心里顿时一酸,上前摸了摸未来沮丧的小脑袋,一时间不知如何出言安慰,如此年幼便被迫承受丧父之痛,三言两语岂能宽慰得了?

听村干部、报账员所述,下仓周边地区有多支打井队伍,从事地源热泵等工程项目施工工作,这是当地男性劳动力的主要收入来源。解未来父亲在世时,由于常年在外务工,有一定的稳定收入,家庭条件在村里还是挺不错的,从家庭装修、家具物品的陈设上也能看得出来。

交谈中,解未来的母亲不住地抹着眼泪,心力交瘁地向我们哭诉着:"住在一个村里的孩子,都知道解未来没有爸爸,经常会当着我的面欺负他,说他是个没爸的孩子,这孩子每次都委屈地哭着跑回家,现在都不想上学了。"看着解未来的母亲沉浸在悲伤中无法自拔,我的心情不免沉重起来,赶紧一边抚摸着孩子的头,一边劝慰孩子的母亲:"上有老下有小,你也是家里的顶梁柱……要挺起腰杆,不能趴啊!一定要坚强地生活下去,再苦再难也要想法儿把孩子照顾好、拉扯大。有什么需要帮助的,我们驻村帮扶组和村'两委'想办法一起帮你解决。"

解未来家的斜对门是他爷爷(解树江)家,唯一的儿子遭受意外,爷爷奶奶承受着老年丧子的巨大打击,奶奶因过度悲伤而抑郁成疾。村干部悄悄地扯着我的衣襟,向我低头耳语道:"公婆与儿媳妇之间的关系不融洽。"在走出解未来家后,正值晌午,见解未来爷爷家门户紧闭,怕打扰老人家歇晌,我们一行人便没有前去探望。

(二)没有母亲陪伴的孩子

解未来家的不远处便是解有光(化名)家,据说是家庭困难户,我们便决定顺道去看望。村干部见院门虚掩着,便推开门带着我们走了进去。这是一户典型的农家小院,院子里各种农具和杂物横七竖八地躺着,三间老式平房颇有年代感,靠东侧的屋子是解有光与奶奶住的房间。院内一只黑色的狗见到生人猛地向上一蹿,"汪、汪、汪……"不停地叫着,虽然狗有铁链拴着,但仍有随时要扑过来的架势,村干部担心我们被狗伤着,急忙地呵斥着迎过去。屋里解有光的奶奶听到狗叫声,急忙从屋里走了出来,将我们护在身后并大声呵斥制止自家的狗,然后客气地迎我们进屋。我环顾四周,土炕占了近乎三分之一的面积,炕上的枕头、被褥油光油光的,凌乱地摊在炕头。土炕旁边支着一张折叠圆桌用来吃饭,窗户与土炕之间摆放的老式柜子晒出了家里的全部家当。屋子里的墙面看上去很久没有粉刷过了,黑乎乎的,让人感觉透不过气,房梁上垂下的一组20世纪中后期的花式电线与悬挂着的一根照明灯管连接在一起,挂上了厚重的灰尘。凌乱不堪的家像个废品回收站,连空气都充斥着"脏乱差"。

初见生人的解有光惊恐地挽着奶奶的手臂,快步躲到奶奶身后,脏脏的脸蛋、呆滞的目光,低垂着头,表现得十分怯懦。解有光的父亲则手足无措地站在一旁望着我们,一句话也不敢讲。几年前,他在外务工打井时手部受伤落下残疾,干活很不方便,一家人享受着政府的低保户待遇。听村干部介绍,解有光的母亲在他刚出生一两个月的时候,因为无法接受这种贫困生活,便不辞而别了。和别的孩子不同,解有光对母亲这个词格外的陌生和冷漠。而解有光的父亲长年在外务工,解有光年幼时一直由年迈的奶奶照料。然而,奶奶毕竟无法弥补他缺失的爱,成长过程中父母的缺席和同学的孤立嘲笑也使解有光愈发孤僻。

走出解有光家,我内心久久不能平静。初"入"茅庐的我们真实地了解了这两个困难家庭,两个"辛酸男孩"的家庭情况令我们更加揪心的同时也让我感悟到原来结对帮扶工作远不止喊喊口号这么简单。从村干部那里我们还了解了很多家庭的现状,村里有很多离异单亲家庭和再婚重组家庭,我不禁发问:"大人一时洒脱了,可是孩子们的心理健康又该由谁来守护?孩子们的安全感又从何获取?"失去父亲或母亲的关爱,对孩子幼小的心灵究竟造成了怎样的伤害,这些恐怕是我们难以估量的。想到这些,劳累了一上午的我们一点儿食欲都没有,满脑子都是那些双目无神,满脸泪水的可怜孩子。

眼前的现实,让我思绪万千。尽管这些命运坎坷的孩子们背后有着这样或那样复杂的隐情,但爱的缺失、孤单的童年、生活的苦楚,以及所受到的心灵创伤,却是这些孩子真实经历的,值得我们深思。他们的童年不能说是悲惨的,但至少是不快乐的。这些孩子们的家庭情况令我们揪心,更让我们领悟到:关注乡村孩子的心理健康,让他们感受人世间的真、善、美迫在眉睫。乡村家庭教育应该是我们开展驻村帮扶工作时不容忽视的一个重要问题。

晚间回到驻地,结合走访情况,我们及时对全村各户家庭类型、经济收入等信息进行了分类整理、分析研判。一段时间后,我们的笔记本上已经手绘好整个村子的村情图,尽管画出的线条歪歪扭扭,但村情村貌和每家每户的情况愈发清晰。随着调查的深入,我们驻村帮扶组发现在乡村生活着这样一群孩子,他们内心深处的痛点和脆弱凸显了当下乡村青少年生活的真相和困境,将我们带入对他们未来出路的认真思考中。

在走访、入户的过程中,我们发现,随着经济社会发生变化,很多农村地区的家长出于经济原因选择外出打工,这些家庭夫妻双方聚少离多,有一部分以离婚收场,也有一部分因为疾病、车祸等意外事件造成其中一方去世或伤残。这些家庭的孩子们正处于成长期,破碎的家庭给他们带来了无尽的伤痛,这在成长过程中给他们造成了不同程度的心理创伤,将本不该有的伤痛埋在了心底。他们常常为"打翻的牛奶"而哭泣,难以走出痛苦的人生沼泽。这些孩子们不幸的家庭遭遇,使得他们在校园里与同龄的孩子们产生了心理差异。看到这些孩子稚嫩的脸庞和家长焦虑、无奈的眼神,就觉得自己肩上的担子沉甸甸的。如果不去关爱、帮扶这些困境中的儿童,他们的身心就不能健康成长,他们将来走向社会,又如何能适应社会的发展呢?这是我们驻村帮扶组无法躲闪和回避的现实问题。在护航乡村少年花季人生的路上,需要引入更多的社会力量共同参与,传递关爱用心守护"少年的你",哪怕前路遥远崎岖。

写到这里,恰逢中秋。我想到了苏轼的《水调歌头·明月几时有》所寄托的"但愿人长久"的美好祈愿。月有阴晴圆缺的转换,人有悲欢离合的变迁。家庭关爱的缺失对这些乡村里的未成年人来说,是一道难以抚平的伤口。只希望这些孩子们和他们的亲人能平安健康,即便与父亲或母亲相隔千里,也能共享这美好的月光。

二、情暖乡村小学

自沽东村南头步行大约200米远的距离,就是东太河中心小学了。每天都有很多周边村庄的孩子们从沽东村里穿行,嬉笑着前去上学。这所小学在我看来是帮扶工作组了解乡村小学难题,实施帮扶工作的"百草园"。

刚驻村不久的我们去沽东村支委韩丙芬家走访了解情况时,老人无意中提到,自己的姐弟兄妹多,娘家就在东太河村,小学校长韩丙武刚好是自己的五弟。老人还随口说道:"父母在,兄弟姊妹是一家;父母去,兄弟姊妹是亲戚。"于是,我们驻村帮扶组恳请韩丙芬老人帮忙引荐,怀揣着满腔热忱主动走进了这所小学。

韩校长面带微笑亲自到校门口来迎接我们,待我们落座之后,还亲自为我们泡茶。初次见面,自然免不了一番客套寒暄,据悉韩校长当兵出身,性格也直爽,是附近小有名气的体育教师。他感慨地说"自己是'多面手'和'后备队',全区最偏僻的乡村小学的教师",一番大实话道出了自己和许多偏僻乡村小学教育人的心声。学校地处偏远,没有老师愿意来这里任教,老师们都是来了走、走了来,更谈不上较高的教学质量了……短暂的接触下来,我们搞清楚了这所乡村小学面临的难题。说话间,接二连三不断地有人敲门来打印材料,韩校长有些尴尬,连忙解释说:"这些日子里正赶上教师申报职称,全校就我屋里这么一台打印机,只能勉强地对付着用。"在闲聊中,我们还了解到全校近300名学生中,有十几名学生家庭困难,学校也在以不同方式关心关爱着这些孩子们。

深入了解这所小学的困境后,我为学校贡献力量的愿望更加强烈了,周末便返回市区直奔校友家,将好友闲置的一台全新打印机及配套的数只墨盒搬走,周一顶门送到东太河中心小学,作为我们帮扶组的"开学见面礼"。

而困难家庭中的孩子们,始终是我们驻村帮扶工作组内心最深的牵挂。我们一直都想充分发挥自身优势,有针对性地开展帮扶工作,把好事、实事做到群众心坎上。从自身做起,不断号召社会各界去关心、帮助农村困难家庭的孩子们,为他们播种灿烂的明天。

(一)金秋助学暖童心

驻村后,天津财经大学学校领导多次致电关心我们的日常生活、工作情况,这给了我们工作组信心和动力,让我们体会到了什么叫"娘家人"。2017年10月17日是我国第四个"扶贫日",天津财经大学党委常委、组织部部长周艳萍和校团委领导等一行前来调研、指导驻村帮扶工作,并看望慰问我们驻村工作队员。当天下午,周艳萍和校团委领导等同志在我们工作组陪同下前往东太河中心小学,实地开展"精准帮扶促脱贫,金秋助学暖童心"爱心捐赠活动,给困难家庭的孩子送去暖心关爱。

活动开始前,大家实地察看了两个帮扶村的村情村貌,与两村"两委"班子开展了深入的座谈交流。学校领导听取了我们关于帮扶工作的想法和思路,再三叮嘱我们要尽快熟悉帮扶村的具体情况,认真学习驻村制度和工作要求,自觉接受工作安排,树立起驻村干部良好形象,落实好同吃、同住、同劳动、同学习的"四同"要求。要求我们把老百姓当亲人,把老百姓的事当成自己的事,找准发展路子,专心致志地将驻村各项工作做到百姓心坎上。天津财经大学党委为结对帮扶困难村提供了各方面的帮助与支持,始终是驻村干部最坚实的后盾。

在捐赠仪式上,为了给困难家庭孩子们提供力所能及的帮助,天津财经大学党委根据事前了解到的12名家庭经济困难学生的家庭经济状况、生活和学习情况以及他们的身高等特征,准备了孩子们穿的棉衣、棉袜、衬衣、短裤,用的书包、纸笔、文具盒等学习用品,学校教师心疼村里困难家庭的这些孩子们,还将自己孩子闲置的衣服送给这些困难学生。崭新的棉衣,映衬出孩子天真的笑脸,漂亮的围巾,让孩子们露出了快乐的笑容。"天财人"的"温暖包",不仅给困难家庭的孩子们带来了物质上的满足,也为孩子们送上了精神上的温暖。

"天财人"的大爱情怀得到了下仓镇党委、政府的肯定,镇领导也来到活动现场参加爱心捐赠活动。不大的会议室里,一张椭圆形桌子围坐了满满当当的人。为了不耽误孩子们上课,我们特意将活动安排在大课间进行。尽管有班主任老师一直陪伴在孩子们身边,但常年生活在偏僻乡村里的孩子们很少见到这么盛大的场面,面对众多陌生眼睛的注视,这些质朴可爱的孩子们显得有些局促、腼腆,带着羞涩与忐忑走进了熟悉而又陌生的会议室。但很快,老师们的和蔼消除了他们的不安。孩子们开心地接过礼物,兴奋地喊着:"谢谢老师!"孩子们用最朴实的方式向参加活动的老师们深深鞠躬,表达内心的感激之情。

校团委领导代表青年志愿者协会向东太河中心小学校长韩丙武颁发"天津财经大学青年志愿者服务基地"牌匾。青年志愿者服务实践基地正式揭牌,这意味着志愿活动将长期开展下去,新时代文明实践在这片乡村沃土落地生根。同时,天津财经大学的优秀大学生在乡村得以实践、得到锻炼,村民和孩子们文化生活将更加丰富,乡村充满生机。

我们还将"天财"校园文化纪念品、学习文具等礼物逐一送到孩子们的手中。收到礼物的那一刻,孩子们的眼神里透着光,脸上露出了开心的笑容,这些来自陌生人的关怀像是从生活磨难的裂缝中照射进来的阳光,温暖了孩子们幼小稚嫩的内心。孩子们一张张笑脸是那么淳朴,一双双天真好奇而又充满渴望的眼睛是那么纯真,让所有在场的人都感到很温暖。一份爱感召出更多爱,一颗心温暖了千万颗心。欢笑、感动、温暖、泪水……在东太河中心小学的会议室里涌动着。

孩子们时下拥有的这份小确幸,在交织着苦辣酸甜的成长历程中留下了不可磨灭的印迹,孩子们的眼神令我难忘。"天财人"的真情,点燃了孩子们心中的希望;各界人士的厚爱,鼓起孩子们远航的风帆。

(二)向未来播种希望

开学买新书包,好比过新年买新衣服,让孩子们心存期待。一款实用又漂亮的书包,让孩子爱上上学。爱心捐赠活动得到热心公益机构人士的大力支持,他们给东太河中心小学330名孩子们送去了崭新的书包、漂亮的文具盒,并为校内的12名困难学生送去了爱心助学金作为定向救助。为需要帮助的困难家庭的孩子们送去温暖,我们驻村帮扶组充分发挥资源优势,积极牵线搭桥,促成这桩暖心事。

为了给这12个困难家庭的孩子们筹措爱心助学金,我专程赶回市区找到多年前结识的热心公益好友。简单的寒暄后我便开门见山道出了请求帮助的事项,好友听说我在蓟州驻村帮扶,很心疼地提醒我,"千万要注意身体"。好友爽快地答应了我的请求,并叫来了副总裁,与我交换了联系方式,并责成专人负责办理。

沽东村,初秋的傍晚,凉风习习。我们驻村帮扶组一行人在乡间小路散步,正好又赶上孩子们放学的时间,孩子们成群结队地跑出学校,我们看见解未来身后跟着一个小朋友,也随着他们的脚步走进了解未来的家,看见两个小孩并排坐在小凳子上准备一起做作业。与之前相比,有了小伙伴的解未来,脸上多了一些笑容,看到这样的改变,大家感到十分欣慰。

当孩子在生活和学习方面心里感到困惑时,我也鼓励他把心里话讲出来,让他始终感到被重视、被关注。时常对孩子进行心理辅导,关注孩子的身心变化。一次次地深入交谈,与孩子谈心、倾听孩子内心最真实的想法,使得我们之间的距离不断被拉近,我们成了村里家喻户晓的忘年交。

我时常送给孩子们印有"天财"校徽的各种文化创意产品,有时还特意去市区专门买十八街麻花给他们尝尝,鼓励他们好好学习,快快长大。孩子们也觉得我们驻村帮扶组是值得他们信赖的"大朋友"。"半亩方塘一鉴开,天光云影共徘徊",让他们知道学习的重要性才是受益一生的引领。

一天下午,解未来与母亲来到帮扶组驻地,我给他们进行了心理辅导,还送给了他日记本、鼠标和耳机,解未来突然跑过来扑到我怀里说:"李爷爷,我想上大学。"我的视线那一刻瞬间模糊。

脚下一片村庄,心系万千乡村。任重道远,但没有一个帮扶干部会觉得道路崎岖,就算力所能及只能抚育一朵祖国的鲜花,也要让这乡土添一分春色。于是我提议和孩子单独沟通,抚慰他们受伤的心灵,做孩子们的坚强后盾。

走进校园,通过窄窄的楼道,我们望见孩子们亮亮的眼眸,他们的心是暖暖的。突然见到这么多陌生人令孩子们不免紧张,表情胆怯。他们安静地排成一列。解未来排在第二位,他站在队伍中和其他小朋友一样静静地看着老师递给前一位同学的礼物,两只小手攥着拳头揪着黄色的衣角小幅度地搓着,脸上尽是期待。

老师们弯下腰将书包和"天财人"的大礼包递给孩子们。他们小心翼翼地接过,怯生生地抬起头来,清澈明亮的眼睛想看向老师又有些躲闪,嘴唇微微颤动想挤出些什么感谢的话语,最终深深地鞠了一躬。直到拿到书包与衣物的那一刻,解未来的神情仍带着一丝恍惚,呆呆地看向手中的书包。收获了丰富的大礼包,孩子们很开心,眼睛里露出了欣喜的目光。

乔安子村在小学担任数学课教学的赵老师对我说,村里孩子们的家长一般情况下不会花那么多钱买这么好的双肩背书包。尽管有些家庭生活条件比较宽裕,也愿意竭尽所能给孩子最好的学习条件,但是这样的父母毕竟还是少数。

"感谢各位老师对我们的帮助和支持!我们会好好学习,磨炼克服困难的意志,将来长大后我们也要去帮助那些需要帮助的人,把这份爱心传递下去。"在捐赠仪式上,三年级学生晓乔代表受助学生感激地说道。

会场上虽然没有炫彩的大屏幕,但一首充满力量的歌曲《让世界充满爱》作为背景音乐,让参会的师生们自发地一起拍手唱起了"这颗心永远属于你,告诉我不再孤单……",这也是我们所有与会人员内心最朴实情感的表达。期待这一首充满力量的温暖音乐,能够将希望和美好传播至更多人。

这一刻,孩子们忘记了思念,忘记了烦忧,纯真、幸福的笑容回到了脸上,一张张稚嫩的小脸因大人们的热情而泛起花朵般的红润,忽闪忽闪的眼眸中流溢出钻石般的光彩。那幼嫩的小脸蛋里又透露出一抹懵懂的眼神。此次爱心捐赠活动不仅给孩子们带来了物资帮助,更重要的是带来了精神动力,温暖了孩子们的心灵,让东太河中心小学师生感受到爱的温暖。

活动结束后,与会领导与孩子们合影留念。驻村一个多月来,我们驻村帮扶组充分发挥优长办好了驻村第一件实事,这是一个值得纪念的日子。真情守护乡村教育的"红烛",温暖而又明亮,照亮了乡村孩子们追梦的前程。当一行人即将离开学校时,孩子们和老师挥手深情地送别大家,场面令人感动……

(三)长大后我就成了"你"

我们驻村帮扶组认真策划的活动方案得到了天津财经大学校团委的大力支持。学校精心挑选优秀学生骨干参与活动,恰好我校志愿者协会负责人李同昱是蓟州一中考入天财的,于是,李同昱等几位"蓟州籍"在校大学生与我们一起走进东太河中心小学,贴近孩子们,帮助孩子们从身边生动案例中找到新的起点。我们希望此次活动可以进一步激发孩子们的学习热情,赋予孩子们挑战困难的勇气,使他们在人生的道路上走得更充实、更快乐。

榜样的力量是无穷的,尤其是身边的榜样,他们如同一盏盏催人奋进的"明灯"。接地气的"身边典型",更是乡村孩子们成长过程中不可或缺的思想道德教育的鲜活教材,具有很强的引领和示范作用。我校志愿者协会学生代表李同昱和来自沽东村的李晓丽,用真事、真情生动地分享了他们的成长故事。

李同昱用"帮助他人"和"实现自我"两个关键词串起了自己的发言,分享了个人成长历程和从事志愿服务活动的感受,为孩子们讲述了自己的逐梦故事。他激励小朋友们努力学习,改变困难家庭的状况。寄语弟弟妹妹们珍惜学习时光,做好个人规划,踏实学习、增长才干、全面进步,更加从容地面对未来。

"80后"的李晓丽,大学毕业后被分配到兰州大学第一医院心内科,成为一名护士,曾荣获"甘肃省技术标兵"称号。怀揣着为人民服务的理想,从大城市的医院走向农村,来到沽东村任党支部书记、村委会主任,成为助力乡村振兴的一名村官。坚强、勤奋和执着,谱写了一个逆境崛起的故事。"我们决定不了我们的出身,但我们能够决定自己的行动和人生的态度。""命运的低起点是为了让你谱写一个逆境崛起的故事。"来自沽东村的李晓丽从自己也是一名东太河中心小学毕业生谈起,用真诚而又平凡的话语述说着自己平凡的故事。从一个乡村成长起来的孩子的角度,用现身说法的形式,讲述了乡村孩子们要养成好习惯,成功大有可能的道理。"我们可以走得很远很远,但永远抹不掉家乡的记忆。我们的童年,是泥泞的小路,是昏黄的煤油灯,是吃不饱的苞谷饭……你们现在生活得怎么样? 我们现在家家都通了水泥路,点起了电灯……"在爱心捐助仪式上,李晓丽回忆起儿时的生活,与同学们互动,分享自己学习、工作的经历与感悟,结合自身求学经历,勉励家乡学子作为新时代的青少年,建立信心,相信自己,通过努力补齐自身短板,将命运掌握在自己手中。要有家乡自豪感和上进心,"学向勤中得,萤窗万卷书",学习革命先辈刻苦学习、发愤图强的精神,珍惜大好时光,勤耕不辍、孜孜不倦,不断蓄积远航的动力、搏击风雨的能量、应对挑战的本领。

李同昱、李晓丽都是蓟州走出去的孩子,是身边的典型。虽然他们的家庭条件也不是很宽裕,但是正因为他们在求学期间有志向、有方法,所以才有了现在的美好前程。

少年养志,靠的正是榜样的力量。榜样会润物无声地影响孩子人生的走向。在成长过程中,每个人都需要榜样。尤其是至为关键的少年时期,孩子年龄尚小,心智还不太成熟,树立什么样的志向,以什么样的人为榜样,往往会决定孩子未来的人生。

李同昱和李晓丽是孩子们身边的典型,他们的精神让东太河中心小学的小学生学得到、学得会。励志演讲活动不仅为乡村孩子们打开了一扇窗,看到了外面更为广阔的世界,还架起了一座桥,让孩子们懂得如何学习好,如何跟同学们和社会有一个良好的互动。更为重要的是,播种了希望,点燃了孩子们内心的火焰。

三、关注成长的心灵,播种灿烂的明天

读书,是对知识的求索和对心灵的熏陶。对于广大乡村孩子们来说,读书,可以给他们精神的依托和人生方向的指引。乡村孩子们渴望多读书,但他们缺乏图书资源。我们能做的事就是为他们提供更多的书籍,关注他们成长的心灵,让乡村的孩子们获得更多阅读的机会,为他们播种灿烂的明天。

驻村后,我发现沽东村没有图书室,而乔安子村村委会文件柜里仅有的、不足百本的图书,不是发黄破损,就是缺页少页,这是无法吸引村民们的原因。于是,我想到了天津人民出版社总编辑王康老师,拨通了她的电话……我按照约定来到了王康老师的办公室,把村里没有农家书屋和缺少可供村民阅读书籍的困难情况做了如实说明。我们俩商量通过捐书来改善这一情况。因为该出版社出版的图书大多是政治类书籍,王总编特意安排编辑们去找适合村里面孩子和村民读的书。

我在天津财经大学的师生、社会爱心人士以及天津人民出版社的帮助下,千方百计、想方设法地解决图书捐赠问题。筹集图书不是靠量取胜,而是根据村民们真正的需要挑选合适的书籍,农民真正需要的是种植、养殖方面的书籍,孩子们需要的是绘本、故事书、科普类书籍,每多一本书都是为村民们拓宽眼界和增长见识贡献一份力量。

(一)天津人民出版社捐建乡村少儿图书室,把好书送给困难村的孩子们

记得往村里送书的那天一大早,我们到党群服务中心,我让村书记用广播召集村民:"大家快来大队,李书记又从市里'化缘'回来,带

来好多新书,谁来领书,还发一份小礼品。"虽已进入寒冬腊月,但听说有客要来,村民们不约而同地走向村里的党建阵地。家长领着孩子们嬉戏玩闹着早早地来到党群服务中心院内广场等待,大家都乐呵呵的,就像在"赶集"一样。村里的服务条件得到较大改善,党群服务中心已成为村民幸福生活里最醒目的"红色地标"。

"这个'特殊党日'的特殊内容是天津人民出版社编辑第一党支部的全体党员和积极分子向乔安子村、沽东村的四十多个困难家庭的孩子们赠送《谁最强》《童话开心果》《带着爸妈去旅行》等二百四十余本优秀少儿读物。"书香缕缕,情意浓浓。天津人民出版社的老师们清晨冒着零下十度的严寒,驱车一百多公里来到村里,将精心筛选出适合乡村幼儿园、中小学生阅读的、实用性强的优秀少儿读物图书送给孩子们,为乡村孩子们送上精神食粮,希望他们可以通过阅读打开心灵的窗户,感受更广阔的未来。让广大农民朋友在物质生活脱贫的基础上,在精神文化生活层面进一步得到滋养。

赠书仪式后,该社青年编辑苏晨老师给孩子们讲述了一本书是如何"诞生"的,从一本书书稿的编辑、书籍的封面装帧、内容的校对、印刷厂的印制乃至正版书和盗版书的鉴别都进行了生动形象的介绍,让孩子们对一本书的制作生产过程有了基本的了解,使他们对书籍的兴趣更加浓厚。情绪高涨的孩子们高举着自己喜欢的图书禁不住纵情高呼:"读一本好书,走好人生路。"场面令人动情。

寒冬的乡村,冬天不能像城市那样有集中供热设施来获得温暖,党群服务中心只有用空调来取暖。但天津人民出版社老师们的爱胜似冬日里的暖阳,既照亮了孩子们前进的路,也温暖了孩子们的心,让村里的孩子和家长们在冬日的严寒中感受着融融的亲情和欢乐。手里拿到两本赠书的初三学生魏有缘(化名)同学心情激动地说:"今天收到了天津人民出版社赠送的好书,我一定要努力学习,刻苦读书,争取将来考上大学的建筑系,学好本领,为建设美丽乡村贡献一份自己的力量。"

在整个活动中,孩子们被浓浓的爱意包围着。天津人民出版社的年轻编辑们把绘画本、鼠年玩偶等精心准备的新年礼物送给孩子们,还平易近人地与孩子们交流他们的学习生活,孩子们天真无邪的笑容也无不感染着在座的每一个人。帮扶组还组织了一场"写春联、送祝福"的活动,大家拿起了毛笔,书写对于村庄的美好愿景,我握着一个孩子的手,在红纸上写下大大的"福"字,虽然还有些稚嫩,但毕竟是孩子们主动拿起笔写下的,他们高高举起大"福"字,满脸都是灿烂的笑容。

为了此次活动的顺利进行,前一天晚上我特地驱车赶回市区。第二天一大早,我便陪同天津人民出版社的老师们赶往村里。在我们刚刚驶入津蓟高速公路后不久,坐在同一辆车上的王总编接到了爱人打来的电话,听着电话那头丈夫焦急地讲述婆母去世的噩耗。放下爱人的电话,泪水已毫无征兆地从王总编的眼眶骤然涌出。

车子行驶到宝坻温泉城服务区,王总编不得不匆匆赶往安徽料理老人后事。大约二十多分钟后,几位女编辑抬着一个大号纸箱向车子走来,原来是王总编给村里的孩子们购买了许多小食品,委托同行的编辑们带给孩子们。王总编再三叮嘱我说:"咱们帮扶村,我一定会去的。"她强忍亲人离世的悲痛,把对婆母的怀念压在心底,依然惦记着这两个困难村的孩子们,令我们所有在场的人都为之动容,更鼓励着我要时时处处关心惦念着村里的这些孩子们。

在我的牵头下,2020年8月21日,天津人民出版社总编辑王康老师又带领多名党员来到东太河中心小学,为小学生们带来了童话、小说、科普等三百余册图书,并在现场为参加了该社线上读书征文活动的获奖同学颁奖。这些孩子上台领奖时,笑容灿烂,眼里都闪着光,我很欣慰,他们有机会在知识中寻找另外一个自己,去成就更好的人生。举办这次活动,不仅是想激励孩子们努力学习,更是希望孩子们能够意识到外面的世界很精彩。

乡村少儿图书室的落成,在培养当地少年儿童阅读习惯、开阔当地中小学生的眼界、丰富青少年的课余生活和营造当地教育文化氛围方面将起到积极作用。王康老师在乡村少儿图书室落成仪式上表示,文化扶智,出版先行,天津人民出版社下一步将加强与学校的联系,为乡村少儿图书室带来更多优秀图书,用阅读点亮孩子们的成长之路。我们想做的便是以己之力,为孩子们发现新世界打开一扇窗,使他们能够有机会更早地发现自己所好,掌握独立思考、善于思考的能力,树立正确的人生观、价值观。

乡村教育不仅需要传授知识,还需要给予孩子们努力的方向和追求理想的勇气。也许一本课外书就能为他们打开一扇窗,也许一句亲切的鼓励就能为他们增加力量。

(二)新时代乡村阅读季

我与百花文艺出版社的相识源于《海边春秋》这本书。《海边春秋》是福建省作协主席陈毅达所著的长篇小说。这部描写孤岛建设背景的小说,在海的情怀里展现出文学对新时代的激情,从在《人民文学》发表到出版成书,一经面世就获得评论家们的肯定。

2019年3月,百花文艺出版社编辑徐福伟经天津人民出版社总编辑王康老师的推荐找到了我,给了我一本《海边春秋》并说明了来意:"由于《海边春秋》以扶贫与发展为主题,他们想做一期有关扶贫方面的节目,想找一位目前正担任驻村第一书记、具有真实乡村帮扶经验的帮扶干部做嘉宾,希望能听听来自一线奋斗的帮扶干部们的观点意见。"我爽快应允。徐福伟带我走进百花文艺出版社会议室后,我见到了百花文艺出版社社长薛印胜、总编辑汪惠仁以及天津电视台的一位同志。

第一次翻开《海边春秋》,渡过稍显平淡的开头,我被书里的情节勾住了魂儿,被主人公刘书雷的转变、被村干部心声的真实吸引着,越发迫切地向后翻阅。在逐步深入阅读的过程中,书中有几个情节格外引起了我的共鸣。

书中提到,组里的援岚行动开展后,主人公刘书雷临危受命,带着李然书记的信任和天下兴亡匹夫有责的气节,投身于帮扶工作中。在帮扶工作的锻炼下,刘书雷由畏难、不接地气的文人转变成为脚踏实地、迎难而上的扶贫战士。这样的转变深深打动了我。我想到了自身的经历,作为身处校园象牙塔里的教育工作者,即使我始终追求着脚踏实地,但在起初开展具体的驻村帮扶工作时也多少有些不接地气的地方。书中说:"人如果只想做根蜡烛,那他也就发光数尺,照亮自己而已;如果成为一座电站,那就可以光照社会。"是啊,这句话说得真好。和主人公刘书雷一样,我同样身担着有关人民福祉的重大任务,并始终希望能在东奔西走的开会、协调帮扶事宜、现场考察并解决实际问题的日常工作中成为发光发热的"电站",为村里的乡亲们带来光明和温暖。在驻村帮扶期间,为了让村庄真正摘掉经济薄弱村的帽子,我一边摸索着一边学习,让自己成了村庄管理、旅游业开发、招商引资、经营管理、人脉运用几手抓、几手都要硬的多面手。

作为帮扶干部,刚起步时最常碰到的工作问题就是难以获得村民的理解与支持。有时,我们以村民的利益为出发点做了细致的规划,却因不被村民理解而搁浅,只得另求出路。书中的刘书雷书记在解决村子搬迁时遇到了这个问题,我们帮助村里发展养老护理产业时也遇到了这个问题。驻村帮扶刚起步时,我们出于维护村民健康与经济可持续发展的目的,提出进行养老护理产业发展培训,却因为当时村民报名积极性不高等原因而暂时停滞,最终只能选择另求出路,以健康普及教育讲座等形式实现维护村民健康的目的,之后在长期的铺垫工作后才将原本的产业培育计划提上日程。

作为帮扶干部,还经常会碰到有时提出的计划实现起来困难重重、难以落地的问题。刘书雷书记在解决村子搬迁难题时屡屡受挫,走投无路时仍不放弃希望,最终绝处逢生成功解决了难题,为村子攻坚克难实现了一大步飞跃。这让我想起了驻村帮扶工作中申请带帮扶村孩子们参观自然博物馆的经历,当时我也是四处碰壁。在刘书雷书记身上,我看到了很多值得学习的优秀品质,也学习领悟到在结对帮扶工作中我们既要有思路又得能干实事、有韧劲,还要谋事老成,但千万别干事老气。

2019年5月6日,天津市委组织部和市委宣传部向驻村干部、援派干部和农村专职党务工作者赠阅《海边春秋》仪式在海关总署天津教育培训基地举行。结对帮扶困难村工作组组长、第一期培训班学员约350人参加活动,每人获赠一本《海边春秋》。又一次阅读这本书,就好像见到了一段时间未见面的老友,我的心中倍感亲切、温暖。我当时十分高兴地对《中国出版传媒商报》记者说:"《海边春秋》不但具有较高的艺术性和思想性,而且具有非常强的操作性和实践性,接地气、带露珠,直接提出了帮扶干部如何在社会实践中与当地的人心、实情相融,如何在基层现实的熔炉中破解工作困局等一系列问题,是一部指导我们做好帮扶工作最实用的'教科书'。我们一定要认真阅读,以书中的主人公、文学博士刘书雷为榜样,在打好脱贫攻坚战中立新功。"

2020年8月25日,百花文艺出版社被我们驻村帮扶组在艰苦的条件下"真帮、真干、真扶、真情、真意、真心"的精神所感动,热心开展了2020"新时代乡村阅读季"活动,不仅向沽东村、乔安子村的农家书屋捐赠了《谁是新时代最可爱的人》《小说月报》《散文海外版》《科幻立方》等优秀图书、期刊近二百册,还带来了总编辑汪惠仁的书法作品——"学好四史圆中国梦""书籍是人类进步的阶梯"。当时孩子们看到有这么多新书运进图书室,脸上充满好奇与期待。孩子们捧着崭新的书左看右看,视若珍宝,翻看书时还抑制不住地和小伙伴低声耳语,互相分享感兴趣的内容。虽说读书不是三天两早晨的事,但丰富多彩的乡村阅读季活动,可能会使得多读了几本好书的村民看到更加广阔的世界,村民们的思想道德素质和科学文化素质也能够在潜移默化中发生变化,而这些正是我们工作的意义所在。

四、帮助乡村孩子把缺失的"自然知识"补回来

乡村自然教育的发展相对落后,越来越多的乡村孩子正在远离自然。因此,如何让他们亲近自然,接受自然教育,值得我们思考。我们希望让孩子们"回归自然",遵照陶行知"生活即教育"的理念,把缺失的"自然知识"补回来。

(一)带乡村孩子走进自然博物馆

2019年1月22日,对蓟州区下仓镇沽东村、乔安子村的孩子们来说,无疑是一个快乐的日子。这天,在我们驻村帮扶组和两村"两委"班子的组织下,两个村的15名孩子来到了市区,第一次走进自然博物馆,第一次踏进大学校门,感受不一样的假期。最令我们感慨的是,这些孩子的父母长期在外务工,只有少数学生出过远门,有些从未离开过乡村,很多孩子是第一次走进市区。

有的孩子特地穿上自己喜欢的最好的衣服。路上,孩子们的眼睛都瞪得大大的,生怕错过一处风景、一处建筑。上午10点,当载着孩子们的旅游大巴车缓缓地停靠在天津自然博物馆门口时,孩子们已经迫不及待了,兴高采烈地走下大巴车。在孩子们到达前,我校会计学院辅导员及15位大学生志愿者也早早地在广场上等候。刚放寒假回到家中的大学生志愿者们,看到了招募志愿者的通知后立即报名,投身于志愿服务之中,成为驻村帮扶组的好帮手。爱心行动如星火燎原,不少学校老师的家属们也化身爱心使者加入志愿服务队伍中来。

一大早,志愿者们早早地等候在天津自然博物馆门前的停车场,时刻准备迎接孩子们。"请同学们有序下车,注意脚下台阶,请在这边稍等一会儿。"每位大学生志愿者都已被分配到了结伴的小朋友,并被叮嘱一定要和小朋友们一起参观。孩子们陆陆续续下车,志愿者

主动地走上前,牵起结伴小朋友的手。孩子们显得有些害羞,却没有逃避,在讲解员同学的带领下,孩子们与大学生哥哥姐姐大手牵着小手秩序井然地进入博物馆。冬日虽然寒冷,但是大学生志愿者们暖心地呵护,让孩子们的幸福洋溢在脸上。

走进自然博物馆,孩子们在讲解员的带领下开启了一场融合了历史、地理、生物等多学科在内的博物馆之旅。一进门,一楼大厅的台子上几只巨大的恐龙骨骼化石立刻映入孩子们的眼帘,孩子们都惊叹不已。为了让小观众近距离感受恐龙的魅力,我们特意在此多停留了一点时间,并让孩子们拍照留念。师生们还观看了关于贝壳堤形成和渤海湾岸线变迁的极具趣味性和知识性的科普视频,孩子们不仅认识到了人类实践活动对海岸线变迁的重要影响和保护古海岸的重要意义,还加深了对"绿水青山就是金山银山"这一重要生态理念的认识理解和情感认同。

当孩子们看到蓟州区中、上元古界地层剖面化石标本时,显得惊讶又兴奋。于是,我们给孩子们讲到,在1984年10月18日,经国务院批准,天津市蓟州区中、上元古界地层剖面被列为国家级自然保护区,由此成为中国第一个国家级地质自然保护区,从而填补了中国地质自然保护区的空白。其间,我们驻村帮扶干部也用通俗易懂的方式为孩子们讲解了大自然的奥秘,让孩子们对博物馆有了更深入的了解。

那天,我也真切意识到村里和外面似乎是两个不同的世界。两个地方虽然距离不远,但由于当时农村交通不方便,孩子们对"家"的东西都不甚了解。因此参观自然博物馆并了解蓟州区中、上元古界自然保护区,让"家"这块宝发挥对孩子们的提智作用,让孩子们更加热爱自然、热爱自己的家乡和我们伟大的祖国。

我们知道,孩子们和星星一样,虽然星光有明有暗,但都散发着自己的光芒。不论未来孩子们会走得多远,他们都值得拥有幸福的童年。我不知道一趟行程能否激荡小朋友们的内心,但孩子们告诉我，这是他们假期中美好的一天。孩子们清澈、快乐的眼神感染着我，让我不要忘记保留初识世界时的那份好奇心，那份永远的憧憬。

从乡村土地到都市自然博物馆，圆了农村娃的科技梦。结束自然博物馆的参观，到了天津财经大学后，我们陪同孩子们参观了"思贤堂"大师主题纪念馆，观看了杨曾武、李宝震两位大师的纪录片，参观了介绍两位大师生平的展览，进一步领略了大师们的风采。随后我们又陪孩子们陆续参观了校园的图书馆、操场、宿舍等。

彼时农历春节已进入倒计时，春天的脚步一步一步地接近。为了让村里孩子们在轻松、欢乐的氛围下喜迎新年，我们送给每个孩子一件红色羽绒服，让孩子穿着新衣服回家。本来我们定好村里来十五个孩子，没想到转天早晨突然接到村委电话，又来了一个小学生。这个小插曲打了我一个措手不及，为了让他和同村其他的十五个孩子一样拥有新衣服，我早上不到七点便起床联系服装老板，安排妥帖后心里才踏实下来。我们用火热的心让每一个孩子感受到温暖，新衣服穿在孩子们身上，暖在我们和他们的心里。

回村的路上，孩子们唱着笑着，凑到我跟前给了我一个大大的拥抱，"李爷爷，我要考财大，您能在这等我吗？"说我们帮扶组"神通广大"，能带他们到大城市开眼界。"送人玫瑰，手有余香"，看到孩子们的一张张笑脸，我们都会心地笑了。

（二）加强青少年"自然教育"

青少年不只是博物馆的观众，更是文化和科学的传承与发展者。他们的参与，使博物馆的存在更具意义。孩子们通过这次参观自然博物馆的活动，加深了对大自然的认识，唤醒了自身保护环境、保护生态的意识，激发了对科学探究的兴趣。

在听取专业讲解员的讲解后，孩子们不仅能认知和理解中华文明和科学知识，而且能加入自己的思考、形成自己的见解，用自己的话讲出来。这样的过程对孩子们来说是一种挑战，能让他们在活动中爱上传统文化、爱上科学、爱上博物馆。

自然教育是为了让更多人特别是青少年走进自然、学习自然,站在人类与自然和谐共生的角度去思考问题,形成尊重自然、顺应自然、保护自然的价值观念和行为方式。

在很多乡村中,孩子们的时间是自由的,一些家长管教孩子较为松散,导致他们学习不求上进,更不懂得种植、养殖的知识。我们驻村后发现乡村孩子们抱着手机不放的现象很普遍。一些家长为了让孩子有更好的生活,对孩子百依百顺,致使孩子都成了"十指不沾阳春水"的"少爷、小姐"。孩子们利用课余时间学养殖和种植知识的更是寥寥无几。

其实,一些让孩子亲近自然的活动,正是他们认识世界、学习社会生活技能的重要方式。让这些乡村孩子们偶尔下到田间地头、踏入菜园、蹚进鱼塘,从自然探索中探索奥秘,也是孩子成长过程中必经的重要过程。现在的孩子几乎全部在社会环境中长大,很少有接触自然环境的机会,难免会造成一些知识的缺失。

早在20世纪20年代,我国的儿童教育家就提出了"幼儿喜欢野外生活"这一观点。宽阔的场地是儿童最棒的活动天地;丰富的资源是儿童最佳的活动材料;温暖的阳光、清新的空气是对儿童成长有益的环境,要把陶行知先生的"生活即教育"的理念种进孩子们的心田。

尽管"自然缺失症"是一种普遍现象,但想要改善并不难,需要家长带孩子勇敢地探索大自然。电子产品替代了本该丰富的童年,放下手机,定期带孩子亲近自然。首先要引导孩子去"看自然",从不同角度和视野去观察,孩子们对自然的情境也会产生不同的印象。其次要引导孩子去"听自然",去发现和辨识不同事物发出的声音,风声、雨声、鸟叫声、虫鸣声等。再次要引导孩子去"闻自然",让孩子充分利用嗅觉来感受自然,最后要引导孩子去"尝自然"、"触自然",鼓励孩子用口或身体去与自然的事物进行亲密接触。

2022年7月,我回到沽东村,把天津财经大学捐赠的"自然即课堂,劳动即成长,生活即教育"相关读物带到乡村自然课堂。希望我们的孩子无论将来在哪里,想到家乡时都感到温暖和快乐,能留住美丽乡愁。

在乡村自然课堂"学农"劳动体验中,师生亲自动手,学到了书本上学不到的许多知识。有的孩子用小铁锹敲打泥块,让泥土变得更加细碎;有的孩子除草时则是干净利索地将杂草连根拔起。稚嫩的声音和着银铃般的笑声在空气里弥漫。除草、敲打泥块、铲土、翻土等劳动亦能为孩子和家长带来疗愈的效果。

不接触自然的孩子,很难真正认识世界。当孩子与自然紧密联接,才有可能去挽救一棵大树、一条河流、一片天空、一块湿地、一个村庄,才有可能在万物萧瑟的冬天,感受到在地底有无数的种子,安静地蓄积着力量,准备在第二年春天再次勃发。回归自然,让孩子们在劳动中找到快乐,在实践中收获幸福。

(三)让乡村小学生走进"自然课堂"

大家从植树活动中感受到快乐,而我却早已陷入了深深的思考中。沽东村主街道是周边村庄孩子们每天上下学都要走的一条路,让我联想到植树与孩子们的教育,育人应如植树。教育孩子和我们栽培树木是一样的道理,树不修剪不成材,人不被耐心教育,在成长的过程会走许多弯路。树,从育苗到种植和后续成长的过程都要修剪、维护。孩子从出生到长大成人也必须要爱护、保护、教育。

在自然教育必不可少的时代,我们抓住这个好时机对孩子进行了"自然教育"。为了吸引小学生走进"自然课堂"学习知识,加深孩子们对"自然力量"的认知,我们在北京农业职业学院专家的指导下,特意选种了榆叶梅、西府海棠、玉兰、王子锦带、樱花和金枝国槐六个品种的树苗。我们为每棵树都制作了标牌简介,让每棵树都会说话,成为孩子们的"活"教材。而且,每棵树牌的后面还有责任人的名字,让大家定时给小树除草、浇水、施肥,伴小树一同成长。一株株整齐排列、昂然挺立,连排成行的苗木迎风挺立,萌发出盎然生机,成为村庄一道亮丽的风景线,实现了"自然课堂"育人之功效。

植树活动不仅刷新了村庄"颜值",更温暖了人心,我们"住得下、干得好"的精神彰显了担当,驻村帮扶组始终保持"赶考"之志从未动摇,"赶考"之行从未停歇。在沽东村这个"讲台"上,我们用真情演示了一堂生动的驻村"公开课",上好了驻村帮扶履职"第一课",帮扶组顺利地通过了面临的第一道考题。我们与乡亲们聊聊天、拉拉家常,很快从陌生人成了村里人。村里人都亲切地称呼我为"老李",我成了村民眼中的"自家人"、贴心人。亲切的一句"老李,上家待会儿去吧!"胜似千言,倍感暖心。

五、市里"示范园"大手拉乡村幼儿园小手

2020年5月,经过两年多的筹备和建设占地4200平方米的东太河中心小学幼儿园终于落成。幼儿园的新建和提升改造缩小了蓟州区城乡办园条件的差距,有效推进了城乡均衡化、一体化发展。随着办园条件的改善、保教设备装备等硬件的更新,原本生源外流的东太河中心小学幼儿园又陆续地将附近村庄的适龄幼儿招了回来。

(一)邀请资深幼教专家来村调研

然而在两年之前,我们帮扶组刚驻村时这里却还是另一番景象。尽管东太河中心小学幼儿园是当时周边唯一的公办幼儿园,但由于受到诸多因素的困扰和制约,使得原本生源充裕的乡村公办幼儿园入学适龄儿童逐年减少,周边村庄的多数村民宁可多花些钱也要把适龄幼儿送到坐落在王府庄村的一所民办幼儿园。

在村里住久了,便发现了村庄的更多深层次的问题。教育学专业毕业的我,深感村里学前教育急需外界帮扶。

学前教育是基础教育的基础,对孩子未来的发展将起到非常关

键的作用。乡村要脱贫、要振兴,孩子是未来、是关键。今天的教育质量就是明天的国民素质,教育好我们的下一代就是为未来的国民素质奠基。

为了让更好的学前教育在乡村落地生根,实现从"短板"变"跳板"的跨越,我们驻村帮扶组辗转联系上一位幼教专家来到村里,帮助指导学前教育。2018年春节长假后上班的第一天,天气虽然寒冷,但我们驻村帮扶组迅速投入工作中,用奋斗姿态开启乡村筑梦新征程。急性子的我立即接上专家,驱车前往村里,希望专家可以近距离地了解村里幼儿园教学的实际情况后,结合村里幼儿园遇到的一些困难,给出具体的指导意见和建议。

正月十五元宵节后,村子里的年味渐渐散去。暖阳下,我们来到下仓镇王府庄村的一所民办幼儿园,欢快活泼的气息瞬间扑面而来。在参观了幼儿园的环境后,专家详细询问了班额、课程设置、收费标准等情况,叮嘱了幼儿园要加强食品安全管理。

令我感到惊讶的是,孩子们初次见到这位幼教专家,一下子热情地围拢过来。这位幼教专家蹲下身子和孩子们交流,从他们的眼神和表情中,我读出了什么是走近儿童、俯下身子做教育。许多教育工作者在谈到儿童教育的时候,都会鼓励成人要用蹲下的方式和儿童对话,确实,我们蹲下来和儿童对话,能观察到儿童的表情,可以从儿童的角度观察美丽的世界。

这一次的活动,无论是对来访的幼教老师,还是对我们村子里的老师,甚至我个人都是一次难得的成长机会。老师们也是感慨良多。"人生而平等,无论是哪里的孩子都一样渴望被尊重、被呵护。当孩子们跑过来,拥在我的身边,睁着那一双双充满灵气的眼睛,小心地热情地问候,你会感到他们和我们带的那些城市的孩子没有任何差别。"幼教专家说到。

她还说:"作为教育者的我们不断地追求教育的平等,然而,我们无法回避的现实却是优质教育资源依然不能做到公平地覆盖到每一寸土地,我们希望能有更多的机会走近这些孩子,把我们对教育的理解、对他们的爱,传递给他们,哪怕对他们有一点点的影响也是好的。"

"我很惊讶,我以为孩子们会害羞,我会有点担心,但是他们完全不是我想的那样,他们让我感到很骄傲。就像老师说的,孩子们是有潜力的。""城里的老师看孩子的眼睛都是亮的,那种爱孩子的表现是发自一个教育者的本能。当他们蹲下来和孩子交流,我特别感动,那是我从未体验过的视角,真希望有更多的机会向他们学习。"

我看着、听着老师们与专家的交流,内心很是激动,也很受触动。"教育强国"一直是国之大计,今日的孩童、明日的栋梁,在童年种下什么种子,将来就会收获什么样的人才。如果我能够尽自己一点微薄之力,让更好的教育走进这些相对贫瘠和匮乏的地方,谁知道哪句话、哪个拥抱、哪个眼神就会让一个孩子从此有了志向、有了力量呢?

返回市区的路上,我和专家对发现的一些问题进行了交流。她建议我们帮扶组尽快带领村里的幼儿教师来某部队幼儿园学访,并一再叮嘱要早一点到园,从孩子们入园开始观摩学习。经过一天的往返奔赴,我深切地体会到教育要走进儿童心灵,才能做到真正地俯下身子施教。身为人民教师,我们更应用心做教育,让乡村学前教育更温润、更有质感。

"一日活动皆课程"意味着幼儿从入园到离园各个活动及活动之间的过渡环节都蕴含着一定的教育价值。2018年5月18日一大早,我陪同这所民办园的五位老师踏上了到某部队幼儿园参观学习的旅途,实地考察幼儿园的一日生活。当天,在一系列的精心安排下,我们参观了园所的环境创设,了解了园所教学情况,来自乡村的老师们近距离地了解了市区幼儿园的办园情况及特色。

当天上午,老师们参与了孩子们的早操活动,深入各班了解了包括晨间接待、晨间活动、晨间谈话等在内的活动,并重点观摩了在《3—6岁儿童学习与发展指南》指导下的健康、语言、社会、科学、艺术五个领域的教学活动。老师们观摩了幼儿园食堂管理及车辆接送幼儿的具体做法与经验。

来学习的园长、老师不时拍下好的环境创设、好的创意,园长之间、教师之间不时交流着。在户外场地,老师们饶有兴致地在幼儿作品前驻足拍照。随后,来访的幼教老师们一行分散到各个楼层不同班级跟老师交流讨论。灵活的教学氛围和亲切活泼的状态,让孩子们热情地参与其中,让前来学习的老师们感受到了幼儿教育的艺术魅力。在二楼会议室听取园领导介绍的特色课程、管理制度和保育教育等内容时,她们的笔记和相机更是留下了满满的印记。

(二)名师进教室,在乡村的孩子心中种下梦想的种子

为了充分发挥天津市优质园所的示范辐射及专业引领作用,增进城乡幼儿园之间的互动交流,把先进的教育理念、教学手段、教学方法带给乡村,推动城乡学前教育的均衡发展,我们驻村帮扶组千方百计想办法,邀请了北辰区新华幼儿园、北辰区淮盛幼儿园、南开区第一幼儿园的优秀教师团队来到东太河中心小学幼儿园走进孩子的教室,与孩子们近距离交谈。

我们迎来的第一批名师是北辰区新华幼儿园的老师们,她们一行五人驱车近两个小时来到东太河中心小学。我和高耀红园长也算老相识,2019年5月15日,我曾受邀到新华幼儿园给老师们做了一场报告,介绍驻村帮扶工作。这一次高园长能亲自带队助力帮扶工作也让我深受感动。

当时正值第70个"六一"国际儿童节来临之际,新华幼儿园的干部教师在上午刚刚组织完本园"六一"精彩游艺活动后便赶了过来。活动伊始,高耀红园长为东太河中心小学的孩子们送上了一段真诚的祝福,鼓励孩子们说:"儿童时代是美好人生的开端,希望你们怀着一颗感恩的心,珍惜时光,认认真真做事,快快乐乐学习,健健康康成长,将来做对国家、对人民、对社会有用的人。"

新华幼儿园的老师提前为孩子准备了丰富的手工材料。她说:

"这样每个孩子都会有作品,每个孩子都会体验到成就感。"两村五十余名小朋友跟随新华幼儿园李莹莹、王晓萌两位老师在操场上一起做游戏,一起用沙画和刮画勾勒出自己五彩斑斓的童年。

老师还特意准备了幼儿园常见的游戏之一——彩虹伞。幼儿园的小朋友们喜欢它鲜艳的颜色,喜欢它的变幻无穷。在老师把彩虹伞打开的刹那间,小朋友们惊叹不已。大朋友们和小朋友们上下抖动彩虹伞,拿着彩虹伞跑动起来,此后又用彩虹伞和小朋友们玩"老鼠笼"游戏,大家玩得不亦乐乎。

在好友引荐下我结识了北辰区淮盛幼儿园园长,并于2019年6月给该园党员讲了一堂党课。该园教师也萌生了来帮扶村为孩子们贡献自己力量的想法。面对我为帮扶村绘画文化墙的请求,园长另辟蹊径,答应免费为孩子们讲授其幼儿园最具特色的课程。于是7月初,暑假伊始,该幼儿园青年教师便在该园园长的带领下,带着该园的特色课程——穿编工艺来到了村里。此时乔安子村党群服务中心正在建设中,我们将不到15平方米的帮扶工作组驻地的堂屋设置成了临时教室,老师们和家长们、孩子们在狭小的堂屋围坐一堂,传播文化知识,为孩子们的文化熏陶极尽努力。

当天早上,外面下着淅淅沥沥的小雨,入村的道路泥泞湿滑极不好走,村路两旁庄稼地里的青蛙不停地叫着,像是在夹道欢迎远道而来的贵客。老师们不顾暑热潮湿的天气,依然冒雨按时来到了乔安子村。没有客套寒暄,在园长极简短的开场白后,老师们便运用现代化教学方式,通过直观形象的画面、生动有趣的语言、娴熟优美的动作向小朋友们形象地介绍了创意盘扣、创意手链等日常生活中的穿编作品,引导孩子们仔细观察手链的制作过程。孩子们热情高涨,迫不及待地要开始制作。在老师们的指导下,孩子们用稚嫩的小手跟随老师一起编织绳子。彩绳在孩子们的小手里转来转去、扭来扭去,一条条形态各异、五彩斑斓的手链就成形了。陈倩老师颇有感触地说,村里的孩子虽然穿编经验较少,但是他们思维十分活跃。看着一根根绳线经过自己的双手变成了精美小巧的手链,孩子们脸上都露出了成功的喜悦。活动最后,所有参加活动的干部教师们一起为村里的孩子们送上精美的水彩笔,孩子们拆开礼物后兴奋不已,脸上露出了天真无邪的灿烂笑容。

老师们课后与我交流时也谈到,此次送教活动有效搭建了城乡幼儿教育联系的桥梁,既锻炼了青年骨干教师,又为农村孩子送来了知识和温暖。送教教师在充满感动的同时,也收获了孩子们天真可爱的笑容。孩子们一句句童稚可爱的感谢和问候给予在场的每一名教育工作者温暖和力量。梦想的种子从来都离不开土壤的滋润,更离不开老师们阳光雨露般的细心呵护。小小种子会发芽,也能蓬勃生长。

(三)手拉手、心贴心,"城乡同窗"一同成长

作为一名在教育战线工作了三十多年的教育"老兵",我深知一两次"送教下乡"活动并不能真正解决农村学前教育的全部问题,只有不断地、持续地提高本地教师的专业水平,才能从根本上不断提升农村教学水平。2019年11月15日,我找到了在媒体任职的同学徐德明,经过他的引荐,认识了南开区第一幼儿园的园长宗颖。我诚挚邀请南开一幼党支部书记、园长带领党员教师代表走进东太河中心小学,开展"与爱同行,我们在行动"送教下乡系列活动。

我们与南开区第一幼儿园一起组织了家长会,不仅跟家长们表达了我们的想法,还希望家长们能够带着孩子们一同参与进来,不同于一模一样的装袋礼品,每个南开一幼的小朋友都可以把自己的文具、玩具分享给偏远地区的小朋友。一个个装有不同物品的袋子,而袋子外面还留有南开一幼小朋友们的姓名,每份都是不一样的。随着袋子被送到当地困难家庭儿童的手上,每个小朋友的爱与温暖也传递给当地的孩子们。但远不止如此,我们还鼓励小朋友们将对远方朋友的祝福写下来或录制成一段视频,"让我们一起共同努力,快

乐成长"、"我把玩具给你,你也要天天开心"……孩子们稚嫩而温暖的话语,在那个寒冷的初冬给予了我们无尽的力量。

创建于1952年的南开区第一幼儿园,素以办园方向正、教师队伍强、保教质量优和社会声誉高著称。为了更好地帮助偏远乡村幼儿教师提高教学水平,促进乡村幼儿园的进步与发展,南开一幼的老师们专门安排了一系列远程互动研讨环节,充分实现教学资源共享,进一步促进教师的交流和学习。

为了行程的安全,早上6点我与大学同学魏东风等一行人分别开车到达南开一幼,接来8名幼儿教师参与我们在东太河中心小学开办的"送教下乡"活动。当天下午,我又接受了天津海河教育园区的天津电子信息技师学院的邀请,进行帮扶工作的宣讲。为了争取下一个单位对我们驻村帮扶工作的支持,返回的路上我的心情很是迫切。

为解决东太河中心小学电教技术条件有限问题,老师们充分发挥在信息技术方面的特长,借来了视频设备,经过数次调试,终于可以实现网络现场连线。连线后孩子们十分兴奋,喜悦的笑容洋溢在一张张淳朴、善良、稚嫩的脸上。两地的孩子们同唱一首歌,将活动推向了高潮。连线活动不仅架起了我们的教育桥梁,更架起了爱的桥梁。

为了不干扰教学,视频连线过程中,我和宗颖园长始终站在大班教室外,并不时欣慰地透过教室的玻璃窗往里"窥视",她的热情让我看到了农村教育的希望,要是每一位青年教师都怀有如此热忱,主动为孩子们引路,孩子们的未来可期。

玩是孩子的天性,手是心灵的窗口。于是,该园市级学科带头人、区名师为东太河中心小学一年级的孩子们带来一堂别开生面的美术手工课——制作创意复古花瓶。老师首先引导孩子们使用轻黏土制作瓶身,接着指导孩子们按照他们自己的意愿装饰花瓶,最后再让孩子们刷上复古颜料,美丽的花瓶即刻制作完成。老师们细心且认真,从认识花瓶到装饰花瓶,课程中老师有意引导孩子们对细节展开观察,激发他们的活动兴趣。除此之外,老师还积极与孩子们进行互动,让孩子们感受到浓浓的参与感,充分激发他们的创造力。

小石头的姥姥家与我们驻村帮扶组驻地仅一墙之隔,与村民朝夕相处的我们时常看到小石头羡慕地望着村里的其他孩子与妈妈手牵手在村里遛弯。每逢小石头的母亲带着弟弟回姥姥家,小石头总是像个小跟屁虫似的黏着妈妈。每当妈妈与继父、小弟弟一起离开姥姥家时,小石头总会哭喊着"我要找妈妈"。

小石头的状况始终是我们帮扶组心里的牵挂,于是在南开一幼来此探望之前,我便提前将小石头和解未来的故事讲述给教师们并请求他们帮忙给孩子做心理疏导。通过我的介绍,南开一幼的园长宗颖带领党员教师们专程来到沽东村解未来和乔安子村小石头家慰问,不仅给他们带去了学习用品,还与这两个孩子交流谈心,与家长们面对面、心贴心地促膝详谈,详细了解孩子的成长环境、家庭近期生活情况等,鼓励两个孩子的家人要把孩子培养好,表达幼儿园将尽可能地帮助他们,解决他们生活学习方面的困难。慰问活动就像冬日里的暖阳一样,融化掉每个人心里的寒冰。

让我们欣喜的是,南开一幼的青年教师司立新是蓟州人,她也有一个年幼的孩子留守在老家由家中老人照看着,每逢周末才能与孩子团聚,这次刚好赶上我们组织的送教下乡活动,帮助了许多像自己孩子一样的留守儿童,将知识和希望播撒在了家乡这片红色土地上。

南开一幼教师的整体素质比我们村子的高出不少。相比之下,村里的老师在对教材重点的把握、课堂的设计、教学理念的更新,以及习题练习、指导技巧上都有进步的空间。东太河中心小学的老师拥有更多与名师、教研员的沟通交流的机会了,教学目标也随之提高,教师"比学赶超"的劲头也变足了。我想,推进"送教下乡"分享教育教学经验的活动我做对了。

我们后来了解到,某部队幼儿园的园长与南开一幼的园长原来是幼儿师范专科学校的同窗,曾经朝夕相处的同窗乡村再聚首,在薪火相传送教下乡传播知识的同时,也点亮了乡村孩子们纯洁、童真的梦想。市区幼儿园的"送教下乡"帮扶活动犹如一股春风,将"'五育'并举立德树人"的培养目标、"一切为了孩子"的教育理念传播到乡村,充分发挥市区教师的引领和带动作用,实现优质教学资源的共享,开阔了师生的眼界,推动了乡村学前教育的发展。

六、送上"一节好课"

在驻村帮扶期间,我们主动与村民沟通,主动关注困难学生,为村里服务的过程中,村里的孩子对我们这些"外来客"非常感兴趣,时常跟随着我们,有时还会主动和我们搭讪,这些淳朴的孩子们对我们知无不言,言无不尽,和他们的接触让我更加坚定了信念,要为孩子们打开一扇通向未来的窗。城市生活是我们的日常,可对乡村的孩子来讲是"诗和远方",一旦激发了孩子们的理想信念,孩子们就有了内生的动力。

做帮扶有想法就要尽快付诸行动。从有想法到组织城市的一群优秀的教师来到东太河中心小学"送教下乡",中间相隔了一周的时间。一周里,我是电话不离手,动用了幼儿、小学的教育人脉。这一行人里,有河北区思政教研员刘秀珍老师、美术教研员李强老师和劳动教研员杨园园老师等一批优秀教育工作者。这些老师们有着深厚的文化底蕴和教育教学功底。美术教研员上了一节剪纸课,带着孩子们动手剪纸的同时讲授剪纸文化的由来,孩子们深深地感悟到原来这门艺术的历史如此悠久,意蕴如此深厚,剪纸的过程原来这么有意思。思政教研员为孩子们上了一堂生动的思政课,讲了许多英雄人物为国家的革命事业作出了卓越贡献的故事,可以说这是一堂生动的社会主义核心价值观教育课。

下面呈上教学的精彩片段,让我们与东太河中心小学的师生共享学习的快乐。

(一)欢欢喜喜庆国庆

思政教研员为孩子们带来的思政课是"欢欢喜喜庆国庆"。在课上,老师带领孩子们认识中华人民共和国国旗、国徽,学唱国歌,通过课堂体验,知道唱国歌时态度要严肃、庄重。通过学习,孩子们知道了9月30日是烈士纪念日,在课堂上,孩子们致敬烈士,用最质朴的语言表达对英雄们的崇敬与怀念之情。在调查中,孩子们发现,工作在各行各业的人们都在用辛勤的劳动表达着对祖国的热爱,国庆节期间仍然有很多人坚守岗位。通过讲故事、谈感受,孩子们感受到今天的幸福生活来之不易。

国庆节,是祖国母亲的生日、举国欢腾的日子。为了让孩子们知道这一天来之不易,培养学生的国家意识、爱国情感,激发大家作为一名中国人的自豪感,老师们带领孩子们讴歌了伟大的祖国、抒发了对祖国母亲的热爱。此外,为了吸引学生的注意,老师们在教学课件中插入了音频、视频、图片等资源,并采用了多种动画形式进行呈现。《国庆70周年阅兵式》《今天是你的生日——我的中国》《中华人民共和国国歌》《纪念英烈》等音频和视频资料,国旗、国徽、开国大典等图片资料,盘山革命纪念馆、蓟州地区革命英烈的故事等身边的红色故事资料,都增进了孩子们对家乡革命文化的了解,帮助孩子们体验和感受了祖国日新月异的变化,缅怀为我们今天幸福生活而英勇献身的英烈。

老师们在授课过程中发现,孩子们对于很多常识性问题都不了解,甚至新中国成立时间都不能准确地回答出来。因此,刘老师用开国大典作为例子,播放了中华人民共和国建国70周年国庆阅兵式,通过真实的画面,帮助孩子们感受现在和1949年新中国成立时的对比,了解我们国家在这70年里取得了多么伟大的成就。最让人激动的是,老师还特别提到了中国烈士日的由来和冀东抗日根据地战士们的事迹,把思政课堂搬进了我们创建的党建文化展室,让孩子们真真切切地受到了革命传统教育。一堂课下来,孩子们不仅深度了解了国旗名称、识别国徽、合唱国歌等,对新中国诞生的历史以及中国共产党所作的贡献也有了初步的了解。这是一节生动的爱国主义教育课,虽然孩子们的表达不是很顺畅、课外知识不是很丰富,但他们黑色的眸子中,闪耀着对祖国的热爱。

一节课犹如一颗石子落入池塘,激起的水花打破了水面的平静,激起的层层波浪,碰撞出了对乡村教育的关注。激发孩子们的内生动力是激活乡村教育的重要方法。育人需要多部门联动,把好资源进行对接、融入,搅动一池水动起来。"送教下乡"激活教育,均衡"一池春水",发挥了名师的引领和辐射作用。

(二)制作爱的康乃馨

小学劳动教育教研员以"制作康乃馨"为题,为大家做了精彩的课堂教学展示。授课之日恰是庆祝教师节、喜迎国庆之时,为培养学生动手能力,提高学生劳动品质,杨园园老师选择了贴近时节的"纸艺——制作康乃馨"的授课内容,通过指导学生制作康乃馨以表达对教师的感恩之情和对祖国的热爱之情。纸艺课程学习工具简单,材料携带方便,可操作性强,教学成果视觉观赏极强,能让每个学生成为学习的主体,从而激发学生的学习兴趣。为了让东太河中心小学的学生在课堂上受益最大化,杨园园老师针对送教班级的学情,为平时很少接触到纸艺课程的孩子们精心准备藤纸、铁丝、胶棒等制作材料,用心设计每一环节的教学内容,细心制作符合学情的视频课件。

课上,孩子们在老师的指导下,掌握了制作康乃馨的方法,很快进入了剪花瓣、粘花朵、缠花枝的制作情境。听课的老师们也加入动手实践的队列,尝试康乃馨的制作。孩子们合作探究,制作出了一枝枝美丽的康乃馨,个个露出了开心的笑脸。课上,有的孩子想把制作好的康乃馨作为祝福送给老师,有的想再多做几枝插入花瓶装饰教室,还有的想把自己亲手制作的康乃馨献给祖国母亲……孩子们稚嫩、淳朴的爱国热情、感恩之心和积极向上的劳动精神定格在了有意义的劳动课堂之中。

精彩的课堂吸引了学生的注意力,也同样吸引着听课的老师们,老师们认真地听,仔细地记录着。课后,听课的老师们纷纷表示收获颇多。

课后,我在与杨园园老师交流时获悉,杨老师觉得村里的孩子们由于日常缺乏这方面的训练和锻炼,导致孩子们技能方面的熟练度欠缺。与城里的孩子们比不足的地方是缺乏合作的意识,但是他们后来在操作的过程中感受到了合作的乐趣,伴随技法的有效指导,孩子们也做出了精致的作品。这说明乡村孩子们还是有能力去做这些东西的,只是他们缺乏这方面的训练与指导。

教育扶贫工作中,"造血"式扶贫远远比"输血"式扶贫更重要。送教扶智,不仅要为孩子们提供物质上的帮助,更要带给这些孩子崭新的精神世界,给予他们更多的见识。或许,这能让他们憧憬未来人生的幸福,向往以后美好的生活,尽管这样的过程会很漫长、很艰辛,但是他们有了希望。帮扶不是高谈阔论,而是倾情奉献。帮扶的路上不只有风雪,也有阳光雨露。泰戈尔说:"果实的贡献是珍贵的,花朵的贡献是甜美的。"我们都是教育帮扶路上的"爱心使者",用爱和智慧引领教育帮扶路,让一枝枝康乃馨在阳光雨露的滋润下绽放精彩!

(三)"剪纸"小课堂——吉祥娃娃

挺有趣的是,我与河北区教师发展中心美术教研员竟然同名。2019年春,我们曾经见过一次面,没想到再次相遇在东太河中心小学教育帮扶的岗位上。我们觉得凭着"兄弟同心,其利断金"的精神与力量,一定能把乡村教育帮扶的事情办好。

这位天津市民间文艺家协会副主席、天津剪纸艺术专业委员会会长、天津顶级剪纸艺术专家在课堂上给孩子们抛出了一个问题:剪纸是什么？孩子们不是特别清楚，然后他就现场剪了一只蝴蝶，接着给他们讲述剪纸的历史。最后，给他们展示了80厘米宽10米长的"脱贫攻坚奔小康"的剪纸长卷。

在这堂课上，我真正做了一次小学生，亲自在课堂上动手、动脑，感受名师的魅力。随行的河北区融媒体中心同志在教室内摄影拍照，孩子们端坐在各自的位置上，就像旁若无人一样，双手叠放在书桌上，后腰挺得笔直，眼神始终追随着授课教师。他们按照老师的示范，小心翼翼地操作着手中的剪刀和红纸，聚精会神地完成这幅属于他们自己的作品。

课上，教研员精心设计的既简单又实用的以抓髻娃娃为原型的吉祥娃娃图案，极大地激发了孩子们的学习兴趣。孩子们看到，老师寥寥数剪就可以剪出许多栩栩如生的图案，他们一下来了兴趣，迫不及待地拿起剪刀和彩纸开始学习，如果遇到剪纸难题还会积极提问、相互讨论。

课后，与我同名的李强教研员与我交谈说，孩子们特别专注，能够感觉出来，从孩子们眼神当中，能够感觉出来那种朴实，就是渴求知识、渴求学习的这种愿望特别的强。并且可以看出孩子们理解力还是比较强的，虽然他们没接触过，但是他们上手很快，而且他们对形状、对线条，包括对纹样的理解力也是比较强的，所以，他们能够很快接受知识技能，而且再加上我的趣味引导。比如说，剪咱们身边熟悉的一个苹果、剪一个葫芦，而且把吉祥的寓意；比如说，寓意着平安、寓意着多子多福，这种寓意告诉他们之后，他们就是带着这种美好的寓意去剪。而且，我也跟他们说，你剪的时候你要想着你要送给谁，带着感情去剪。他们剪完之后，剪得很漂亮，所以说剪纸不仅是文化传承，更是培养孩子们的自信心，培养孩子们的民族自豪感。

老师告诉孩子们剪纸是表达我们内心的一种情感，不仅是剪类似苹果、梨这样简单的事物，还能剪出大千世界，包括我们奔小康的这种心情都可以表达出来。

李强教研员还告诉我:"乡村学校最欠缺的还是师资,乡村孩子不是不想学,他想学,但是,这种资源不是哪都有。但是,从乡村孩子自身来说,我觉得没有什么缺陷,主要是师资力量还不足,所以说,我们很有必要来支教。甚至我觉得,农村的孩子比城里孩子在某些方面还要有优势,因为他单纯,他接受事物也比较快,他没有那种麻木感。"

教研员不失时机地鼓励孩子们勤奋好学、多多练习,将"非遗"文化传承下去。当文物古迹、山水风景、人物肖像,跃然成为剪纸作品,千百年来的家乡记忆因为剪纸所传承,熠熠生辉,这对于传承中华民族民间文化、打造艺术教育的特色、亮点,提升学生民族自豪感和文化自信具有重要意义。

河北区教师发展中心三位教研员精彩的课堂展示、独特的教学方法、丰富的教学手段和先进的教学理念,充分调动了学生的积极性。他们饱满的激情、阳光的心态感染着每一位学生,"接地气"的教学方法把学生带入课堂中,丰富的教学经验、扎实的基本功,让课堂充满无穷的魅力,得到了听课教师的一致好评。来自下仓镇各学校的教师们听课时仔细听讲,细心捕捉每一位教研员的授课亮点。课后还与教研员探讨本堂课的上课思路。通过这次活动,三位教研员老师深深感受到乡村孩子们渴求知识的愿望,感受到乡村孩子们的心灵手巧。

城里老师带来的有趣课程温暖了乡村孩子们的心,值得一提的是,当教研员精彩的授课刚刚结束,台下顿时爆发出阵阵热烈的掌声。"人家城里老师教学理念和教学方式就是先进,这堂课听得真是太有价值了!""听完城里老师的课,收获颇多,也看到了自己与一名城里教师的差距。作为乡村教师,我们要从细节中了解学生,帮助学生。"一位听课教师深有感触地说。

"送教下乡"展现出的最大的特点就是育人的方法要多元,不要拘泥于课堂知识的讲授,更重要的是情感、态度、价值观方面的升华。

此次活动不仅是学科教育的"知识碰撞",更是城乡教育工作者的"友谊碰撞"。城里的优质课送到乡村小学,将先进实用的教学理念和教学方式传递给乡村教师,帮助乡村教师进行教学技能提升,点亮了乡村教师成长之路!

七、让美育走进乡村校园

美育是教育的重要内容,对于塑造孩子们美好心灵、陶冶情操、启迪智慧,以及促进学生的全面发展具有重要作用。我们采用"美育浸润"工作模式,帮助乡村小学美育多样化、日常化、特色化发展。如何能够将科技和公益相结合,弥补乡村美育教育短板?通过学习,了解教育和政策,我想尽办法把市里的艺术资源引到乡村来。

(一)京剧艺术走进乡村校园

艺术的熏陶是独特的,是其他学科不可替代的,孩子成长过程中,一路有艺术类活动相伴,他们的性格、心性成长会更完善。

新的一年有新的气象,2018年春节假期后的首个工作日,我接到学校第一批驻村帮扶组组长韩权老师打来的电话。他告诉我,天津市青年京剧团"文艺下乡"活动面向农村提供流动服务,他向京剧团介绍了咱们帮扶村,并让我尽快与负责此项活动的杜洪涌老师取得联系。我心想这真是一个意外的惊喜呀!

有的孩子或许以前在电视上看到过,但是大部分的孩子还不知道京剧是什么,京剧团老师们给他们表演时,他们感觉到很有趣,有些孩子甚至笑出了声。当老师们给他们讲解京剧的来历和背景,他们才认识到原来这是我们的中华优秀传统文化,才对京剧有了新的了解。

"育人育心、浇树浇根。"抓住时机,我就联系剧团领导、演员抽时间,给孩子们更多普及京剧知识的机会。

演出时段安排在下午,村民们早早来到演出现场等候。天津市青年京剧团"文艺卜乡"活动的老师们顾不上舟车劳顿,来到东太河中心小学开展传统文化进校园活动,给乡村孩子们上了一堂精彩绝伦的京剧课。

青年京剧团几位年轻演员给乡村孩子们准备了礼物,他们在网上购买了一些画脸谱用的模具、颜料、笔等物品,还购买了其他一些学习文具送给孩子们,孩子们非常开心。

年轻演员们教孩子们如何勾脸谱,大家一起画了各种各样脸谱,虽然说这是一个很小的举动,但是把孩子们和京剧艺术的距离一下拉得很近。年轻演员们通过五颜六色的脸谱讲解不同的故事,让孩子们知道京剧艺术是有背景的、有文化的、有深厚底蕴的。几张稚嫩童真的小脸儿,变成了京剧脸儿。青年京剧团几位年轻演员给乡村孩子们细细涂抹,把几位乡村小学的孩子变成了京剧小票友。唱念做打,言传身教。一堂课六十分钟虽然时间不长,但孩子们已经爱上了京剧国粹。

深知乡村学校艺术教育资源极为有限,农村孩子尤其是留守儿童更是渴盼艺术养分的润泽。京剧艺术在乡村孩子们的成长历程中留下了浓墨重彩的一笔,成为他们绚丽美好的回忆。韵味十足的京剧专场让村民在家门口就欣赏到精彩的文艺演出,更让村民过足了戏瘾。

(二)宁园小学参观收获颇丰

偶得河北区宁园小学开展教研活动,我又请求有关部门给东太河中心小学干部教师创设学习提升的机会。2018年10月23日,我与东太河中心小学干部教师来到河北区宁园小学,参加河北区教师发展中心教研部举办的"全面分析促提升,关注质量求发展"联合指导活动。根据安排,我留在了阶梯教室主会场,参加了四年级五班的音乐联合指导活动。其他教师分别到各自对应的课程班级去听课。

一首以台湾童谣为歌词的歌曲《月亮月光光》,旋律优美,歌词充满诗意,向我们展示了一幅恬静的田园风景画,表达了台湾同胞对祖国亲人的思念。

在教研员点评时大家才获悉授课教师是一名有着二十余年教龄的小学音乐教师。她始终秉承着"教书育人,敬业爱生"的理念,在三尺讲台上践行着教师的职责和担当,把简单的事情做精致,把平凡的事情做精彩。

老师呈现歌唱、舞蹈、绘画等方面的强大的基本功,教学方式也十分值得参考与借鉴。她鼓励学生参与并给予学生帮助,在学生试唱时,教师及时发现问题,及时指导,精准引导。她的教学步骤层次清晰,学习内容由浅入深,浑然一体又层次分明,让孩子们于"润物细无声"中习得学习方法。

这一堂别开生面的音乐课,使我和来观摩的东太河中心小学教师们开阔了视野,提高了认识,同时想到如果能想办法把这样的老师请到村里,给村里的孩子们也上一堂音乐课,那该有多好啊!于是我又萌生一个心愿,不管有多大困难,我也要把这位老师请到东太河中心小学。

(三)走进帮扶村,带领乡村孩童领略音乐魅力

在我多方协调下,2019年7月11日,暑假里,这位音乐教师和同事不顾近两个小时的舟车劳顿,专程来到蓟州区下仓镇乔安子村,一来便为村里的孩子们义务上了一堂音乐示范课。

此时,党群服务中心主体刚刚落成,我们只好借用党群服务中心北面村支委乔茂强家东西厢房全封闭的院子,里面堆放着我们挖掘出的村庄红色故事、开展红色旅游的展柜及展品,在有限的空间里坐满了几十个不同年龄段的孩子以及很多家长。孩子们坐得非常整齐,一张张可爱的小脸上,一双双质朴纯真的目光中,充满了对这节

音乐课的期待。

面对完全陌生的乡村少年,教师精心设计了每一个环节。在《月亮月光光》《赶圩归来阿哩哩》优美的旋律里,她教给孩子们如何感知民族音乐的意境、如何体会音乐带来的乐趣。在互动环节,让孩子们尝试打击乐的演奏,仔细地听、大胆地试、尽情地表达,笑语欢歌,其乐融融。

音乐声吸引来了从此路过的村民,也不自觉地坐在了"教室"的后方。音乐课刚刚开始不久,教室后方身着黑色上衣的两个初中男孩开始有些坐不住了,开始不停地搞小动作。孙老师不动声色地走到他俩身边,无声地安抚他俩的情绪,并在随后的体验打击乐器环节与他俩互动,后半节课,这两个孩子一直专注地跟随着孙老师的教学节奏。

在孙老师的不断示范下,在欢乐的气氛中,孩子们从开始的好奇、懵懂、害羞,变得积极、大胆和投入。他们一双双纯朴善良的眼睛流露出对音乐的渴望和对音乐世界的向往。看着孩子们随着课程的深入而越来越和谐自然的动作,听着他们和孙老师一起合唱的优美的声音,我被感动得热泪盈眶。其实,乡村孩子的身上有很多人们意想不到的闪光点,他们有如山间清泉般纯净的嗓音、积极乐观向上的心态和对未知世界的向往。音乐老师创造的生动课堂激发着学生对音乐的渴望,为孩子们播撒下音乐的种子。其实他们不缺少才能,缺少的是一双发掘才能的慧眼,而优质教育资源的辐射引领必将启发一部分孩子的学习兴趣,如果这样的名师能持续不断地引领着家长和孩子们,村里的孩子们将受益匪浅,孩子们在实现梦想的路上也将多一分希望!

孙老师先给孩子们讲解五线谱的知识,然后带领几个孩子体验打击乐器。有一个孩子刚上台时怯生生的,从未见过打击乐器的他,不知道这是什么也不会用,只知道盯着手里的新鲜东西,孙老师手把手地引导他。在孙老师的带领下,他慢慢地变得从容了。眼神也开始大胆地向前看了,脸上也有了一丝的笑容。

孩子们在课堂中的表现超出了我的预料,这样的课程点亮了乡村儿童的多彩童年。孙老师弹奏着乐器为孩子们伴奏,引导孩子们合唱,孩子们的嗓音比城市孩子们的嗓音更洪亮,能够感受到每个孩子都在卖力地放声歌唱,能听得出更多的感情,他们的心情很欢愉,表现得很活跃。

孙老师邀请我一起上前台合唱一首,我顺便提议,让孙老师指导,我们帮扶组和村民、孩子们现场一起唱起《我和我的祖国》,大家把孙老师围在中间,小院里响起了"我和我的祖国,一刻也不能分割……"歌声久久回荡,幸福快乐的笑容绽放在每个人的脸上。

音乐课结束后,我们帮扶组带领孙老师等人到帮扶组驻地及两个帮扶村转了转,让孙老师等人更进一步了解我们的帮扶工作以及面临的困难和挑战。离开村子时已经是晚上七点多了,我们一行人驱车三十多公里赶到宝坻城区,找到一家在当地口碑很好的饭店,在饭桌上的交谈中,孙老师告诉我们,其实乡村的孩子们音乐天赋一点都不比城里孩子差,只是缺乏引导他们前进的良师益友。在乡村孩子们幼小的心灵里种下音乐的种子,帮助他们去追寻"诗和远方",我想这或许就是我们教育帮扶的意义所在。

那晚,很少饮酒的我兴奋地与孙老师碰杯,心中一直期盼着将音乐教育引入乡村的我,终于实现了心中期盼已久的梦想,心里真的很为村里的孩子们能接受到这样的音乐教育而开心。

我们用两堂音乐课验证了一个事实,乡村的孩子们同样也有"诗和远方"。每一朵花都会绽放,只是花期不同。关键在于我们要在乡村孩子们心里种下"诗和远方"的种子,让音乐教育在乡村孩子的心田里生根、发芽。

回到学校,2022年北京冬季奥运会开幕式上,当44名阜平山区孩子用希腊语唱响奥林匹克会歌《奥林匹克颂》时,我不禁又想起,没有音乐的童年是苍白的,乡村孩子们需要孙老师这样的音乐筑梦人。乡村青少年的未来也将因为有更多如她一般的筑梦者而变得越来越好。

每一个生命天然内含着旺盛的生命力,就像一粒种子,只要有足够的阳光空气和水,它就会发芽、成长、开花、结果。全面加强和改善乡村美育教育,需要教师们的共同努力、携手奋进。让越来越多"筑梦人"扎根乡村,让绚丽缤纷的音乐之花在华夏大地绽放!

(四)让阅读之美浸润乡村孩子心灵

诗词一经朗诵就插上了飞翔的翅膀,进入千家万户。2021年5月17日,东太河中心小学德润讲堂举行了一场"童心向党颂中华渔阳学子吟九州"经典诵读展示比赛活动。我特邀请了天津市河北区教师发展中心正高级教师、天津市特级教师慈树梅担任比赛评委,东太河中心小学百余名学生一同参加了比赛。

活动以庆祝建党100周年为契机,讴歌了中国共产党的百年奋斗历程,旨在让乡村少年儿童学会用自己的声音表达家国情怀,用自己的视角传播经典文化,以优美的童声歌颂祖国、歌颂人民。

各组参赛选手认真备赛,用简短精练的文字表达了对历史的敬意和永远跟党走、立志报国的决心。初赛中,教导处以班级为单位进行海选,各个班级的每位同学都积极参与,优秀朗读者进入复赛。决赛场上,各年级的小选手们个个精神饱满,仪态大方,朗诵的作品丰富多样,诵读风格各异,或铿锵有力,或温柔委婉,或抑扬顿挫……赢得了在场师生的阵阵掌声。他们在精妙的文字中开启了美妙的朗读之旅,用稚嫩的声音,朗读出真实的情感。在朗读的过程中,发现最棒的自己。

当天,孩子们伴着婉转的旋律和着铿锵有力的节拍,声情并茂地朗诵了《少年中国说》《红色家书》《我爱这土地》《祖国啊我亲爱的祖国》等红色诗词,选手们讴歌了中国共产党的奋斗历程,把对祖国的爱娓娓道来。

朗诵期间,参赛选手感情真挚,表达自然,富有感染力。活动现场,精彩纷呈,掌声阵阵。一首首经典的红色诗文,一篇篇优美壮丽的诗歌,一个个感人的革命故事,通过齐诵、独诵、男女对诵等多样的表现形式,呈现在观众面前。他们用稚嫩而坚定的声音深情地解读着什么是中国力量!他们用语调激情地表达着拳拳赤子之情!

这一篇篇红色诗词犹如一颗颗珍贵的种子,不断发芽长大,唤醒乡村青少年对文字、对书籍、对阅读的无尽渴望。

慈树梅老师声情并茂地为在场的师生朗诵了一首《我们爱你啊,中国》,抒发了对党的崇高敬意,全场师生深深地沉醉在朗读与语言文字的魅力中。通过本次经典诵读比赛活动,东太河中心小学师生重温了中国共产党党史,坚定了全体师生的共产主义信念。在我的举荐和指导下,乔安子村六年级女孩晓楠(化名)既是主持人又是参赛选手。赛后她激动地说:"谢谢李爷爷,今天的活动使我感受到了我们作为新时代少年身上肩负的使命与责任。"

这样的活动能在很大程度上增强孩子们的自信心,给予他们另一种形式的关怀。有很大一部分学生,家庭条件不是特别的好,原生家庭不是非常完整,缺少很多关爱,由于自卑而羞于展示自己。通过经典诵读比赛,让孩子们从另外一个层面得到心灵释放,他们变得越来越自信。

今天参加活动的孩子们中,有些孩子家里发生着一些变化,有些孩子的父母常年在外打工,有的因种种原因分开了,孩子们依然很坚强。孩子是每个家庭的希望,更是一个家庭的未来。懂孩子才能引领孩子,唯有坚持加强思想品德引领和价值观引领,认真研究当下乡村青少年学习生活特点、需求和教育发展规律,通过原创性内容贴近乡村青少年学习生活的实际,贴近孩子们的需要,关注他们的发展,才能更好地为他们的健康成长服务。给他们多一些爱,让他们多感受社会的温暖,以后长大了,他们就会去温暖这个社会。

八、帮乡村教师开阔视野

教育是党之大计、国之大计,而乡村振兴的一个重要方面在于乡村教育的振兴,教育先行,才能为乡村振兴注入源头活水。驻村以来,我们不断发挥专业优势,关心关怀乡村学生健康成长,助力乡村教育发展。

调研发现,乡村教师普遍年龄偏大、学历偏低,教育观念滞后、知识结构老化,特别是信息化教学能力低。学校在硬件设施上,许多和信息技术相关的内容无法融入教学中。一些青年乡村教师纵然有一腔热血,但对于如何把课教好、把班带好,依然面临困惑。为进一步开阔视野,吸收先进教育教学理念,学习先进管理经验,提高东太河中心小学领导班子及教师队伍的工作水平和业务能力,经驻村帮扶组沟通协调,特组织部分乡村教师分别走进河北区育婴里小学、宁园小学、河北区教师发展中心、宝坻区第九中学和天津市木斋中学进行交流学习。乡村教师进入名校是为了学习新的教育理念、科学的教育教学方法。依托办学条件好、师资水平高的学校,实现协作区域内的教育资源共享。

通过进城跟班跟师学习活动,城乡学校间教师进一步加强了互动交流,乡村青年教师深入学习了先进的教育理念,逐步掌握科学的教育方法和教育技术,切实提升了自身专业水平和素质教育的能力。这些乡村教师铆足了劲儿,到名校学习新课程改革后的教学理念和教学经验,东太河中心小学校长则迫不及待地要与名校校长面对面交流学习管理经验,对比查找出很多短板与不足。

(一)乡村教师到名校学习"取经"

教学研修,永远在路上,要使乡村教师专业素质不断提升,就要不断开拓学习路径。河北区育婴里小学是一所具有五十多年校史的市级名校。2017年12月2日，我们驻村帮扶组与河北区教师发展中心教研员一起带领东太河中心小学教师代表，来到育婴里小学进行学访交流。

一进校门，映入眼帘的是一楼展厅挂满孩子们笑脸照的文化墙，这是校园里一道独特的风景线。不少孩子早晨进教室经过学校楼梯时，都会习惯性地看一下墙上的笑脸照。学生们曾说，"我每天都会对着照片，给自己打气""看着笑容满满的自己，开启新的一天，感觉心情都会明亮起来。"学校鼓励每一个孩子无论遇到什么困难，都能像向日葵一样保持微笑的姿态，朝向阳光，做最好的自己。参访乡村青年教师也深受感染，纷纷为学校的创意笑脸墙点赞。

为了提升老师的信息技术能力，促进教师的专业发展，天津市教研室开展小学语文教师素养研讨活动，在育婴里小学开展了校本培训之"如何制作微课"的讲座。培训老师结合自己多年制作微课的经验，从"什么是微课""为什么要制作微课""怎样制作微课"三个方面给大家进行了详细介绍。微课好比拍电影，想要制作好的微课，首先要选好"剧本"，其次构思"结构"，最后写"台词"。台词的语言要严谨、简洁，过渡要自然。最后借助软件进行录制、剪辑。讲座中，老师亲自示范了如何制作微课。一个小时的讲座，培训老师给我们带来了"干货""实货"，也让全体老师知道了原来制作微课并不是那么难。微课虽然时间不长，只有几分钟，但是却需要教师用心设计，巧妙构思。他说，别看这小小的微课，却能够让自己的课堂锦上添花，愿老师们都能成为制作微课的"达人"。

小学语文教师素养研讨活动，为蓟州区乡村小学语文教师搭建了交流与学习的平台，是一次精神的饕餮盛宴，使教师们受益匪浅。研讨活动中，东太河中心小学青年教师见到了来自各区教师展示的精美的微课视频，每位老师的微课都十分精美。其中最引人注目的是一位戴着眼镜的男老师制作的微课视频，他的微课中有一段是教授学生如何写好"林"字。我当时心想一个区区的"林"字很难吗？"一个'林'字看似简单,但是能这样一边用镜头拍摄一边用自己的手一笔一笔地写出来就很难了,而且写得如此的稳,老师的手一点都没有颤动,这就更难了。"市教研室的专家点评说。

研讨活动结束后,育婴里小学校领导带领东太河中心小学青年教师们参观了校园、教室和各类功能室,详细介绍了学校的办学理念、培养模式、师资力量和办学特色,并一一解答了东太河小学青年教师的提问。随后,几位育婴里小学老师与蓟州区的访学老师展开了热烈的学术交流。访学老师们一致认为育婴里小学老师的课堂教学目标明确,核心知识清晰,教学方式灵活,教学情景生动,注重学科核心素养的落地,课堂教学效率很高。

乔安子村有四位村民在东太河中心小学任教,其中有一名是数学教师。她与几位青年教师一起来到育婴里小学。我们一行人在多功能厅听微课评比活动时,她体验了育婴里小学数学教师带来的展示课——三年级数学上册《数学编码》。该课程授课内容丰富,大家收获颇丰。

学习结束后,我们开车转过昆纬路,来到河北区教师发展中心,看到专家老师们早就在门口等候。在会议室,东太河中心小学的几位青年教师相继向各自领域的专家提出了自己的疑惑,每位专家都毫不保留地将自己的经验分享给大家。小学教研部语文、数学、英语三科教研员就当前学科教学的普适问题,以及落实学生核心素养的关键进行了创造性分享。

此次活动是为了提升教学核心素养,推进教师课程理念与教学方式的转变,小学教师们对此次活动也十分重视,想从城里学校学习更多的教育教学方法,以便乡村孩子们也能享受与城里孩子们一样的高质量教学。东太河中心小学青年教师近距离与市区名师互动交流,这是我们帮扶组实施精准帮扶举措,发挥智力帮扶的一个重要方式。

走访育婴里小学后,我们再次携手走进宁园小学进行参观学习。

2018年9月19日,东太河中心小学干部教师一行6人赴河北区宁园小学展开学习交流活动。宁园小学领导班子成员热情地接待了我们,介绍了学校的发展历史、师资情况、办学理念、办学特色、校风、教风、学风、校训和校徽含义等,以及近年来在学生习惯培养、传承中华优秀传统文化等特色课程方面的典型做法和工作案例,并带领老师们参观了校园文化建设成果展,一起听取了一堂语文观摩课《母亲》。

在那之后,老师们的教学科研热情愈发高涨。2019年4月,我又带领东太河中心小学的老师们参加了河北区教师发展中心主办的"一路书香一生阳光"教研活动。知识无涯,而生命有限,作为一名教师既要"博古",又要"通今"。可是如何在有限的时间里,更多地获取知识,并科学地引导学生爱上读书呢?河北区教师发展中心教研部教师为我们带来了阅读导读课——"让阅读成为生活方式"。读书能启人心智,撼动心灵,丰富人生;读书能积淀学养,激发思考,指点迷津。可以说,乡村小学阅读活动的持续推进意义重大,让阅读不再是一句口号,而是一种习惯,一份坚持。

2020年1月8日上午,我将天津财经大学王晓林教授接到村里指导工作,把帮扶村党建及乔安子村党群服务中心附近文化建设工作开展情况向他作了简要介绍,王教授特别强调乔安子村"村赋文化石"要在正面篆刻"没有共产党就没有新中国"。随后,我又陪同王晓林教授来到下仓镇中心学校,结合大中小学思政课建设与中小学校长进行了座谈交流。

此前经我协调,当日下午王晓林教授应宝坻区教育局邀请来到宝坻区第九中学,为乡村教师做了"涅槃奋进七十载 继续长征新时代"主题报告。王教授的课程,对下仓镇每一所中小学来说都是可遇不可求的,此次主题报告对每一位教师来说也是一个难得的机会。蓟州区下仓镇紧邻宝坻区,两区情谊深厚、来往密切。下仓镇全体思政课教师以"搭便车"的身份去"蹭课",宝坻区教育局高度重视,为表示对兄弟单位的尊重,把第一排座位留给蓟州区下仓镇的听课老师。

2020年1月9日晚,主题报告在天津电视台新闻频道播出,听课老师第一次在电视机里看到自己,"出镜"的"蹭课"教师才意识到"反客为主"了。这段插曲反而加深了两区广大教育工作者的友谊。

　　驻村帮扶工作虽已接近尾声,但我们的教育帮扶情怀丝毫未减。后续在我们的组织协调下,下仓镇中心学校思政课教师一起参加了河北区教育局与河北区教师发展中心、天津财经大学统计学院联合开展的"弘扬'两弹一星'精神,深化大中小学思政一体化建设"集体备课活动。活动会上,河北区教育局副局长讲述了他在担任木斋中学校长期间,带领师生重温校友于敏院士的感人事迹。于敏院士出生于天津,曾就读于天津市木斋中学,是中国氢弹之父。为弘扬"两弹一星"精神,我们驻村帮扶组将于敏院士的题词装帧后,赠予东太河中心小学德润讲堂,以激励学生发奋读书,立志报国。正如于敏院士所鼓励的,学校教师要"乐育英才,任重道远",学子要"多读书学以致用,多思考努力创新"。

　　陶行知先生曾说,"学校是乡村的中心,教师是学校和乡村的灵魂"。教育帮扶是一项系统工程,不是追求"昙花一现",也不是"摆花架子",而是一项抱有"水滴石穿""铁杵磨针"必胜信念的工程,是一项讲求常态长效的工程,帮扶组一直坚持的便是这样的信念。

（二）乡村教师背后的故事

　　寒冬腊月,冷风如刀。但乡村教师宛如冬夜里的烛光,努力把乡村孩子们的人生梦想点亮。

　　时间追溯到2019年的一次学习活动。由于蓟州区距离天津市河北区有一段很长的距离,于是东太河中心小学许国苹等几位同事商量早点儿出发去学习。那一天早晨,大家都定了四点半的闹铃,起来之后收拾了一下,大概到四点四十五分的样子,就出发去接两位同事了。寒冬腊月的早晨异常的冷,天也是黑乎乎的,许国苹独自一人坐上车后不禁打了一个寒战。大约十分钟后许国苹接上了两位同事。她们上车很久之后才慢慢缓了过来,聊天也越来越畅快了。

由于时间比较早,马路上的车也不是很多,所以平时一个小时的路程,她们仅用了四十分钟左右的时间。到东太河中心小学之后,天还没亮,学校的领导和几位老师却早已在那里等候了,听说她们五点钟就起来了。歇了一会儿之后,六点左右,东太河中心小学校长教师等一行人乘坐一辆七座的面包车从东太河中心小学出发了。坐在车上,外面的天气很寒冷,可是大家的心是激动的,彼此还"炫耀"着自己带的小本子,说要好好地学习学习,不能浪费这么一次难得的学习机会。不知不觉,八点左右我们到了市里,天也已经亮了起来。那天的天气仿佛知道大家要去学习一样,是那么的晴朗,那么的明媚,让大家本来就很激动的心情更加激动了。

这次行程虽然过去许多年了,至今回想起来,依然觉得这样的学习机会真的很难得,培训时间虽短,但在大家心中都留下了很深的印象。在极其困难的条件下,她们以饱满的热情和敬业精神,扎根乡村多年,成为教学成绩突出、受人爱戴的先进教师。乡村青年女教师见证了乡村教育的不断发展,她们有劳累、有辛酸、有愧疚,但看到学生成才时,一切都值得。

乡村教师的执着和博爱,展现了平凡中的不凡,平凡中的崇高,为广大教育工作者树立了可亲可敬的榜样。她们经历了很多不为外行人所知的辛酸,当然,也收获了很多的感动和惊喜,还有成长。我们从她们身上学习,感悟到"付出才有收获""坚持才会成功"的精神。"责任"一词在她们心里从来都是具体、清晰的,自己对乡村教师的理解也更加具象了,是"奉献和付出",是"将继续在乡村教育建设中发光发热"。

(三)城乡学校"手拉手",结对共建"心连心"

驻村后,身边的亲朋好友都牵挂着我,曾在天津师范大学教育系一起学习的校友陈雨季,在了解到我的驻村困难后,便与其挚友某部队幼儿园园长周枫一起陪同我来到河北区教师发展中心，找到时任办公室主任的王瑞老师寻求教育帮扶的支持。我把了解到的东太河中心小学的一些情况向王瑞老师作了简要介绍并请其予以帮助。王瑞老师带我找到河北区教师发展中心的领导，在听取我一番村情、校情介绍后便一同随我来到东太河中心小学实地调研。

语文、英语等教研员还随机进班听课，并与中青年教师座谈交流，进一步掌握了东太河中心小学面临的困难。随后，结合东太河中心小学的具体情况，有针对性地选择了在津务工子弟较多的宁园小学结对子。河北区教师发展中心领导还特意邀请宁园小学张弘校长一起与我们见面，沟通商议"手拉手"结对子等帮扶事宜。由此河北区教师发展中心帮助我们驻村帮扶组搭建了一个沟通的桥梁，穿起了一条教育帮扶的"关系链"。

结合两校实际，宁园小学通过送教送培、诊断课堂、跟岗培训、蹲点指导等方式，从学校管理、师资培训、教育教学、德育建设等方面对东太河中心小学进行帮扶，两所学校抱团成长，共同提升，整体推进两校教育均衡发展。2018年9月10日，我们在东太河中心小学举行"校际合作促发展，携手共享同成长"的活动，这是河北区宁园小学与东太河中心小学结对"手拉手"学校活动的启动仪式。师徒结对是一个教学相长的过程。两校"手拉手"结对互助项目中非常重要的一项就是对青年教师的培养，"手拉手"学校追求的是互助、合作、沟通的内涵，营造的是和谐共进的氛围，倡导的是友爱互助的精神。

河北区宁园小学与东太河中心小学"手拉手"，代表着两校正式开启交流与共同发展的新篇章。希望借此机会，东太河中心小学能够进一步吸收借鉴宁园小学先进的发展理念、优秀的师资培养体系，以及丰富多彩的学生活动模式，搭建起长期交流合作的友谊桥梁。我们真诚地期望在未来的日子里，能够有着更加广阔、更加密切和深层次的交流与合作！

东太河中心小学的一位青年教师对我说："咱们校与校之间的手

拉手结对子的事给下仓地区的老师们和孩子们带来了巨大变化。通过驻村帮扶组的牵线搭桥,我们能够和更专业的老师结对子,不但提高了自己的业务水平,而且有经验以更加充足、更加丰富的知识去教育学生。虽然乡村教师有很多渠道进行网络教研,但是,市区名师面对面这种交流方式更有效。我在教学中遇到的问题随时可以向市区的名师请教,拓宽工作思路的同时还能拓宽我的生活圈子,我与师傅成了无话不谈的良师益友。"

通过四年的帮扶,如今,我们再走进东太河中心小学,门口两旁的花花草草都像在点头微笑,眼前粉刷一新的教学楼,操场上欢声笑语的师生们,无不述说着他们的幸福与快乐!师生排练的小节目在镇里获奖,乒乓球小组脱颖而出参加区级竞赛,学校教育教学成绩优异,教师素质全面得到提升,特别是许国萍老师的《道德与法治》课,在经过天津财经大学马克思主义学院孙富和副教授的指导后获得市级双优课二等奖。我们看到东太河中心小学无论是在教育教学上,还是学校管理中都有所突破。这样喜人的变化,让我们很是欣慰。

九、喜迎盛会话思政,培根铸魂育新人

2022年国庆佳节之际,天津财经大学校园里到处喜气洋洋。数百面五星红旗挂在校园里,为国庆佳节增添了喜庆的节日气氛。一面面鲜艳的五星红旗迎风飘扬,一股股动人的爱国之情澎湃涌动。

(一)师徒结对育桃李,青蓝携手载初心

2022年9月29日,由天津财经大学马克思主义学院、统计学院主办的"喜迎盛会话思政,培根铸魂育新人——大中小思政课一体化建设经验交流会"通过线上会议平台如期举行。

"一枝独放不是春,百花齐放春满园",传承弘扬教育系统"师父带徒弟"的优良传统,通过榜样引领、言传身教,营造崇德向上、积极

求索、奋发有为的良好氛围，推动乡村青年教师人才队伍可持续发展，充分发挥优秀老教师对青年教师的"传帮带"作用。全体教师共同见证了这一难忘时刻——"薪火相传，共铸师魂"师徒结对仪式。师徒结对承载的是责任与担当，是师徒教学相长、携手共进。

三位导师代表纷纷表示，师徒结对不仅仅是传授和给予，更是一种相互促进和欣赏。他们代表全体导师表态，愿为青年教师的成长贡献出自己的一份力量，愿为每一名青年教师的成长和进步指明前行的方向。徒弟刘伟丽不是专职的思政课教师，师傅王会朋便给她提供了许多有用的视频，使得这堂课更加充实，孩子们在课上表现得也更加积极了。刘伟丽说："我印象挺深的，她给了我一个中国近十年GDP（国内生产总值）的一些数值变化的视频，看视频就比单纯看书本上的数据更具震撼力。我给学生们放视频的时候，他们就会由衷地感叹中国的巨大力量，中国的变化、中国的进步是多么的飞速，比我用一些词去说，比书本上的一些文字要带来更好的效果。"

青年教师前行的路上需要老教师的指引与扶持，学校的发展也需要青蓝相续的传承。这不仅为青年教师在提升业务水平、班级管理和教研能力等方面创造了良好的条件，更为全体教师搭建了相互切磋、相互学习、共同发展的平台。

仪式上，主持人宣读了《师徒结对活动方案》，结对师徒签订了《师徒结对承诺书》。结对期间，导师将通过制订《结对指导工作实施计划》，手把手、分阶段、有重点地对结对对象的思想、学习、业务、作风、心理等方面进行指导帮带，帮助青年教师尽快适应岗位工作需要，尽早熟练掌握各种知识和技能，不断提高自身综合素质，努力成长为行家里手。

随后，三位徒弟鞠躬敬师，这其中饱含着徒弟对师傅的深深敬意和浓浓感谢。这是迫切成长的渴望与信心。师徒结对薪火传，互勉并行育芬芳。三对师徒怀着一份使命和责任，力争在工作中把计划变为实际行动。

(二)共绘思政同心圆

思政课是贯穿大中小学教育全过程的一门关键课程。为把思政一体化建设工作落在实处、产生实效、推向深入,会议的第二天,也就是2022年9月30日,我立即召集组建四校思政一体化建设工作群,于当晚召集并主持了第一次思政教研活动,共有9名教师参加了线上交流研讨会。

首先是教师说课。师徒结对的导师——国家竞赛课一等奖获得者、天津市第五十七中学政治教师王会朋首先进行说课,她选择的课题是"始终坚持以人民为中心"。这节课的选题是经老师们下乡调研后设计而成的。课程聚焦"脱贫攻坚战",提出十几个问题并将其串成问题链,引导学生在回答问题的过程中深层思考,体会中国共产党始终代表最广大人民的根本利益的深刻内涵。

教师说课结束后,进入此次活动的第二个环节——评价讨论。与会教师一方面就授课教师的教学设计进行评价,另一方面就思政课如何上才能"有意思""有意义",能让学生们"抬起头""真相信"进行热烈讨论。

下仓镇中心学校教师纷纷表示,虽然自己不是思政课一线教师,但是仍觉得课程非常有吸引力,也受到很多启发,深刻理解了国家推行大思政课的题中之义。听到这里,我回忆起我在驻村帮扶期间走村入户的经历,工作组在走访过程中挖掘出了大量红色文化史料,我们要充分利用好这些红色资源,让革命火种代代相传。广大思政课教师可以利用好这些红色故事,将其作为重要课程资源,发挥红色文化育人的作用。

活动最后,天津财经大学马克思主义学院青年教师刘思源就如何上好思政课给予了中肯的教学建议。刘老师认为,说课要"赋能致远、筑梦成长",一堂课既要有知识又要有技能,更要有思想、有文化,落实立德树人根本任务。

(三)举办"言思沙龙"

2022年10月30日晚,思政一体化交流活动如期在线上举行。天津财经大学、天津市第五十七中学、天津市蓟州区下仓镇东太河中心小学、天津市河北区育婴里小学相聚"云端"。我们邀请到的特别嘉宾——安徽省凤阳县小岗学校,也加入我们的队伍中来,参会人数达55人。

本次会议以知识竞赛开篇,会议室内气氛紧张而热烈,一场以"学习党的二十大精神"为主题的知识抢答赛如火如荼地进行。来自安徽省小岗学校的少先队员和团员分别同东太河中心小学的少先队员、第五十七中学团员开展知识竞赛。随着参赛的6支队伍18名选手一轮又一轮精彩激烈的答题,比分不断拉开又追平,赛场的气氛被不断推上新高潮。

在答题过程中,老师刚提出问题,有的学生不举手就大声地说出答案,老师还没念完题目,两地的孩子们就抢答出答案,在场的老师都不敢相信!双方均展现出自身的知识积累,体现出每位学生对党的二十大精神及党的理论知识的学习成果。

接着,东太河中心小学思政课教师作为讲解员,"云端"讲解乔安子村党建文化展室,带领参会成员了解乔安子村的历史背景、发展历程和英雄人物。她介绍到乔安子村党员干部与驻村帮扶组共同携手,攻坚克难,取得今日成就。大家围绕如何贯彻落实党的二十大精神,结合自身本职工作分别从坚定文化自信、教育教学质量提升、学校内涵发展等多个方面,提出了有思想、有深度的意见和建议。

之后,河北区育婴里小学就学习党的二十大精神进行了交流分享,将党的二十大报告中提出的新要求同教学目标、教学过程相结合,根据自身实际情况对后续教学活动进行调整和展望,并将"这就是中国"为题的学生实践活动以录像短片的形式呈现,向参会成员展示"中国这十年"的发展历程及育婴里小学学生对中国的理解。

第五十七中学教师代表以"回眸辉煌路，坚定信仰的力量"为题，进行学习党的二十大报告的分享。他指出中国过去的成就证明中国正在正确的道路上大步向前，教育者必须坚定正确理想信念，成为学生们更好的引路人。

随着"言思沙龙"活动的进一步深入，特别嘉宾安徽省凤阳县小岗学校原校长邱建闯以"弘扬小岗精神，办人民满意学校"为题进行经验分享。邱校长详细介绍了小岗学校的基本情况，分享了小岗学校优秀的教学理念和未来的发展思路。他指出，过去十年小岗学校在各位领导与老师的带领下，逐步成为安徽省知名的乡村示范校。未来，小岗学校将认真贯彻落实党的二十大精神，发扬小岗精神，努力前进。

时间过得真快，不知不觉"言思沙龙"一直开到晚上9点，原计划一个半小时的讨论扩展到了近两个小时，大家恋恋不舍地结束了讨论。同教同心，同心同德，同向同行。我们的成长方式虽各不相同，但最终目的却异曲同工。让我不禁想起，村里的一位在校大学生告诉我："高考那年的假期，我得到了自己的第一部智能手机，眼花缭乱的短视频，各种形式的软件，远在天边的网友……小小的屏幕里是我从未见识过的另外的世界，是巍峨高耸的雪山，是热闹的海边渔场，是繁华的夜景，是各式各样的美食……通过手机屏幕，我也以更具象的、动态的方式认识了大学同学们口中的世界。有赖于祖国的发展，我们正在以一种更加便捷具象的形式认识着这个世界，无论是我之前所熟悉的，身边的世界，抑或是从未感受过的远方的世界。无论是离开农村的我，还是留在农村的父母，我们都有机会重新认识这个既熟悉又陌生的世界。因此，积极响应习近平总书记的号召，振兴乡村，于我们乡村青少年来说是不可推卸的重任。事实上，我们也在积极身体力行着。"

乡村振兴要唤回更多"村里的年轻人"，生于斯长于斯的当代乡村青年有追求幸福的权利，更有义不容辞的责任，积极投入到乡村振兴的大军中来,努力建设安居乐业的幸福家园。从脱贫攻坚到乡村振兴,青年大学生肩负着建设美丽乡村的时代使命,应该持续增强自身责任感、使命感、紧迫感,以新担当、新作为展现乡村振兴新气象。令人欣喜的是,越来越多的大学生愿意回到家乡,愿意参与到建设家乡的伟大事业中!

第三章 重塑文化，唤醒乡村的"诗和远方"

乡村文化振兴是乡村振兴战略的题中之义，对于乡村的产业发展、生态文明建设和人才振兴具有重要的引领和推动作用。"乡村是中华传统文化生长的家园，乡土文化是中华优秀传统文化的根柢"，振兴乡村文化，提高乡村文明程度，焕发乡村文明新气象，对于培育文明村风、良好家风、淳朴民风，改善村民精神风貌具有重要意义。

"百里不同风，十里不同俗。"重塑乡村文化，我们从其地理位置、资源禀赋、历史渊源出发，注重其内涵和特色，科学把握其特点，坚持因地制宜、因时制宜和精准施策，既重塑形，又重塑魂，唤醒乡村的"诗和远方"。

一、村庄的墙壁会"说话"

在沽东村"两委"班子的带动下，村民的认识逐渐有了转变，能主动清理自家杂物，尽可能地为后续施工提供便利条件。村民的信任和支持激发了我们驻村帮扶组的干事热情。随着勘察踩点、方案设计等前期准备工作的完成，沽东村文化墙绘制工作正式启动。

驻村后，学校的领导、同事始终牵挂着我们。时常打来电话，嘘寒问暖。一日，我联系上早年曾在一个部门工作多年的时任艺术学院党委书记的陈方，请她帮忙找个专业教师来村里指导一下。于是，我与李振老师取得了联系，请他到村里来指导文化墙的绘制工作。

即使烈日炎炎，也抵挡不住天津财经大学艺术学院师生的创作热情。2018年6月2日，是个星期六，骄阳似火，天气异常闷热。学院领导带领党员教师和九名环境设计专业空间装饰实践组的同学,冒着高温酷暑前来沽东村绘制文化墙。为防止学生中暑,空间装饰实践组指导教师孔令伟在出发前还特意为同学们购买了草帽、冰袖和防暑降温药品,让同学们在炎炎夏日拥有清凉、愉悦的心情。

为了不耽误工时,车上我拿出提前构思好的文化墙方案,和孔老师一起商量具体实施步骤,而后师生们拿起画笔,开始绘制乡村的美丽画卷。构图、调色、描边、勾线、上色……大家分工协作,有条不紊。师生携手克服烈日暴晒、蚊虫叮咬等困难,齐心协力作画,将村民喜闻乐见的窗花剪纸等造型内容搬上沽东村的文化墙。艺术学院师生刚到村里,就引起了不小的轰动。在师生开展文化墙绘画时,更是引起了全村人的关注。有的小朋友还在师生指导下进行了简单的艺术墙绘画体验,教育引导孩子们从小热爱自己的家乡,建设家乡。

前来围观的村民拿出手机拍照、拍视频,留住绘制的每一个镜头。又将其编辑成短视频发到朋友圈或其他短视频平台,让更多的乡亲们欣赏这美好一刻。在村庄变靓的同时,人气也越来越旺,不但令不少外村的亲戚很羡慕,更吸引着周边村庄的村民和过路的人称赞参观,驻足拍照。

原本光秃秃的白墙在天津财经大学师生的笔下焕然一新,朵朵鲜花姹紫嫣红,喜鹊登枝、鲤鱼跃龙门等形象展现出一派生机盎然的景象。"喜上眉梢""连年有余"的传统吉祥寓意定格在文化墙上,表达了沽东村村民对美好生活的期盼和向往。乔安子村一位伟大的母亲为患肾病的孩子捐献了自己的一个肾脏,挽回了孩子的生命,她前来请我们在她家院墙作画,为自家画上象征希望的图画。可怜天下父母心! 我们毫不犹豫便答应了她,师生们绘制了一个鲜红的中国结,中间是一个醒目的福字,旁边稍作装饰,破败的墙面经过粉刷装饰,立马变得充满生机。

冰冷的墙壁穿上绚烂的外衣,摇身一变成为乡村最亮丽的风景,彰显出乡村的活力和特色。谈起家门口的改变,村民们高兴得合不拢嘴,言语间不住地夸赞,语气中充满着骄傲和自豪。"这样的环境住着舒坦!"他们已然忘记了就在两个月之前,这里还是一片杂草丛生、臭水横流、蚊虫猖獗的脏乱之地,现在却变成了生机勃勃、整洁如新的样貌。这是参与制作文化墙的每一位师生的功劳,也是在台前幕后默默奉献的每一位驻村帮扶干部的功劳。村里的聋哑人见到我,也经常用手语与我交流,我从他点赞的手势中能感受到他对我们帮扶工作的认可。

艺术学院师生来村里绘制文化墙的当天,在我的协调下,几支不同的队伍井然有序地在村里进行着文化建设。在艺术学院的师生为帮扶村绘制文化墙的同时,我们邀请了其他好友帮忙运来了文化石,吊车及时就位后两个村的工程人员也开始同时施工,在文化墙的旁边安置好文化石。众人拾柴火焰高,文化墙的绘制进展十分顺利,不到一天的时间,两个村的面貌实现了华丽的转变。

由于当时我们驻村帮扶组驻地生活条件极其简单,突然来了这么多人,没有地方解决吃饭的问题。于是我自掏腰包买来蔬菜和面条,又请远在武清区的海关总署天津教育培训基地工作的厨师长刘爱红,帮我支援一个厨师和两张十人台的餐桌。好友刘爱红很爽快地答应了我的请求,当即派了一个技术高超的中年厨师长宋师傅,让他搭乘一辆小货车,装上两张十人台的圆形餐桌和各种炊具来我们帮扶村,用天津正宗的捞面解决了大家的午饭问题。

完成了任务以后,宋师傅搭乘学校的中巴车与艺术学院的师生返回市区,宋师傅在津蓟高速天津收费站下了车。我请我的弟弟单独开着自己的私家车,驱车往返一百多公里把宋师傅送回了杨村。

有人曾提醒我,干什么事之前,要先想到能得到多少好处,要是没有这个前提,你什么事也干不成。但我偏不信这个邪!驻村四年,我奔波忙碌,不想牟利,身体熬垮了,家人联系疏远了,但是我的办事热情分毫未减,正是这种坚持,才让帮扶村未来幸福生活的蓝图在我眼前愈发清晰起来。

二、"寓教于美"的乡风文明"活"课堂

一处美不算美，处处美才是真的美。沽东村发生的喜人变化让乔安子村里的人很羡慕，乔安子村村民在惊叹沽东村可喜变化之余也不甘落后，迫不及待地参与进来，盼望着自己的村庄也尽早发生翻天覆地的变化。我们驻村帮扶组见缝插针，决定趁热打铁，再烧"冬天里的一把火"，再继续扩大"战果"，让"一处美"示范带火"一片美"。

乔安子村村民有了"心愿墙"，请谁来绘制成了我们帮扶组面临的又一道难题。深知"不打无准备之仗"道理的我们，早已未雨绸缪"秘密"筹划各项工作。我们驻村帮扶组曾受邀参加了多家幼儿园的党日活动，通过驻村实践向幼儿教师介绍心得体会，并倡议老师们把专业实践放在田间地头，把志愿服务融入乡村振兴，用自己专业所学服务乡村，报效国家。不知不觉中我们驻村帮扶组已当起帮扶村代言人，成为众人眼中村里的"形象大使"，为帮扶村的对外宣传架桥铺路。

绘画技能是幼儿园教师必备的基本功，我们驻村帮扶组以党建为引领，开展多种形式的宣讲，吸引更多的幼儿园教师参与到活动中来。北辰区宸宜幼儿园、河北区第十九幼儿园、河北区第十七幼儿园、河西区第十六幼儿园、河北区第一幼儿园等多家幼儿园教师纷纷利用课余时间，先后到乔安子村义务绘制文化墙。她们不顾炎热酷暑，做好全面防晒措施后便汇聚到文化墙下，站在两个梯子中间搭的木垫上作画，将村里多处院墙绘制成描绘和谐与文明的"风景线"后，老师们已然没了刚来时的容光焕发，一个个像筋疲力尽的"土猴儿"。但是看着一天的成果，整洁道路两旁一改之前的死气沉沉，五彩缤纷的墙画让村庄焕然一新。

绘制文化墙之余，幼教们还热心地搭起帐篷给家长们做咨询。

听说城里的老师又来给村里孩子家长指导家庭教育,村民们踊跃加入,小石头的妈妈和姥爷带着小石头的弟弟来到帮扶组驻地,就连长期在蓟州城区校园门外经营快餐的村民乔茂立夫妻俩也带着孩子来到帮扶组驻地旁听。

我们驻村帮扶组变"单打独斗"为"多方联动",将多家单位对我们帮扶的"点"联结成教育系统的"面",产生了"1+1>2"的效果,显著提高了结对帮扶的整体效力。起初只有我们一个团队在这里驻村帮扶,现在有越来越多的单位与两村结对共建,聚各方之力为村里建设贡献智慧。幼儿园教师这支非常特别的"娘子军",柔肩挑重担,使命记心间,以巾帼不让须眉的气概,成为助力结对帮扶困难村战斗中一股不可小觑的力量,在结对帮扶困难村的战场上书写人生最美的篇章。

一道道文化墙不仅扮靓了帮扶村的街道,还在潜移默化中提升了村民们的文化素养,唤醒了村民们参与农村环境整治的热情和建设美好生活环境的主人翁意识,使"文化墙"变成"文化强",绘出乡村振兴"精气神"。大家都积极主动地加入到保护墙绘的队伍中来,村中老党员更是主动担起维护墙面之责,团结一致,向着更美好的生活前进。

自从文化墙建设以来,村民们天天耳濡目染、争先比优,村民素质得到了极大提高。乱扔垃圾的没了,吵架闹矛盾的也少了。文化墙让村子越来越和谐、让村风越来越文明。商以求同,协以成事。渐渐地,干净卫生的环境带给了村民舒适感,村容村貌一天天改善,很多人的思想开始转变,村民们都不愿让自家房屋周边的环境拖了后腿。从一开始的抵触到后来的支持,再到主动加入环境整治的行列,文化墙成了"香饽饽",先后涌现出主动拆除偏房、围墙,争相让出自家"地盘"的"六尺巷"的新故事。"新六尺巷"的"新"让沽东村颜值得以提升。

在文化墙绘制过程中,我们驻村帮扶组数次在凌晨押运货车,将辛苦筹集到的道路侧石、便道砖等各方支援物资不断地运送到村里,沽东村的乡亲们被我们的"真帮真干真扶"举动所感动,我们用真情、真心、真意换得了村民群众的满意。驻村帮扶干部当"快递员"运送物资的消息不胫而走,长期在外务工的党员闻知此事后,专程从外地赶回来,做通家人的思想工作,带头把自家院墙外栽种的杨树全部砍掉,售卖后贴补家用。村里的老党员们主动上前搭把手,清洁周边环境卫生。宝坻区幼儿园教师王雅坤、田静波,是幼教队伍里的"姐妹花",她们利用课余时间来村里作画。在大家的共同配合下,一面四十多米长的"为中华之崛起而读书"手绘文化墙展现在众人面前。村委会将原来栽树的地方利用筹集来的道路侧石、便道砖等各方支援的物资修建成健身小广场,让村里彻底"改头换面"。

各美其美、美美与共的农村"升级版",吸引了周边不少村干部前往乔安子村、沽东村参观学习。习近平总书记强调:"有事好商量、众人的事情由众人商量,找到全社会意愿和要求的最大公约数,是人民民主的真谛。"①现在村民口袋逐渐鼓了,精神世界也要尽快富起来。一道道亮丽的"红色风景线"不仅使村容村貌焕然一新,而且提升了村庄的文化内涵,更凝聚形成干事创业的强大合力,传承着文明,传递着和谐,成为宣传党的方针政策、提高群众精神文明素质的课堂。

不少村民驻足观看幼儿教师绘画,乔安子村村民乔增坡老人激动地说:"墙壁成了大画卷,我从没见识过。以后我们的未来比这还好!"身旁另一位不爱讲话的老村民也激动地说:"什么是好?现在这社会就是好!生活好!啥都好!"

解未来的爷爷解树江说:"咱们的家越来越美了,人们也越来越高兴了。大伙儿出来遛弯儿,看着心情也痛快!老了老了赶上这个变化真是太好了!我们想要的就是这样的环境。现在新社会、新农村,大家都响应国家的号召,环境越好,我们越欢迎;环境越美,我们活得越高兴。"

---

① 习近平.在庆祝中国人民政治协商会议成立65周年大会上的讲话.新华社.

从这些朴素的话语中,我瞬间感悟到,村民们的精神文化已逐渐发展。这条路虽艰辛,但我们要坚定地走下去。

2021年4月,我们的驻村帮扶工作接近尾声,但我们丝毫没有放慢节奏,抓住机会继续"撸起袖子加油干"。我们驻村帮扶组同村"两委"班子一起依托乔安子村党群服务中心现有的院墙,进行了加高提升改造。随后,河北区第一幼儿园党支部开展了"学党史传承红色精神,办实事践行为民情怀"主题党日活动。近三十名幼儿教师来到乔安子村共同绘制"百年征程"党史学习教育专题文化墙。一幅栩栩如生的画作展现了中国共产党百年来经历的辉煌奋斗历程,从最开始的星星之火一直到"走进新时代"。

在教师们作画时,村里老人也前来观看。望着眼前的画,村里的老战士乔国志激动地对身旁的孩子们说:"不能忘了党,不能忘了党的一切!"没有一代代革命先烈的前赴后继,就没有我们现在的美好生活。所以要更加珍惜现在的生活,要好好工作,把我们的国家建设得更好。

三、整治村容村貌,建设美丽乡村

走进沽东村,干净、整洁是给人留下的第一印象,然而昔日的沽东村却不是这个样子。驻村第一天,我们帮扶组就发现存在的不少问题:大街小巷"脏乱差",部分房屋年久失修。违规占路种菜,主街道两侧有的人家种上了玉米,秸秆随意堆放,有的人家堆砌了盖房剩下的砖垛,还有的人家门口小菜园围着小栅栏,用瓦楞板沿着自家的房子搞起了"圈地运动"。私搭乱建使得村庄主街道千疮百孔,让本不宽敞的主街道显得更加狭窄、更加拥挤。

一天上午,我请天财校友赵阳来沽东村和乔安子村,实地走访两个村的道路等基础设施状况,并就基础设施建设给予意见和建议。下午我回到驻地,换上一身轻便装,便来到沽东村与全体党员一起参加义务劳动——清扫大街。劳动开始后不久,沽东村老支书便对我们说,"行了,李处,照几张照片中啦!"我全当没有听见,帮扶组从来都是"真干、多干、实干",从不虚假摆拍。我坚持带领党员和村民代表把全村的主街道全部清扫了一遍,村民们都看在眼里。

入村后,我们一直在思考着一个问题,如何将村庄道路两旁的脏乱现象尽快解决,给每天由此上下学的孩子们营造出一个良好的成长环境,同时也提升村容村貌。在两个月时间里,我们帮扶组白天挨家挨户地走访,夜里通宵达旦地思考谋划。上门做工作常吃闭门羹,为了改变困局,我们从党支部建设入手,发挥全村党员的先锋模范作用,带动全村老少齐干事。最先的突破是从改变村容村貌和村民精神面貌开始的。

(一)尽显老党员的"硬核"本色

在我们帮扶组几个月来"真干、实干、多干"的感召下,沽东村"硬核"老党员,他们用无私奉献的实际行动,诠释着共产党员的初心。他们的平均年龄68岁,最大的75岁,用"七个党员八颗牙"来形容他们一点都不为过。他们有的曾是村里的老干部,有的是退伍军人,他们在村里住了大半辈子,淳朴的日子过得既踏实又安心,是村里典型的"土著村民",太多的记忆和故事使得他们深爱着这片承载着梦想和希望的土地。他们关注村庄发展,关心党的工作,时刻发挥余热,展现着老战士、老党员的风采。为人和善、乐于助人的口碑使得他们在村民的心目中有着一定的威信,大家凡事都愿意听他们的话,一些最新的政策也能及时地传达给大家,着实帮了村委不少忙。他们不服老,依然有一颗火热的心,希望能尽自己最大的努力,为村里做一些力所能及的事情。面对脱贫攻坚这场硬仗,生于斯、长于斯、奋斗于斯的这些老党员们初心不改,用实际行动支持着村里的工作,与乡亲们一起建设家乡,脱贫致富。

我们帮扶组和几位老党员常常自带工具,按提前做好的分工,带头投入清理街道的队伍中,在这个过程中发挥着"领头雁"的作用。

这些老党员们干劲十足,尽管都是六七十岁的老人,但干起活来挥汗如雨,毫不惜力,一点都不逊色于年轻人。平整空闲地、清理垃圾、硬化道路,田间地头、村里村外,到处都有他们忙碌的身影。他们的满头白发见证了一个个老党员履职尽责的点点滴滴和迎难而上的责任担当。自农村人居环境整治以来,在这些老党员们的带动下,沽东村越来越多的村民以他们为榜样,自觉参与到全村的环境整治工作中来。这个只有四百八十多人的小村子里,生发了一种积极向上的力量,形成了一种苦干实干的氛围。

(二)开展"绿美乡村"植树活动

沽东村践行美丽乡村建设的绿色发展理念,村庄的整体面貌焕然一新。然而,门前屋后空旷的土地,虽整洁,却略显单调,缺少一些春的色彩和生机。于是,我们驻村帮扶组想了个法子,在秋收结束后把违规耕地都种上苗木花卉,提升农村人居环境的"颜值"。

成功之途,道阻且长。对于村里绿化,我们可以说完全是门外汉。面对前行路上的困难挑战,我们始终坚信办法总比困难多。经过请教北京农业职业学院专家后,我们获悉秋季也是栽树的一个好时节。

听到这个消息,我们简直如获至宝,全身立刻充满了一种无形的动力。自2017年8月入村,至2017年11月22日,在不到一百天的时间里,我们始终在寻找着帮扶工作的着力点和突破口,思考着该怎样"破局"。

每月20日是蓟州区党员集中学习日,这不仅为党员搭建了"学"的载体,更是"做"的平台、"改"的抓手,让党旗在农村基层阵地上高高飘扬。2017年11月20日,在入村后的第三个"党员学习日"集体学习活动后,我们驻村帮扶组提议沽东村的主街道两侧在前期清整环境的基础上,再搞些街道绿化。我们驻村帮扶组与村"两委"班子商议后将想法逐一向党员们做了介绍,大家点头表示赞同的同时都笑着表示："感谢驻村帮扶组为我们村做的实事好事，我们一定把树苗管理好。"考虑到树木种植之后的管理问题，我们再次提议采用党员包片的方式，距离党员家最近的树木，由党员负责定期浇水、修剪等工作。

说干就干，绝不含糊。由于我们开展驻村帮扶工作时间不长，学校的帮扶资金一直在审批中暂时没到位，抢抓秋冬季植树的大好时机不容错过，我们帮扶组三位同志共同商议后决定一起筹钱购苗。起初，我们以家庭为单位，家庭成员每人认捐一棵树。随后，学校老师及校友得知此事，踊跃捐款。不到一天时间，累计捐款近六千元，让我们驻村帮扶干部倍感温暖。

资金有了着落，我们与村干部一起到蓟州区邦均镇的苗木基地选购树苗，确保最大限度降低采购树苗的成本。在大家的共同努力下，金枝国槐、西府海棠等苗木在沽东村扎根生长。

秋植是帮扶工作开展以来的头号工程，老党员们很激动，村民们也都欢欣鼓舞。植树当天，尽管天气格外寒冷，但村民们干劲不减，纷纷拿起铁锹在空地上挖坑松土，填种苗木。劳动力不足，我们帮扶组就带着全村男女老少一块儿干。由于长期缺乏劳动锻炼，我在植树劳动中左腿被碰伤，但依然"坚守在一线"。整个植树过程，大家热情高涨、干劲十足，分工明晰，配合默契，有的挥锹铲土、有的扶苗填土、有的提水灌溉，放眼望去沽东村一片热火朝天的劳动场景。

令我们感动的是，曾在村里主持过四十年工作的老支部书记张明也加入了植树的队伍中。他患有脑血栓后遗症，虽然行动不便，无法从事重体力劳动，但依然凭借着顽强的毅力，把自行车当作拐杖缓慢前行，拖着病残身躯参与到植树活动中。这位备受村民尊重、德高望重的老党员用实际行动践行了共产党人的初心与使命，践行了"把一生都献给党"的铮铮誓言。

沽东村的一位村民在东太河中心小学教师餐厅做厨师，午间吃饭闲聊说起村里植树的事。无意间的言语让老师们听到后，下午一上班,东太河中心小学的韩校长亲自上阵,带领着五六名没有授课任务的青年教师和后勤人员带着铁锹等工具赶过来支援。他们像授课时一样认真,种植着乡村的希望。村小教师在教授孩子们文化的同时,身体力行守护绿水青山,将生态文明知识和环境保护理念灌输给孩子们。老师们用自身的实际行动让村民们体会到了老师对孩子们谆谆教导的艰辛,更明白了"十年树木,百年树人"的道理。这是践行"五育并举"的实践,这是家校共育的和谐美好。

合力者强,同心者胜,结对帮扶需要汇聚广泛力量。兄弟院校北京农业职业学院积极发挥自身资源优势,向我们捐赠了价值四万元的玉兰树。在为村庄添彩增绿的同时,也拉开了天津财经大学携手兄弟院校组团帮扶困难村的新篇章。

傍晚时分,夜色慢慢降临,大家齐心协力将树从车上卸下来。村里的路灯尚未修复,我便开启私家车,用车灯给大家照明。一个个树坑的深挖,一棵棵树苗的栽种,用心栽下一份份绿色的希望,种下一个个绿色的理想,村民们憧憬着村里绿树浓荫的美好:"等到明年开春,花树都开花、果实成串,俺村就像个大'花园'一样,想想都觉得很美。"村里的一位年过古稀的老党员说,"作为老党员,能够参与到村庄变美行动中,我感到自豪、幸福!"

天财人捐种的树木承载着天财人的嘱托,凝结着老师及校友们感恩于心、铭志于树、寄情于林的情怀,也象征着学校肩负立德树人的神圣使命。十年树木,百年树人。这些象征着感恩与回报的树苗在帮扶村里苗壮成长,为乡村孩子们撑起一片树荫。树木的年轮记录着乡村孩子们成长的印记,一枝一叶镌刻了天财人共同的乡村记忆。帮扶村里已经遍布天财人认捐的各类树木,它们共同守望天财人的精神家园,架起天财和帮扶村的情感桥梁。

(三)用最美的光照亮乡村孩子们的求学路

沽东村基础设施落后,亟须补齐短板改善人民群众生产生活条件。通过走访了解到,沽东村路灯安装多年,年久失修,每到晚上,村庄道路上一片漆黑,出门要格外小心。村里仅有的一条水泥路被过往的重载车辆压得坑坑洼洼,地面有很多暗坑,雨雪天更是泥泞难行,村民出行活动很不方便,存在很大的交通安全、治安等隐患。特别是晚上孩子们放学(沽东村南头距离东太河中心小学一百五十米,周边十一个村庄近三百余名孩子在此就读,且孩子们上学经沽东村主街道穿行较多),走在村里总感觉不安全。

2018年1月12日,腊月二十六,当天天气格外的好,近几天一直在刮的大风不知跑到哪里玩儿去了,早已不见了踪影。进入腊八后,天气异常寒冷。室外气温低而且潮湿,站在村里的我们被冻得瑟瑟发抖。在零下8度的气温里,过了秋收繁忙季的村庄早已进入蛰伏期,像沉睡中的老人,安宁静谧。而此时,静谧的沽东村里,多了一些忙碌的身影。一大早,国家电网天津市电力公司城南供电分公司的李明同志开着私家车带着四名技术骨干组成党员突击队,带着工具材料,在我们的引领下一起来到沽东村。

我在学校大学生公寓管理中心担任副主任期间,与李明同志有过一些工作上的接触,他多次帮助大学生公寓解决了突发的电缆故障问题,我们因此成了好朋友。在了解到沽东村路灯的情况后,我联系到李明,请他发挥优势来帮忙解决。

此前,李明与单位负责同志曾一起来过村里,现场查勘,判断照明故障原因。路灯常年暴露在室外,经过长期风吹雨淋,沽东村原有路灯损坏率高,灯泡破损严重、线路老化严重,有绝缘老化脱落的情况,存在很多不安全因素,因此,急需对原有线路和灯具进行改造更换。

工人师傅们头戴红色安全帽,身穿工作服,脚上套上厚重的靴子。为首的师傅麻利地套上胶皮手套,系上安全绳,腰间挂着一套工具,脚上穿上脚扣。他蹬上脚扣,扣在电线杆上,慢慢爬到电线杆顶部,然后,他从腰间抽出特制工具,用力一掰,使劲拉动,拆开零件,递给下面两位师傅。下面的两人仔细换上新零件,递给他安上,三下五除二就把路灯修好了。工人师傅们熟练地将沽东村南北十三基电杆、十二档线路,里巷路三基电杆的灯具、两档绝缘导线,全部修好。沽东村多年未亮的路灯全部亮起来了,彻底摆脱了原先没有照明带来的诸多不便。党员突击队队员们严格按照操作规程作业,对"失明"路灯进行检查、修复,使一盏盏路灯重放光彩。没想到突击队的师傅们从入村到我们村亮起来只用了短短一天的时间。

现在晚上路灯亮堂堂的,村里也热闹起来了。沽东村修好的路灯不仅照亮了村庄,为村民夜间出行提供了保障,更照亮了村民回家的路、温暖了村民的心。

路灯照亮了原本漆黑的道路,为沽东村的村民夜间出行筑起一道明亮的"安全屏障"。老党员韩丙芬激动地说:"以前晚上出门,村里总是黑漆漆的,大家想出来遛遛弯,只能'摸黑',深一脚浅一脚的,现在好了,到处都是亮堂堂,再也不用担心跌倒了!"看着门前一盏盏光亮的路灯,沽东村的村民个个心里乐开了花。纷纷说道,"灯都亮了!快过年了,再挂上点彩旗,喜庆!"村民们已然沉浸在新年和春雪降临的喜悦之中。

夜晚的沽东村变得热闹起来,临近村庄的村民也会过来遛弯儿。细数沽东村的变化,村民韩春艳乐得合不拢嘴:"路灯真的来得太及时了,点点亮光照亮了夜晚的乡村道路,也照亮了咱们百姓的幸福生活。"路灯照亮了村路,也照亮了村民的美好生活。现在村里到了晚上,越来越多的人愿意走出家门,出来遛弯、聊天,村庄冷清已久的广场上又热闹起来,伴随孩子们的嬉戏声,大爷、大妈们的广场舞又跳了起来,使用健身器材锻炼的村民也多了起来,极大提升了村民夜间文化生活。一盏盏明亮的路灯倾洒亮光,如党的光辉照亮了乡亲们的心。

看着维修师傅们冒着严寒在户外忙活了一上午,村里的几位老党员心里有些过意不去,老党员韩丙芬让大家一起到家里吃饭,突击队员们婉拒了。来不及休息调整的他们随即奔赴自己的工作岗位,这支"尖刀力量"又投入到下一个抢修任务中去了。天气虽冷,但我们的心里是暖暖的。望着他们匆匆离去的身影,敬佩之情在我们的心头油然而生。

四、党建林——乡村红色教育基地

本是蓄水灌溉用的坑塘,由于宅基地资源比较紧缺,于是就出现了把坑塘填平再去盖房子的现象,沽东村东北方向上坡处有几户村民的房子就是此种情况。由于村民盖房子垫地基的垫土长期被雨水冲刷,雨后自然沉降的回填土被冲到村里唯一的主干道。路面上积满了厚厚的尘土,有汽车经过时便尘土飞扬,道路仿佛笼罩在浓雾中。路过的电动车、路人纷纷仓皇通过,唯恐避之不及。每天由此上下学的孩子们路过都要遭殃,晴天一身土,雨天一身泥。不是迅速地骑着自行车经过,就是快速奔跑着通过。

这是沽东村唯一一条南北向的水泥路。这条并不宽敞的水泥路已经被压坏,变成了土路,路面上满是尘土和泥巴。晴天过车尘土飞扬,雨天满路泥泞,过往行人怨声载道。由于修建时间过久、设计过窄,加上道路两旁绿植丛生,乡村道路通行条件不好。会车时往往相当困难,易发生拥堵和事故。2017年8月中旬,我们初次踏入沽东村这片土地时,就切身感受到了这条又窄又泥泞的乡村"土"路。这条路既存在交通安全隐患,又严重影响了村民的生产、生活。

(一)铆足初生牛犊不怕虎的干劲

"水不平则流,人不平则鸣。"路经此地的村民快速经过的瞬间,都不禁要猛发一顿牢骚。牢骚中虽有负面情绪,却是村民内心的真实想法。村民们的牢骚话倒是一下子提醒了我们,可以以整治这条道路为突破口,打开我们驻村工作的局面。

带着这个问题,我们帮扶工作组马上行动,与沽东村"两委"班子一起详细商量应对之策,一同实地踏勘,制定方案。我们还邀请当地土建专家等相关技术人员来到沽东村一起进行踏勘。通过广泛听取意见,深入细致做出调查论证后,土建专家等相关技术人员给出了具体指导意见。在土坡下面砌筑挡土墙及护坡,并在土坡上开辟人行步道。既解决了路面尘土飞扬的难题,又可以达到拓宽村庄道路的效果。

土建专家等相关技术人员经过现场测量很快给出了土建工程量清单。砌筑挡土墙及护坡自然也成了村里迫在眉睫的大事,但因资金短缺,一时间也成了村民的头等"愁事"。面对两面犯难的窘境,我们帮扶工作组主动作为,不等不靠,多方统筹,多处对接,整合物资、筹集材料。经过大家不懈的努力和辛勤的付出,所需材料——河沙八吨、水泥十吨和红砖一万块全部到位。大家集中资源、贡献力量,共同完成了砌筑挡土墙及护坡的物资筹备工作。

但是到准备施工的时候又遇到了一个问题,周边村子的几家施工队有意承包此项工程,然而核算后,认为施工队所需费用远远超出我们的预算。考察一番后,本着节约成本的原则,以沽东村村民委员会为实施主体,村工程领导小组提出立项申请,以"劳务承包"方式组织村民自建。

(二)从杂草丛生的土坡,到亮丽舒适的步道

很快,砌筑挡土墙及护坡工程得以顺利开工。村民们了却了一桩心事,早已掩饰不住脸上幸福的笑容,高兴地夸赞村庄的可喜变化,感慨地说:"这真是咱们庄期盼已久的贴心事啊。"

随着工程的启动推进,沽东村一派忙碌景象。施工车辆往来穿梭,运送混凝土、砌筑挡土墙及护坡。从一名普通农民成长为瓦工技师的共产党员谢云臣,在建筑工地大显身手,和乡亲们一起热火朝天地干了起来。党员干部带头行动,形成了党员当先锋、群众一起干的

良好局面。老党员韩丙芬曾是当年参与治理海河的"治水大军"的"铁姑娘突击队"队长，如今年逾七十岁的她再一次地奔赴工地坚持"战斗"，不仅捐出了自家建房剩余的红砖，还到施工现场在砖墙砌筑前亲自给红砖浇水，积极发挥老党员的余热。

砌筑挡土墙及护坡工程可以说是一场沽东村全民参与的"大会战"。"人心齐，泰山移"，在村"两委"班子的带领下，参与施工的村民不怕苦、不怕累，经过大家共同努力，从开工建设到工程竣工，只用了不到十天的时间，一举解决了困扰村民多年的头等愁事。望着修葺一新、安全美观的护坡，一直压在村民心里的大石头现在终于落地了。昔日难以会车的乡村窄路变得宽阔顺畅，村民们再也不用担心下雨天出不了门，孩子们再也不用担心空气中的漫天尘土，这也为村里的脱贫攻坚工作注入了一股正能量。

每到周六周日，大多数人都停下了忙碌的步伐，进入到休假模式。然而我们驻村帮扶干部即便在家休息，仍惦念着村里的事情，始终没有忘记与乡亲们想在一起、干在一起。在家附近的公园小路散步时，我看到了一块块用石材边角料铺成的公园甬道，顿时联想到村里的挡土墙护坡，萌生了给村里铺设甬道的念头。经营石材生意的好友常志鹏很快将工程剩余的石材边角料无偿提供给我们，由不同颜色的天然碎石材拼铺而成的护坡甬道，成了沽东村一道亮丽的风景。从杂草丛生的土坡，到亮丽舒适的步行甬道，作为驻村第一书记，我带领乡亲们干成了这件实事。

沽东村支委王智慧的爱人，在外打井回村的间隙，看到家门口发生的巨大变化，也投入义务劳动的队伍里，给新种下的小树浇水、扶正，忙得不亦乐乎。民生无小事，件件映初心。与村民相濡以沫的工地情感，不但拉近了我们驻村工作组与村民的距离，更是真正搭起工作组与老百姓的连心桥。令我们没有想到的是，护坡上一户人家的二儿子以前因为家门口的土坡杂草丛生环境差，始终没有找到合适的对象。现如今，家门口被提升改造为"共建花园"，竟然成为相亲过程中的"加分项",很快找到心仪的另一半成家,我们驻村帮扶工作组竟无意间当了回"红娘"。

把帮扶村当"家园"、把帮扶村村民当"家人"、把帮扶村的事当"家事",用件件"小事"成就事关群众幸福指数的"大事"。我们把脚踩进泥土,把汗抛向田野,把真心真情倾注于广阔农村,留下一串串辛勤耕耘的足迹,印证了习近平总书记讲的:"积土而为山,积水而为海。幸福和美好未来不会自己出现,成功属于勇毅而笃行的人。"

五、智力帮扶是我们一直在做的事

乡村全面振兴、农业农村现代化的实现,离不开一大批高素质的农民。为此,抓好农民培训,让农民听得懂、学得会、用得上,是提升农民综合素质和农业技能的关键。如何抓好农民培训,关键是要找到一条适合自己村庄培养高素质农民的路子。在与村干部的交流中,我们了解到,部分留在家里的村民普遍文化程度较低,年龄偏大,安于现状,不愿参加培训;部分村民即使勉强参加了培训,也并没有感到收入有多大变化。因此,村民对参加培训的积极性、主动性不高。

(一)举办"新时代农民素质提升工程"培训班

找准问题症结,精准有效施策。面对一道道难题,我们驻村帮扶组不仅没有退缩,反而激发了我们的斗志。作为一支"新生力量",我们驻村帮扶组凭借着一股不服输的劲头和强烈的富民愿望,在高素质农民培育上进行了许多大胆的尝试与探索。我们提出的"党建+文化教育帮扶"的帮扶思路,取得了良好的效果。我们开办"新时代农民素质提升工程"培训班,多次邀请我国"三农"问题专家到村讲授农民增收途径,为村庄整体发展指明了方向。

没有农业经验的我们找到北京兄弟院校的"三农"问题专家"拜

师学艺"。专家被我们不向困难低头的精神所感动,随我们来到沽东村、乔安子村进行"望闻问切",现场"诊断"。2018年6月25日一大早,北京农业职业学院朱启酒教授从北京开车一路导航来到村里开办的培训班授课。

我们借用了东太河中心小学的会议室。一来这间有投影仪的会议室可以放映电子演示课件,二来可以解决两个村无培训场地的问题。对较少接触专业农业知识的农民们来说,把培训班办在村里,这可是以前没有的新事物,现在却出现在日常的生产生活之中。在培训筹备阶段,村干部对我们讲,不要抱有多大希望,参会人员不会太多。

听到这些泄气话,我们驻村帮扶组没有退缩。首期"新时代农民素质提升工程"培训班刚一推出,就受到两个帮扶村村民的广泛关注。我们驻村帮扶组对此也做了充分的准备和精心的安排,把从学校带来的七十余件红色文化衫分发给听课村民,领到文化衫后村民们就迫不及待地换上了。穿上印有"天津财经大学"标记的象征着绚丽多彩的大学生活的红色文化衫,两个村的村民瞬间变成了天财的"大一新生"。会议室里"大一新生"都穿着整齐,格外显眼。附近不知情的村民们听说此事后,纷纷急忙赶过来,狭小的会议室立刻变得拥挤,来晚的村民只好站在会议室门口听课。

朱启酒教授以"建设美丽乡村,让农民走上致富路"为题,提出了农民充分关注的"为什么农民赚钱难"、"乡村振兴与美丽乡村"、"农民如何走上致富路"三个问题,以生活在北京市房山区大峪沟村自己的老父亲种植柿子为例,解答了"为什么农村总是落后? 为什么农民总是不能致富? 为什么农业产业效益总是不如人意?"等问题,分析了不能致富的一个重要原因是缺少一个带领全村共同致富的领路人!

村民们很快产生共鸣,对朱启酒教授的课十分认可,理论联系实际,风趣幽默、通俗易懂、实用性强,"咱们村民们太喜欢听这样接地气的课了"! 转天,在与村干部见面时,曾在我们刚来村时,嘲讽我们的村干部这会儿也说:"李处,你干的这件事太棒了!"

一次勇敢的尝试,让我们首批培训班"初战告捷"。获悉朱启酒教授的堂兄朱启臻教授到唐山市出差调研,我们又抓住机会请朱启臻教授来乔安子村给村庄发展"问诊把脉"。只要心里有群众,哪里都是"主战场"。2019年8月28日,我们又邀请中国农业大学朱启臻教授来到乔安子村。当时,乔安子村党群服务中心正在建设,我们就把村委会门口的街道当作"教室",将其变为村民"家门口的课堂"。

朱启臻教授给两个村的三十多位村民代表介绍了"都市型现代农业+生态旅游+文化创意"的融合理念,并就如何促进村庄形成一个新型乡村产业业态,实现一、二、三产业深度融合,带动农民致富做了讲解。专家的引领给大家提供了增收致富的思路,大家对村庄未来实现绿色发展充满了信心。

构建社会主义和谐社会,"民生"是根本,而提高农民的整体素质正是开展农民培训的意义所在,所以要下大力气鼓励广大农民群众积极主动参与培训,在自己认为比较感兴趣、想发展的行业上真正学习到一技之长。要加大农民培训的资金投入力度,多配备一些教学和实践所需要的仪器和设备,改变"以会代训"、"纸上谈兵"、"照本宣科"的培训方法,真正让农民掌握一门技术,让农民学会、学懂,而且要能熟练操作。

(二)举办农家宴厨师培训班

随着来村里开展主题党日活动的人数不断增加,乡村红色旅游逐渐有了名气,来村里参观游览的客人也逐渐增多,此时,如何解决进村游客的用餐问题成为我们不得不面对的现实问题。

2018年7月14日早上,经北京市农业广播电视学校校领导介绍,我与北京市农业广播电视学校特聘讲师、营养技师王久香老师取得联系,约定好下周一来村里传授技术。周一前一天晚上接到北京工业大学驻密云区大城子镇张泉村第一书记季景书打来的电话。他告诉我，北京市有一家小学要来村里开展主题党日活动，问我去不去。他希望我们跟着客人的活动走一遍体会一下。听完他的话后，我对身旁同事说，我们恰好可以顺路接王久香老师。

脱贫攻坚是一场没有硝烟的战争，更是一场与时间赛跑的战斗。我们驻村干部每一天都是在义无反顾、冲锋在前。2018年7月16日，我同一名帮扶干部驱车赴密云区大城子镇学访。午饭后，我们俩赶往怀柔区接王久香老师，车子刚刚驶出大城子镇，天空阴云密布，突发狂风暴雨，我们只好将车子停靠在路边避雨。

事后，在新闻上获悉，"这场暴雨被命名为'716'暴雨，最大小时雨强仅次于2011年'623'暴雨，已可跻身近八年北京市的极端暴雨事件"。

去一个地方，要了解当地的风土人情。我们与王久香老师一起在津蓟高速宝坻物流城站安全地驶出高速公路。我们并没有急于回到村里驻地，而是带着王老师围绕下仓镇实地考察了一番，请王老师了解一下这里的情况，再有针对性地开展培训工作。

2018年7月17日是入伏的第一天，受北京市农业广播电视学校委派，王久香老师冒着酷暑来到蓟州区下仓镇乔安子村进行餐饮民宿教学帮扶工作。下了一夜的雨，上午闷热潮湿的天气给我们驻村帮扶工作组开展餐饮民宿教学工作造成了不小的阻碍。

王久香老师以"乡村酒店与乡村旅游创意经营"为题，讲解了以农民经营为主体、农户家庭为接待单位、城镇郊区的农村庭院和农田景色为环境特色，以乡村民俗、特色菜肴、生活体验为吸引力的休闲型的旅游方式的农家宴的打造。

回到村里后，我们有选择性地查看一些民房，最后选择了一户民宅餐饮经营户。他家在村里的优势是：自家曾经营过服装加工厂，后因经营不善，已停业多年，房屋长期闲置。夫妻俩年轻，刚过四十岁，家里有空闲房屋，又有经营生意的想法。我们调研附近几个村，只有王府庄村有餐饮点且卫生条件不太好。王老师考虑到当地经营商户和企业不多,客源不是很好的实际情况,给出了可以做试营业的建议。

经过几天的上课,王老师与村民们也比较熟了,开始慢慢地讲解起经营新理念,讲经营管理的优秀事例,讲"靠山吃山、靠水吃水"的新知识,慢慢地使村民们有了信心。

(三)精心组织"田间课堂"

多年以来,沽东村村"两委"连个固定的办公场所都没有,经常借用学校和民居充当办公场所,脱贫致富更是想都不敢想。村民们常说,连个正规办公的地方都没有,这样怎么能带动村子发展? 直到2019年,在天津财经大学的帮助下,村委会的地点选在村庄南面的一片空地之上。说是空地,其实早先是一处大坑,里面早已被垃圾和秸秆占满,对周边环境造成了影响。

设计规划办公场所、清理垃圾和秸秆、运来黄土填平大坑……时间一天天地过去了,崭新的办公场所也已具雏形。办公场所的主体完工后,活动广场的建设和健身器材的安装也进入了竣工倒计时。就这样,曾经垃圾遍地的大坑成了如今宽敞明亮的村委会办公地。村"两委"有了"根据地",带动村民致富的工作也很快提上了议事日程。

秋天是收获的季节,乡村的田间地头,随处可见村民忙碌的身影。粮食丰收离不开农民的辛勤劳动,也离不开农业专家的技术指导。通过我们驻村帮扶工作组的介绍,2019年10月17日,天津市农业科学院农作物研究所党支部来到沽东村,实地开展"科技下乡"主题党日活动。一应俱全的党群服务中心二楼大会议室内坐满了等待"开学典礼"的村民,刚刚搬入"新家"的村民们有说有笑地交谈着,话语间流露着喜气洋洋的满足感。

沽东村过去的麦田管理要看天、看地,靠老天吃饭,旱年的枯萎病、涝年的烂根病束手无策,多年来由于这些问题的困扰,使得村民的小麦难以增产增收。

在随后的农业种植答疑会上,专家与农户进行了现场交流。作物所育种专家发现该村农户存在的问题集中于小麦用种量居高不下、浇水次数太多,以及试种玉米新品种较多、生产成本高、管理粗放、追肥效果不显著等普遍问题。随后,作物所党支部副书记王胜军研究员、小麦育种专家时晓伟研究员和玉米育种专家刘秀峰副研究员现场普及了小麦、玉米等农作物品种类型及其他相关基础知识,详细解释种植大户和农民在大田作物种植方面遇到的问题并提出了解决方案。

整个答疑会,村民反应热烈,问题接二连三,专家们也走下讲台,与农民面对面交流,浅显易懂的话语和简单可行的措施,赢得了乡亲们的一致认可。

随后,王胜军研究员还特意叮嘱村干部在村里南北各取一包土样,让我们帮扶组回市区时送到农科院进行化验,农科院帮助我们村做土壤检测分析。

根据土壤检测分析结果,有关专家通过手机向村民传授玉米、小麦、大豆高产栽培以及减肥增效技术。应我们驻村帮扶组的邀请,2020年3月23日,农作物研究所党支部利用线上"云问诊"再次开展技术指导,以"互联网+"的形式走入田间,查看作物长势,将农业专业技术知识送到村民身旁。

视频会议前,与会同志认真分析了沽东村和乔安子村作物种植的基本情况、农耕现状、问题诉求,并提交预案,为连线答疑做了充分准备。

视频会议中,作物所小麦研究中心研究人员现场教学,通过与农户沟通,发现当地小麦种植普遍存在施肥量和播种量偏多问题。随后,按照专家要求,会场从室内转到田间,村民线上直播,专家视频考察麦地、苗情,就村民们提出的播种量、秸秆还田量及后续病虫草害、不同冻死率的应对策略等问题,为麦农答疑解惑,并现场培训"一喷三防"等相关田间管理方法。

专家解答"声"入人心,大喇叭传遍田间地头。经过近两个小时的交流沟通,与会村民纷纷表示收获满满。一场"云课堂"教学活动为农业科学院和蓟州区之间架起了"科技桥"。这是两个帮扶困难村首次通过网络线上会议形式解决村里的种植问题。线上会议刚结束,老党员李大华就高声喊着:"老李,这样管用的专家讲解还得多搞几次。"

农作物研究所专家们严谨的学术态度给我留下了非常深刻的印象。"手中有粮、心中不慌"在任何时候都是真理。麦子丰收时,村民高兴地说:"老李给我们请来的专家,让我们又多挣了点。"

六、开展普法宣传和法律咨询服务

站在兰泉河大堤极目远眺,雨后新晴的原野,此时此刻显得格外空旷开阔。2018年9月21日,伴随着一声清脆的鸣笛声,一辆旅游大巴车缓缓驶进了乔安子村,和平区三十余名党员律师的到来,让这个原本寂静的小乡村顿时热闹起来。"没有梧桐树,哪来金凤凰"。这是我回市里讲党课后,又一批主动来沽东村、乔安子村服务的热心人。

和平区律师行业党委和五个律师事务所党支部走进两个帮扶村共同开展"普法宣传和法律咨询服务"主题党日活动。值得一提的是,为了确保主题党日活动安全顺利进行,沽东村、乔安子村"两委"班子提前做了大量保障工作。由于村庄被夹在中间,出入村庄只有两条道路可以选择。进村的大巴车自沽东村的南面驶入,需要经过王府庄村的集市。狭窄的村路及下垂的各种线路一时间成为大巴车的"拦路虎"。为安全考虑,我们这些"护路工"找来了碎石块和废弃的红砖,就用这些材料对兰泉河大堤路面上的几处大坑进行铺垫,并且用土把每一处坑洼不平的地方都填平,及时消除道路交通安全隐患，确保大巴车行驶安全，我们始终悬着的一颗心总算是落地了。

第二天清晨，天气晴朗，阳光明媚，简单地吃过早饭，我们驻村帮扶组与村干部们一起迎着清晨的霞光，精神抖擞地奔赴分配好的点位值守。我的私家车当即变成"开道车"，在前方为大巴车开道引路。途经兰泉河大堤的土路，两千多米的路途，大巴车以时速不超过四十千米的速度缓慢前行，让党员律师们见证了乡村道路通行的艰难。

当天上午十一点半，沽东村北面党建林前的广场上热闹非凡。村里的老一辈经常会说到"秋后风头高"的农谚，虽然只有简短的五个字，却一语道破时节特点。上午还感觉风和日丽，午间突然间狂风骤起、大风呼啸、沙尘四起，然而这些依然阻挡不了村民的热情。

活动在重温入党誓词中拉开序幕。在沽东村党建林前，四名着装整齐的党员律师高举党旗，党员律师们面向党旗、举起右手，庄严宣誓。把对党和国家的忠诚、信念，凝结在简短庄严的仪式中，铿锵有力的誓词表达了人民律师心向党，人民律师为人民的赤诚之心，激发了全体党员律师忠诚履职、勇毅前行"做党和人民满意的好律师"的信心和决心。

在下仓镇领导班子、沽东村、乔安子村村干部、驻村帮扶工作组的共同见证下，和平区律师行业党委和五个律师事务所党支部向沽东村、乔安子村村委会捐助爱心款6380元。"普法宣传和法律咨询服务"引得众多村民前来咨询，党员律师们向村民提供家庭婚姻、维护老人及妇女儿童合法权益等法律咨询服务。

针对服装加工厂完成产品加工，对方公司验收货物后却无故拖欠加工费不支付，给承揽人造成了违约损失，出现工人工资无法发放的情况，天津国轩律师事务所律师于2019年9月前往沽东村和乔安子村进行送法下乡活动，律师从制衣厂与上下游企业的买卖关系入手，对涉及买卖合同纠纷的诉讼风险、证据准备、诉讼流程等进行全面讲解，并耐心倾听当事人的诉求，结合案件情况，耐心劝解当事人，得到了制衣厂和村民的一致好评。

针对村中子女抚养权问题,我们驻村帮扶工作组请来律师来解决这方面的问题,最大程度地减少了因为父母离异给未成年人造成的影响,最大程度地保护未成年人合法权益,为他们的健康成长提供了良好的成长环境。

七、办在村民院子里的"乔安子夜大学"

父母是孩子生命中"最重要的人",也是孩子一生中"最重要的老师",父母的言传和身教对孩子的引领和指导作用远远大于课堂上学到的知识的力量。但在乔安子村,有些父母的所谓"引导"却成了孩子们追求知识的枷锁。

我们在驻村帮扶中发现,尽管这里距离市中心只有一百多公里的距离,但是很多村民接受的教育程度偏低,特别是年龄偏大的村民,很多教育水平都止步于小学阶段。由于受教育程度低、知识更新和获取能力缺乏,村民在外出务工和培养教育下一代子女等方面处处受限。由于吃了受教育程度低、思想落后的亏,村民们不知道该怎么教育孩子。甚至越是条件不好的家庭,对孩子的期待就越高,也越希望孩子长大后能有金钱上的回报,生活的压力迫使这些家庭的孩子思想更早地成熟。

(一)讲好家庭教育,使孩子健康成长

这不由得让我想起了我曾经工作过的地方——天津财经大学夜大学,当年作为成人教育一种办学形式的夜大学,在特定的历史时期,发挥了它特殊的作用。无论工作地在何处,学员们每晚下班后都从四面八方赶很远的路来学习,迟到的学员边啃面包边进教室。原本一到夜晚就漆黑的教室此时也变得灯火通明,火热的学习生活照亮他们前进的路。

　　"新时代农民素质提升工程"培训班的举办,让我们很快提出了一个更大胆的想法:在乔安子村开办"夜大学",让村民在家门口就能免费学习到家庭教育、生活常识、农业技能等方面的知识。我把这个想法和两村"两委"班子一说,大家都特别支持,我们驻村帮扶组更加坚定了信心和勇气。

　　干事创业贵在雷厉风行、说干就干。就这样,2019年5月23日星期四下午,随着在武清区海关总署天津教育培训基地举办的全市结对帮扶困难村工作组组长第一期培训班的结束,我搭乘兄弟高校的顺风车及时赶回村里。当晚,我们邀请到蓟州区第一中学教师田学文作为"乔安子夜大学"课程首讲人,从扶贫、扶志、扶智的角度,以"如何做智慧父母,用心陪伴孩子,帮助孩子成长成才"为题,为两个帮扶村家长就孩子家庭教育问题开展了家教公益讲座。

　　当时,两个村的党群服务中心正在建设中,没有教室,条件十分艰苦。想想蓟州区作为革命老区,当年革命先辈们在艰难困苦的条件下,依然夺取了革命的胜利。再想想当年抗日军政大学生活条件、办学条件极为艰苦,却为党和军队培养了许多干部。今天的我们,要学习老一辈革命家艰苦奋斗、勇于担当的革命精神。在办学条件相对薄弱的乡村,我们同样要想尽一切办法,靠的就是"有条件要上,没有条件创造条件也要上"的主动思维、奉献精神和实干劲头,办好村里的"夜大学"。笔记本电脑和投影仪是天津市农业广播电视学校赠送给村里的,幕布是我们从学校找来的。我们在市区的装饰城购买了高功率的电灯泡和连接线板,将从各处"淘来的"的椅子汇聚在一起,就这样,在我们驻村帮扶组驻地院子里,"乔安子夜大学"首期培训班正式开班了。

　　夏天乡村的夜晚烦人的蚊蝇到处飞,我们提前准备好了大量的蚊香和苍蝇贴,分放在院子里不同的角落中,解决了听课村民们的后顾之忧。天刚黑,乔安子村、沽东村的村民们吃过晚饭后便不约而同地向驻村帮扶组驻地的"乔安子夜大学"走来。从四十公里外蓟州城区回来的一对夫妻俩急急忙忙扒了几口饭,顺着村道,拐几个弯,走进村里的"夜大学"。

虽说"乔安子夜大学"不是真正意义上的高等学府,办学条件又相对简陋一些,但是整个授课过程严谨有序。培训班采取了理论教学和课堂互动的培训新模式,受到了村民们的热烈欢迎,课堂上大家踊跃发言提问,现场气氛热烈。

(二)关爱村民健康,传播健康理念

健康,是农村经济社会发展的必要条件,是乡村振兴的重要标志,也是农民美好生活的基本保证。因此,应顺应农民的期待,提升他们的健康水平。2020年中国居民健康素养监测报告显示,我国城市居民健康素养水平为28.08%,农村为20.02%。缩小城乡差距,提高农村居民健康素养水平,既需要开展精准、有效的健康教育,也有赖于移风易俗,培育文明健康的乡风,让崇尚健康的新风尚走进乡村千家万户。现在的农村家庭生活日趋城市化,不像过去缺衣少食,每家每户都是大鱼大肉、高脂肪高蛋白,如果不注意饮食的科学性和规律性,这样不健康的饮食习惯常常给高血压、糖尿病等常见疾病种下祸根。

沧州医学高等专科学校校长才晓茹是我在天津大学教育学院攻读职业教育学博士学位时认识的同学,一年的公共课学习让我们结下了很深厚的友谊。我来到蓟州区下仓镇驻村帮扶时,看到村里有较多得病的老人和妇女。我看到这种状况忧心忡忡,在考虑能够提供帮助的人选时,我想起了才校长这位老同学。于是我拨通了才校长的电话,想请她来帮助村里边培训一些医护人员。又想到沽东村的李晓丽同志毕业于兰州大学护理学专业并在兰州大学附属医院心内科有几年工作经验,她回到家乡后,我们驻村帮扶干部看到了沽东村发展康养结合产业的可能性,希望让她来带动村里边的妇女学一学养老护理,尝试助推产业发展。

才校长答应了我的请求,说让我们带几个村里边的妇女去进行免费培训,但却因为当时村民报名积极性不高等原因而暂时搁浅。

一段时间以后,我又发现村里边有很多老人因为不健康的生活习惯给疾病埋下了祸根,于是我再次联系才校长,希望她能够派几名教师来给我们村做一个健康知识的培训。后来才校长利用放暑假的契机,安排了张丽丽等两名教师给予我们帮助。我立刻联系上张丽丽,却被告知她刚刚从沧州市赶到献县的老家看望父母。

事后回忆起当时的场景,张丽丽不禁动情:"记得那是2019年7月21日,正值暑假,我打算趁着假期回趟好久没能回去的老家看看年迈的父母。当看到满头白发的父母,我感到深深的自责,沧州离家路途并不算太远,可我总因为这样那样的工作而将看望父母的事一拖再拖。今天终于抽出时间来,回到老家看望父母。一到家我就来到厨房,打算给二老做一顿可口的饭菜,也算尽尽孝道。可当我刚把饭菜端上桌,就接到了学校领导的电话,说明天需要去天津市蓟州区为当地村民进行'急救及健康知识普及讲座'。吃饭没一会儿,我又接到了当时正在天津市蓟州区下仓镇乔安子村驻村帮扶的李强同志的电话,他跟我说明了这次健康宣教活动的重要性,也强调了老百姓对健康知识的渴求。"

"我也深知健康教育对基层老百姓有多重要,便毫不犹豫地接下了培训任务,可说实话,我也因为刚到家,没能跟父母说上几句话就要准备返程而感到愧对二老。因为还得准备明天急救讲座的模型等设备,我随便吃了口饭就踏上了返程的路途。天公不作美,就在我打算跟父母告别赶回学校的时候,外面下起瓢泼大雨,可为了准备明天的讲座我还是决定冒雨往回赶。高速公路上积水很多,车两旁的积水被车轮卷起一米多高,坐在车里就像是激流勇进一样,出于安全起见只能减速慢行,从献县到沧州八十多公里的路途,本来一个多小时行程,愣是开了足足三个多小时才到。"

"与家人报平安后,顾不上回家,第一件事就是先到单位把第二天要用的东西准备好,包括模拟人、纱布、绷带等。第二件事便是联系好培训需要的另一个人,我联系了经常跟我合作进行健康宣教的同事,同事也很热衷于健康宣教这项工作,但是由于假期,孩子不上学,老人又不在身边,所以只能带着当时只有5岁的孩子一起去。第三件事就是赶紧订票,我拿出手机预定了明天最早一班去天津的高铁。直到做好了去培训的一切准备,心里才算踏实下来。"

2019年7月22日一大早六点,雨还是没有停,张丽丽和同事带着孩子三个人顾不上吃早饭,拉着行李就踏上了来天津的火车,我开车到天津南站接上了她们,一路冒雨急驶了一百二十多公里的路程赶往村里。

当天早上又恰逢北辰区淮盛幼儿园也来乔安子村开展送教下乡活动,尽管道路湿滑,我还是一路赶回乔安子村与教师们会面。

到了驻地,我们一行人简单吃了口饭,急救与健康普及教育就开始了。

在日常的驻村帮扶工作中我们发现了可能影响村民健康的几个问题:首先是人们缺乏基本的急救常识。在农村很多人不会急救的基本方法,面对突发事故往往束手无策,或因急救方法不当耽误最佳救治时机。其次是村里烟民较多,而且不注意避让,造成吸二手烟的人较多。长期大量吸烟会引起各种慢性疾病。最后是村里高血压的病人很多。种种因素都威胁着村民们的生命健康。

针对这些问题,我们的培训过程中主要强调了三个内容:首先,我们不仅为村民讲解了心肺复苏、创伤急救等知识,还为村民们科普了医疗急救知识如海姆立克急救法、中暑及溺水急救方式;其次,我们普及了一些医疗卫生法律知识及如何申领电子医保卡等常识,帮助村民更便利地看病就医;最后,我们还提及了一些预防"三高"的健康知识,通过日常实例与互动环节,用寓教于乐的方式,将知识生动有趣地讲解给村民们。两个小时的培训切实为村民普及了有用的知识,村民们纷纷表示希望村委会和驻村帮扶组今后多安排这样的文明实践活动，让大家不断增强预防常见疾病的意识和能力，跟上新时代的步伐，过上美好幸福的新生活。

村里行动不便的老人不能到场，活动后，我们便专程到老人家中进行耐心讲解。两位老师不仅从理论的角度为在场的村民详细进行分析讲解，而且还从性格与疾病、如何培养健康的心理、健康养生等方面，引导人们慢慢改变过去传统守旧的一些生活观念，逐渐养成绿色健康向上的新的生活习惯。

韩丙芬说："今天的活动，我们也准备了好长时间，一开始就怕村民不愿意来听讲，没想到大家很喜欢这样的讲座，希望以后还会经常举办这样的活动，让新时代文明实践活动更加贴近百姓、贴近生活，同时也努力让追求科学合理健康的生活方式成为村民的新时尚。"

为巩固提升村民们的健康意识，我还专程请好友捐赠了十把公园椅，并在椅子的背板上贴上了醒目的健康口诀，随时提醒村民们养成健康良好的生活习惯。这项活动受到了老人们的普遍欢迎。

了解和提升村民群众的身体健康和文化素质，让文明健康的理念逐渐深入人心。当规律运动、合理膳食、科学作息、讲究卫生成为一种习惯、一种风尚，就会催生出蓬勃向上的乡村风气，绘就出一幅健康乡村、美丽乡村、文明乡村的美好画卷。让健康生活成为乡风文明新风尚。

（三）村里的"夜大学"办得有声有色

"乔安子夜大学"自创办以来，我们办了多场内容丰富的教学讲座，"夜大学"模式受到村民们的广泛称赞和欢迎。大家普遍认为这种学习方式可以有效促进村民学习并将知识投入实际应用中，村民们越来越乐意接受更多的先进文化技能教育，不断提升综合素质。随后，我们主动延伸触角，架设互通桥梁，开展更加丰富的教学内容，让更多的村民在"乔安子夜大学"受到更全面的教育。

2019年7月19日，我们驻村帮扶组邀请了河北区教师发展中心领导到"乔安子夜大学"给家长和孩子们讲授了"读书是你飞翔的翅膀"公益课。这位领导曾来到东太河中心小学调研,对村中的一些情况有所了解。这堂课从脑科学角度告诉大家,孩子从小时候就开始阅读、背诵不仅能使头脑灵活,还能学到做人的道理! 她列举了国内外的几个典型的科学实验,来说明大脑需要文字的反复刺激,才能有更好的状态。阅读开始得越早,孩子越可能终身受益! 小学时期是孩子记忆力最好的时候,要多读书、强记忆,多进行语文实践活动。比如每周做好周末五记:记十个好词,摘录几个成语,摘录一个好段落,还要读一篇好文章,写出周记或随笔。阅读写作需要积累,这都是积累的好办法,必须坚持不懈。

有些农村妇女没有什么文化,性格又比较急躁,对待孩子只会大喊大叫。她们只有这一种解决问题的方法,思想比较单一。为此,我们驻村帮扶组还邀请到育儿专家通过网络会议的方式,给村民讲课。以"调整情绪,做不吼不叫的好妈妈"为题,隔空喊话孩子们的家长,如何做不吼不叫的好妈妈。

当下农村生活和过去也发生了很大的变化。农村年轻父母多外出打工,农村留守儿童增多,这导致孩子在成长过程中父母教育缺失。现在的年轻父母对于子女教育重视程度有增无减,随着生活水平的提高及年轻一代农村父母自身知识水平的提高,他们开始有意识借助专业机构教育培养孩子。但由于部分农村父母缺乏专业知识,教育模式简单粗暴的现象依然存在。要解决农村儿童家庭教育问题,一方面是借助学校教师的力量,弥补家庭教育缺失的问题。另一方面,我们借助互联网的形式,通过线上微课分享,线上专家答疑等方式,为家长提供教育知识。在与家长的互动中,能感受到村子里年轻父母对子女教育的重视,他们很迫切地要去解决孩子成长中遇到的难题,比如叛逆、网瘾等,同时,他们也开始反思自身教育的问题,很积极地去听取意见,这些都是很好的现象。

草根语言的"夜大学",咱村民听得懂,也爱听。"乔安子夜大学"

一直在发展、延续、传承、创新,不向困难低头。

八、德润讲堂"润物无声"

乡村学校少年宫不仅是学习的天地,更是"快乐城堡"。想让乡村儿童的文化生活过得"有知有味",就要倾力为乡村孩子们打造"家门口的少年宫"。

德润讲堂是启迪心灵、涵养道德的基地,能从小在孩子们心中播下红色种子,引导他们听党话、感党恩、跟党走。为此,我们组织一批青年骨干教师及乡村学校教师投入德润讲堂一线教学中,并组建志愿服务队,动员返乡大学生参与志愿服务。参观红色教育基地、听老兵讲故事、感悟传统文化……在课程设置上,因地制宜,我们聘请了非物质文化遗产传承人、民间艺人担任传统文化传承导师,引入中华优秀传统文化,让少年儿童领略传统文化的魅力。人们一直在讲,要了解家乡、热爱家乡,德润讲堂开设这些特色的教程,不仅对学生成长十分有益,而且有助于乡村文化振兴人才的储备。

(一)带领乡村孩子一起学习时代楷模于敏院士

"同学们,今天我们一起学习'两弹一星'功勋人物——于敏爷爷的爱国情怀。于敏爷爷几十年如一日科研攻关,长达二十八年隐姓埋名,为我国科技自主创新能力的提升和国防实力的增强作出了开创性贡献,我们一定要向于敏爷爷学习,从小立志,成长为革命事业的接班人。"在蓟州区下仓镇东太河中心小学德润讲堂里,一位青年教师正在讲述爱国科学家于敏的故事。

于敏年轻时曾就读于木斋中学,该中学学习于敏先生忠诚爱国、追求卓越、淡泊名利的气节,在"爱国·无私·奉献·进取·创新"的木斋精神引领下,开拓创新、勤勉奋进,教育教学工作取得了丰硕成果。

在这个德润讲堂里,墙壁上有孩子们庆祝建党100周年的手抄报,他们写下了听党话、感党恩、跟党走的真挚话语,表达了他们的坚定信念。蒙长建介绍,这个德润讲堂是驻村帮扶组帮助兴建的,他们定期聘请天津财经大学的老师前来给孩子们授课,专门讲解革命英烈和为国家作出重大贡献的科学家的故事,从小在孩子们的心底播下红色种子,传承红色基因。

老师把大师的精神带回了乡村,村子的孩子们不仅认识了于敏爷爷,还让村子成了距离大师最近的地方!从小在孩子们的心底播下红色的种子,传承红色基因,这种红色教育起到了有如《觉醒年代》中反复提到的"开启民智"的作用,对于学生来说,没有什么比这些更新奇,更有力量的了。真正做到"教育一个孩子,带动一个家庭,文明整个村庄",尽情播撒文明的"鲜味"。

后来,在一次与东太河中心小学青年教师的交谈中,我又多了一些新的看法和观点。德润讲堂对于乡村小学来说,意义非常重大。可谓是一个鲜活生动的思政实践大课堂。这里每一件物品都展现了驻村帮扶组浓浓的爱心,包含着社会各界对学校全体师生的深切关爱!营造出有利于乡村孩子们健康成长、快乐成才的氛围,让他们感到一种眷恋、一种归属、一种寄托,感受到一种情感上的温暖。通常只在有重要活动时才会使用。这不是一间普通的教室,它被赋予了一个颇具青少年道德教育意味的名字——德润讲堂。它是一处爱国主义教育阵地,因而它在师生心目中是崇高的、神圣的。每位师生都怀揣感激,心怀感动,报以感恩之情。不知不觉间,德润讲堂在同学们的心中播下了爱国主义的种子。

(二)制作天津传统的瓦式风筝

东太河中心小学的发展变化,特别是驻村工作组的帮扶行动,吸引和感染了一批批有见识的教师助力乡村教育。2021年5月18日,北辰区北仓小学魏子程老师为这所乡村小学的孩子们带来了精心准备的天津传统瓦式风筝制作课程。课前,北仓小学将瓦式风筝作为校际礼物赠送给东太河中心小学。

魏子程是天津市美术家协会会员、孙其峰艺术研究会孙氏门风公益课堂讲师。魏子程老师给学生们讲解了风筝的来历和历史故事，并从"扎""糊""绘""放"四门功课入手让学生亲手制作瓦式风筝。孩子们在制作中学习了传统文化、锻炼了动手能力，兴致勃勃地完成了风筝的制作。现场满是欢声笑语，热烈的氛围充分展示了乡村少年儿童的活力，孩子们带着希望和梦想，将自己亲手制作的风筝送向广阔的蓝天。瓦式风筝制作课程让更多孩子有机会从小接触这门传统技艺与文化，感受非物质文化遗产的魅力，助力乡村孩子们放飞梦想。激发了乡村孩子们的求知欲与好奇心，拓宽了乡村孩子们的视野。

风筝文化这一张具有地域特色、充满传统文化底蕴的亮丽名片，也使得兄弟省市同类学校慕名联系我们。为继续落实各校大中小思政一体化建设成果，加强各校师生之间的学习交流，真正有效地实现跨省跨校教育教学活动，经我引荐，2022年12月8日，魏子程老师还为安徽省凤阳县小岗学校的学生开设一堂以"瓦式风筝制作"为主题的线上公开课。

魏老师通过视频与讲解相结合的方式，逐步带领同学们进行瓦式风筝的制作，并针对重要步骤给出详细讲解与提示。小岗学校落落大方的孩子们给我留下深刻印象。孩子们不断地体验着新鲜事物，为自己插上梦想的翅膀。孩子们欢乐、爽朗的笑声在整个教室里回荡。

此次活动既是天津市北辰区北仓小学同安徽省凤阳县小岗学校的第一次合作教学，又是该校同天津市蓟州区下仓镇东太河中心小学跨校教学活动的延续与提升。正是在我的不懈努力下，魏老师的优秀课在小岗和东太河中心小学与大城市优质教育间架起了无形的桥梁，这必将影响无数孩子的未来。

(三)户外阳光素质拓展游戏

北仓小学师生还给东太河中心小学学生带来了七项大型娱乐设施。在温暖的阳光下,我们一同开展了一次户外阳光素质拓展游戏。

到达东太河中心小学后,老师和家长们各自将负责的项目器材按要求合理摆放,有利于学生安全地进行活动。在活动前老师和家长们认真地给东太河中心小学的学生们讲解各项娱乐设施的玩法及安全注意事项。

在"水果大战"、"愤怒的小鸟"、"毛毛虫竞速"、"龟兔赛跑"、"摸石过河"、"袋鼠跳"、"众星拱月"等活动中,东太河中心小学及北仓小学的老师、学生、学生家长积极地参与其中,一起体验游戏的欢乐。游戏为东太河中心小学的学生们创设了释放压力、赶超自我的机会。同学们徜徉在游戏的王国中,笑声、欢闹声充满了整个校园,笑容洋溢在孩子们红彤彤的脸上,满满的都是幸福。

活动的开展为东太河中心小学的学生搭建了磨炼自我的平台,各项游戏活动增强了学生们的信心,学生们学会了合作,为学生心理健康素质的进一步提升提供了渠道,使学生感受集体生活的快乐,积极乐观地面对生活和学习中的挑战。

"六一"儿童节即将来临,为了让孩子们体会到节日的快乐与幸福,体会到学校与家庭的温暖,两校组织教师与家长包水饺活动。温暖相处的师生就像家人们一样同心共情。中午,两校的师生和家长一起包饺子,大家吃着自己动手包的饺子,露出了幸福的笑容。此次活动不仅锻炼了孩子们的意志力和动手、运动、团结合作等能力,更加深了两校孩子间的相互了解,构筑了孩子们之间深厚的友谊。北仓小学志愿服务的老师和家长们的责任担当、热情的服务,让参加活动的领导和师生们赞叹不已。

(四)儿童节爱心传递活动

2021年6月1日清晨,在天津财经大学校门前,党委组织部、统计学院教师志愿者的五名孩子和父母一起,拍下一张珍贵的全家福。他们有个共同的身份,父母都是参与天津财经大学"善行德广 滋润童心"2021年儿童节爱心传递活动的教职员工。这些家庭的五个孩子及其家长纷纷穿上特别的亲子装,留下了一张张铭记历史的全家福。

当天上午,天津财经大学统计学院教师志愿者,前往学校结对帮扶困难村所在地小学——蓟州区下仓镇东太河中心小学,开展"善行德广 滋润童心"2021年儿童节爱心传递活动,为乡村少年儿童办实事、解决实际问题,让留守儿童过好"六一",增强少年儿童的获得感、幸福感。东太河中心小学举行这么大的庆祝"六一"活动还是第一次,消息不胫而走。"六一"那天一大早,从四面八方赶往学校的村民、家长们早把道路堵得水泄不通,看到我们的车辆驶来,也都纷纷让路。人群中解有光的奶奶看到我下车,主动过来跟我聊天,当得知我们帮扶组很快要结束帮扶任务回市里,她瞬间流下眼泪,拉着我的手久久不愿松开……

活动得到了统计学院全体教师的广泛关注和参与,教师志愿者担当起了"爱心妈妈"的职责,并带领自家小小志愿者一起来到东太河中心小学和孩子们共庆"六一"。"爱心妈妈"们精心准备了印有"爱在一起"精美图案的亲子文化衫,她们与村里的孩子们一起包饺子、煮饺子。"爸爸妈妈在外工作很辛苦,等他们下次回家的时候,我就可以亲手包饺子给他们吃了。"十二岁的晓楠(化名)包好第一个饺子后,脸上露出了幸福的笑容,兴奋地对"爱心妈妈"说道。

东太河中心小学的孩子们拿到印有天津财经大学"学思达信"校训的精美书签爱不释手,围着"爱心妈妈"们积极互动,一个个书签点亮了乡村孩子们的梦。

虽说是"六一",但距离中国传统节日端午节仅有十几天。"爱心妈妈"们带来了早已准备好的包粽子的食材,与村里的孩子们一起包粽子过端午。"爱心妈妈"们认真教,孩子们认真学,不一会儿,一双双稚嫩的小手就变得灵巧起来,一盘盘大大小小的粽子也就摆在了眼前。把浓浓的爱心汇聚成一个个飘香的粽子,"爱心妈妈"激动地说:"在帮扶村与孩子们一起包粽子,不仅是品味端午,更是传承文明,为乡村青少年带去一场服务的盛宴和成长的洗礼,让孩子们度过了一个特别的端午节。"

孩子们在彩绘文化创意活动中,兴致盎然,展现出了丰富的想象力。他们与家长一起拿起画笔在文化墙上用七色油彩描绘对美好生活的赞美。"爱心妈妈"们为村里的小朋友们送上了精心准备的礼物,并送上"六一"祝福,与孩子们交换结对卡,还一起进行了手工永生花制作活动,帮助小朋友们增加勇气和自信。

活动中,身穿"爱在一起"文化衫的爱心小使者热情地为村里的孩子们表演节目,朗诵《七月的天空》、竹笛独奏《帕米尔的春天》……孩子们互动玩耍的欢乐场景深深地感染了在场的每个人。小小志愿者们用稚嫩的童音、灿烂的笑容,抚慰了孩子和家长的心。

于是,我欣然提笔给将要毕业的孩子们写了下面这封信。

亲爱的孩子们:

在这充满活力的季节里,我们再一次迎来"六一"国际儿童节,同时也将迎来中国共产党百年华诞,首先祝你们节日快乐!也借此时机跟你们道别。你们即将小学毕业,马上便要远行,我和教过你们的老师一样心中充满不舍,有千言万语想说却不知从何说起……

亲爱的孩子们,小朋友们,希望你们好好学习。到了初中,语文老师会带你到诗歌的海洋里畅游;物理老师会把你带入大磁场中去碰撞;化学老师会带你走进分子式的世界去寻找奥妙……生活是无限美好的,希望你们不要让小学老师和我失望。你们要立志成才,做到文化自信。再过十年乃至你们的人生盛年,或许在你们看来好好学习是一个老生常谈的话题、枯燥且乏味。可是,你们要明白读书用功的目的不是要跟别人比成绩,而是为了你们将来能拥有更多选择的权利。你可以选择有意义、有乐趣的工作,而不是仅仅被迫谋生,这样你就有了更多的尊严、成就和快乐。

亲爱的孩子们,小朋友们,希望你们展望未来,全面发展。小学毕业并不是我们人生的终点,而是一个新的起点,你们要走上更大的舞台,就必须得像我们"道德与法治"课中所学到的那样:不仅仅是接触社会,更要融进社会,将来为社会进步而作出贡献。人生并不是只有学习,还有很多需要你们关注的未来世界。人生应该享受生活,更要记得要学会创造美好生活,希望你们德智体美劳全面发展,成长为一个品学兼优的祖国未来的栋梁之才,只要你们在学习上准备好,我相信你们将来走上社会这个大舞台会创造无限的可能。

亲爱的孩子们,小朋友们,请你们热爱我们的祖国、保护环境,做一个对社会有用的人。中国"氢弹之父"、著名核物理学家于敏爷爷,隐姓埋名二十八年,三次与死神擦肩,从不计较个人得失,始终心怀天下,将国家民族的利益视作终生奋斗的目标。国家兴,人民则幸。孩子们,希望你们能领略于敏爷爷的家国情怀,树立起爱国爱党的意识。你们优秀了,才能有更优秀的下一代,祖国才能进步。"苟利国家生死以,岂因祸福避趋之",希望当国家需要你们时,你们能筑成铜墙铁壁,为祖国的繁荣昌盛贡献一己之力。

请记得,小朋友们!四年里,有一位大朋友关注爱护过你们,希望这份爱与祝福能够永远伴随你们今后的成长。和你们在一起的这段记忆令我难忘,我会永远珍藏于心,直到永久。

祝福孩子们！祝福你们健康快乐成长！

你们的大朋友　李强

2021年6月1日

九、振兴乡村文化,焕发乡村文明新气象

我们驻村帮扶组在深入开展摸底调查中,得知村里的一些老人对村庄历史有着较为清晰的了解,便与乔安子村"两委"班子商议,在村里成立了老龄委员会,邀请村里的老人定期围坐在村委会,聊聊村庄的历史。以"我对文化传承的记忆"为主线,深入挖掘村子的历史文化。

记住乡情村史,留下乡愁记忆。每天来自各地的游客接踵而至,游客也好、文化团考察也好,只要来,村民从来没有拒绝过义务讲解工作。老人们热情高涨,声情并茂地讲述着自己年轻时在农村生活的故事。伴随着老人们或沙哑、或低沉、或沧桑的声音,那个属于他们的年代的一幕幕场景,似乎又浮现在大家的脑海中。这让我们村的红色文化旅游更上一层楼,村民们也特别感动。由于一些村民掌握着村子大量相关的历史和人文故事,这些老人是村里的"土专家",平日里注重收集整理村庄的历史、名人事迹,讲起村庄的历史娓娓道来,说起名人掌故如数家珍。

值得一提的是,村史志愿讲解团还"大手牵小手",吸纳本村大学生等优秀后辈人才加入讲解团,不仅有力地促进了传统文化的保护传承,而且激发了广大青年学史知史的热情与担当。

"历史是一个地方的根,时间流逝之后,有史留下,我们的后人就能找到自己的出处和归处。"抱着这样朴实的想法,我们找人编写《村赋》,介绍村庄的地理、人文、历史、传承、发展等内容。

(一)《村赋》传唱乡土文化之美

村史是最基本的地方志,能使后人亲切地感受到本村的历史。战争年代,革命先烈把鲜血洒在这片土地上,革命历史不能被忘记。我虽不是土生土长的沽东人,但我有义务讲好这段红色革命故事,弘扬红色精神,传承红色文化。此时我想到了好友郭柏新,他是唐山市丰南区地方志办公室主任,我把我的想法讲给他,他一听,立刻答应了我的请求并对我说道,我联系好了于东兴老先生,尽快一起到村里去一趟,实地走访一下,再商议如何写好《村赋》。

没过几天,郭柏新陪同于东兴老先生一起来到乔安子村,村"两委"班子成员也很激动,召集了村里能较为清晰地回忆起往事的老人,来到乔安子村村委会,大家一起交谈着。老人们交谈中,带着自豪,带着感动。

于东兴是一位德高望重的老前辈。与于老会面,立刻勾起我心中多年的感激、敬佩和亲切之情。于老是曾任唐山市丰南区委组织部副部长、物资局党委书记等职。1940年出生,1966年毕业于河北师范大学中文系,2012年出版了《马拉火车的地方》一书,书中收录了许多有关乡村与童年的随笔。

过了一个多月,郭柏新发来了《村赋》,我与村干部们都很激动。建村六百多年,我们找回了文化记忆,找回了初心,留住了精神家园,令广大村民欣喜不已。

乔安子赋

津蓟乔安子村,建庄六百余年。地处平原腹地,举目坦平如鉴。兰泉河水奔涌,高速公路纵贯。春日朝阳,田野麦浪滚滚,夏日熏风,河畔绿荫蔽天。

遥想永乐初年,先祖扶老携幼,千里辗转至此,唯见沟沼密布,野浦荒滩。遂伐木架屋,开渠引流,筑围搭垲,终于临水成村,阡陌相连。

至若村名,犹记变迁。初以庙名,后改庵为安。繁衍守业,世代相沿。小巷古宅数栋,檐下阶生苔藓,铭刻先辈艰难。

国破家亡,芦荡燃火种。同仇敌忾,齐心斗凶顽。烽火犹记,一九四四,黄土坎前,倭寇来犯。吾村毗邻,枪炮不断。青英健儿,以弱胜强,歼敌数百,捷讯遍传。先辈从容,弹雨支前。苌弘化碧,沃土长伴英雄眠。平津战役,兵站接济,铁流千里,父老踊跃敌胆寒。

改革开放,换了人间。再剪贫根,共同致富,民之热盼。精准扶贫,天津财经大学,对口支援。根植基层,田间地头,聆听兴村大计。精心规划,真抓实干,打造生态家园。扶贫扶志,凝心聚力,本固基强。红色旅游,彰显魅力,成效初显。美丽家园,化蛹成蝶,阖村俱欢颜。

欣逢盛世,百花烂漫。愿我中华蒸蒸日上,复兴梦圆。愿我乔安子,繁荣昌盛,幸福平安。

2019年3月6日

沽东赋

岁在己亥,落英时节,沽东村党群服务中心告竣,赖驻村帮扶组殚精竭虑,百姓协力凝心,尤得天津财经大学鼎力相助,捐资兴建。值此中心落成之际,特为赋勒石,以铭前昭后。

赋曰:

津沽大地,有村沽东。田连阡陌,草木欣荣。遍地麦蔬,郁郁葱葱。北望盘山通衢纵横,东临蓝泉流水淙淙。村庄藏古蕴今,几度衰兴枯荣。村内老宅,门掩古意,瓦当遮檐,炊烟升空。

村庄始建明代,回首岁月峥嵘。当年燕王扫北,此地十室九空。村祖永乐移民,来自齐鲁山东。一掬道边黄土,犹见先祖遗踪。建庄之初,坑沼密布,原始地貌,芦苇丛生。夏则雨水横流,冬日积水成冰。

　　因之,辟荒原为垄亩,修道路以畅通。引乱流为沟渠,搭土埝以阻洪。虽春搭而秋毁,然永锁而不停。终于,屋舍俨然,炊烟袅袅,村庄挺立芦苇之中。故老曾言,昔日搭埝曰沽,而村在沽东。此乃村庄得名之肇端,世代绵延而无穷。自此,虽田间小路可通南北,居家院落有犬吠鸡鸣。耕读传家,蓄民风厚朴,勤于耕作,盼五谷丰登。

　　犹记七十年前,抗日风起云涌。军民鏖战黄土坎,枪炮山摇地动。一战歼敌数百,百姓为之欢腾。吾村同仇敌忾,青年踊跃出征。上阵英勇杀敌,何惜血染长缨。

　　斗转星移,岁月荏苒。欣逢盛世,河清海晏。推承包之制,谱改革新篇。地免农业税赋,人尽创业争先。外出务工,走出乡间故土,群钻热泵,地标繁华地段。骐骥千里,非一日之功,累土成塔,赖持久实干。天津财经大学,作风令人称赞:精准帮扶,成效已显。油路通其户,新绿绽芳颜。拓新农业发展公司,爱心携手种植农户,销路大开热络两旺,产品通达社区校园。倾力红色旅游,做强基层党建。无私奉献,其意拳拳。

　　愿吾沽东,日益发展。老少各得其所,实现村富民安。代有才人秉椽笔,书写壮志奋进篇。

2019 年 3 月 6 日

　　两篇村赋诉说着历史,真实记录下村落的发展轨迹和历史变迁,传承红色的乡村记忆,为村民构筑精神家园。

　　村赋虽然字数不多,但必将深深镌刻在心。村赋展现了乔安子村、沽东村的历史文化和民俗风情,为人们建立起了穿越历史的精神家园,更是留给子孙后代的宝贵财富。

（二）村徽就是我们村子的"名片"

佩戴校徽时我们常有一种自豪和荣耀感,表达着对母校的归属之情。佩戴校徽有助于学生培养对学校和班级的集体荣誉感,学生们对校徽有着浓厚的感情。于是我想到可以用村徽诠释村情,用文化凝聚力量!

乔安子村有了自己的村徽!其鲜明的造型、全新的内涵、独特的气质,深受村民喜爱。

乔安子村村徽图案由三个部分组成:

【元素】

麦穗:寓意乔安子村长期以来以农业立本,未来仍将扎实做好农业工作。

水波:乔安子村毗邻兰泉河,风光秀美。水寓意着财富的积累,表达了乔安子村民在中国共产党的领导下大踏步走向富裕新生活的愿景目标。

文字:"乔安子"三个书法大字位于画面中央位置,直观而醒目。印章造型的"天津市"三个字点缀其间,上方有书法体的"天津市乔安子"拼音字母,为整体画面增添了活泼与变化。

闪闪"村徽"耀乡村。醒目的徽标就像一面镜子,时刻提醒基层党员干部自觉维护群众根本利益,村干部的使命感和责任感明显增强。

【色彩】

绿色蓝色渐变:寓意乔安子村的绿色发展和环保意识。

红色:为整体画面在冷色中凸显一点暖色,整体和谐而统一。

（三）村旗

村旗没有使用村徽的蓝绿色调,而是用了更加炽烈的红色,寓意着乔安子村全村上下坚决拥护中国共产党的领导,始终不渝走中国特色社会主义道路,全村百姓心怀正能量,合力谋发展,携手创未来。

《村赋》、村徽、村旗的设计与展示,是文化墙绘等系列活动之后的又一个重要创意,希望能借以扩大乔安子村的品牌影响力和文旅吸引力,增强家乡情怀与幸福感、归属感,为乡村振兴赋能助力。

(四)村歌

国有国歌,军有军歌,校有校歌。帮扶村也可以有村歌。村歌是一个村庄规定的代表该村的歌曲,是乡村精神和特色的集中体现。

村歌是反映村庄精神风貌的重要标志,它在激励村民成长、凝聚村庄精神、推动乡村文化建设等方面发挥着重要作用。

乔洪弟老先生健在时,曾答应帮助村里谱曲子。老先生过世后,虽然未能为村歌谱曲,但那首耳熟能详的《在灿烂的阳光下》却道出老区人民对国家和民族的热爱与忠诚。寥寥数句,胜过千言万语。这不就是写给全中国所有革命老区村的村歌吗?"从小爷爷对我说,吃水不忘挖井人,曾经苦难才明白,没有共产党,哪有新中国……"

再过若干年甚至若干代人,这首歌曲仍将回荡在老区人民心中。

十、党建文化展室是村里的红色文化"名片"

2019年3月28日星期四上午,天津市农业农村委员会检查组来到乔安子村,对我们帮扶工作进行检查,"一进村就知道这是有帮扶组在的村"。当时党群服务中心正在建设中,村庄整体面貌欣欣向荣,整洁如新,也难怪领导能猜到了。

党群服务中心是党领导基层治理的坚强阵地、服务党员群众的温馨家园。经过近半年紧锣密鼓的施工,2020年元旦佳节来临之际,乔安子村党群服务中心正式落成使用,村民们终于盼来了宽敞明亮的党群服务中心。乔安子村搭上首批提档升级的快车,实现了党群服务中心的原地重建。党群服务中心面积比原来扩大了近六倍,新增了党员活动室、图书室等,极大地改善了办公环境,崭新锃亮的桌椅整齐排列,多媒体控制台、音响设备一应俱全,向现代化办公迈出了实质性的一步,这些都是我们学习借鉴的结果。

2020年1月初,我们帮扶工作组带领帮扶村党员及群众代表,走进和平区朝阳里社区观摩交流。和平区志愿服务展馆负责人说:"为困难家庭提供救助资金,为居民义务理发,三十年来,朝阳里社区通过一个又一个志愿暖心服务项目,践行了奉献、友爱、互助、进步的志愿者精神。"下仓镇党委组织委员李红敏深受触动,表示要将朝阳里社区志愿服务的经验带回去,助力乡村振兴。

李红敏委员的想法和我不谋而合,我们理应引进和平区朝阳里社区的志愿者工作方式,通过帮扶和学习,不断开创农村党建工作新局面,让志愿者的奉献精神在乡村生根发芽。新的党群服务中心便是发扬志愿者精神的最佳阵地,它不仅让村民办事更舒心,党员开展活动也更加方便,在提升了乔安子村"两委"战斗力的同时,更标志着乔安子村的党群服务工作迈上了一个新台阶。

(一)党建文化展室有着众多村民的精神寄托

面对这件"喜事"的发生,众人十分欢喜,驻村帮扶组却显得颇为冷静,结合过往的外出学习考察调研、一些值得借鉴的典型做法与经验,我们对乔安子村未来发展有了更多的设想与思考。越发强烈地感觉到需要不断从红色基因中汲取前行力量,提振干事创业的精气神。正所谓"人无精神则不立,国无精神则不强"。

乔安子村是一座有着光荣革命传统的村庄。在这座具有红色基因的小村庄,留存着多处的红色遗址,它们默默地诉说着红色往事。在抗日战争、解放战争和社会主义建设时期,先后涌现出了乔兰荣、乔洪弟和乔国志等许多可歌可泣的先进人物和事迹。重温那些先进人物的故事,继承先进人物的优秀品质,正是如今需要的。如果说村庄承载的历史像是一本厚重的书,那么乔安子村的红色历史,这些鲜活的"身边人"的红色故事,恰好是开展乡村青少年爱国主义教育的生动教材。遗憾的是,这些教材在我们驻村帮扶组进驻前却被遗忘于坊间,未能引起社会各界的广泛重视。

挖掘本土红色文化资源,加强乡村青少年爱国主义教育,不能忘记身边的教材,用身边的感人事迹启发青少年。这又使我产生在新落成的乔安子村党群服务中心建一个红色记忆馆的念头,把村里这些珍贵的红色记忆留在这方土地,以此勉励后人。我的初步设想与规划很快便得到了村"两委"班子和全体村民的认可。

北方冬季气温较低,乡村的寒冬腊月更是天气异常寒冷。一场冬雪过后,气温降至零度以下,再加上西北风刮来,更显得阴冷。行走在村里,我们的呼吸也化作了一股股白烟。我们驻村帮扶工作组与村"两委"班子一点不愿向寒冷的北风屈服,仍旧有条不紊地忙碌着。漫天风雪中,鲜红的党旗迎风飘扬,不论怎样恶劣的天气都阻挡不住我们建设党建文化展室的脚步。

经过前期反复研讨和多轮优化设计,我们压缩了办公设备、家具购置的经费开支,把节省下来的资金用于党建文化展室建设。为了使陈列富有艺术感染力,我们采纳了装饰设计公司加入声光电技术的建议,然而声光电技术看似不起眼,真细算起来,也是一笔不小的开支。在天津市电子信息技师学院的帮助下,我们攻克了这项技术难题,声光电技术得到圆满解决。

进入腊月后,有很多从事装修工作的农民工已经开始陆续踏上了返乡的路。此时,要找到一家满意且时间充裕的装修公司有点难。于是着急的我们为了避免麻烦,直接找到正在施工的一家公司帮助解决。入冬的第一场雪,我不慎摔折了左侧的三根肋骨,可繁重的工作不等人,我不顾劝阻拄着拐杖,始终坚持在一线。党建文化展室的施工仅用了两周时间便完成,我们建成了物质与精神交相辉映的"桥头堡"。

一周之后,农历新年将至。家家户户弥漫着烹饪肉食的香气,村子里处处张灯结彩,洋溢着浓浓的年味儿。愿所有美好,都如约而至。

(二)辐射周边、远近闻名的党性教育红色地标

眼瞅着马上就要过春节了,在外打工的村民也陆续回到村里。在乔安子村新建成的党建文化展室里,几名老人和孩子正在专注地学习本村的历史。对村史很熟悉的一位老村民对村里红色故事的记忆较清晰,也愿意把村里革命英雄的点滴故事时常讲给晚辈听,他成了村里的义务讲解员,经常给村里的孩子们讲起他儿时听到的红色故事。他常常对我说:"我们有责任让现在可以享受安稳生活的孩子知道以往的革命事迹。"从筹建党建文化展室开始,到配套开展党建文化活动,如今不大的展室传递着满满的红色正能量,文明乡风也从这里吹向了全村。来到党建文化展室的老人们也很感动,回想当年的伙伴儿,有的还是革命英雄。"这个展室不大,能展放的内容是有限的,但是它挖掘出来的精神是鼓舞人心的,是无限的。"村里的党员纷纷说。

党建文化展室建成开放后,每天都会有不少村民们前来参观,大家看完后对村庄昔日的红色事迹都有了更清晰的认识。传承红色基因,首先要讲好革命故事,充分发挥党建文化展室这所"大学校"的教育功能。唯有读懂这本书,方可知晓"我们从哪里来",还能更加明确"我们要往哪里去"。党建文化展室的建成,也让更多的村民感受到文化带来的充实感、满足感,更好地坚定文化自信,进一步增强凝聚力,为村庄今后在实现乡村振兴过程中,更好地实现文化振兴奠定了良好的基础。

通过开发乡村红色旅游,我们将村中的多处分散的红色遗迹串联起来,将静止的红色资源转化为生动的"红色情景课堂"。建立以老党员、党支部书记、党建宣传员为骨干的"动态讲解员队伍",在群众身边讲述革命先辈的故事,让党员群众随时接受红色文化洗礼。

乡村教育就是要从今天抓起,从孩子抓起。作为一名高校教师,我切身感受到:在农村抓孩子的教育重要而有效。要让他们热爱自己的家乡,要熟知自己家乡的历史和文化,才会从小萌生为家乡、民族、国家而发奋读书、奉献的梦想和情怀。这就是我们入村后,一直在多方努力奔走,筹建这个党建文化展室的初心。

红色地标有助于延伸党性教育、拓宽党性教育视野、增强党性教育深度。通过红色地标,建立起历史与现实联系的通道,拓展了感性与理性交融的平台,构建了理论与实践连接的脉络,给党员干部带来强烈思想震撼,在党员心灵深处留下深深的烙印。

在这里,人们抚今追昔,获得源源不竭的奋斗动力。

我在"掌上蓟州"微信公众号了解到,2023年3月6日下午,蓟州区委书记贺亦农等区领导赴下仓镇调研推动春耕生产和乡村振兴工作,专程来到乔安子村,在参观党建文化展室后强调指出,要发挥乡村历史文化资源,加强乡村文明建设,提高乡村文明程度,不断推进乡村振兴。

2023年国庆期间,为了丰富村里孩子们的国庆假期生活,在《我爱你中国》的背景音乐里,乔安子村农村专职党务工作者韩欢欢将诗人欧震创作的《不朽》改写为乔安子村版的爱国主题诗歌《不朽》,并与村里党员魏树柏带领村里的孩子们共同朗诵。孩子们穿着校服戴着红领巾,仪式感满满。随着音乐的响起,铿锵有力的声音传遍整个村庄。它告慰先烈,启发后人,让孩子们扬起爱国主义的风帆,踏着先烈的足迹永远向前。

第四章　精准施策,打赢脱贫攻坚战

"小康不小康、关键看老乡。"革命老区为党和人民的革命事业作出了巨大的贡献。今天,我们应该为老区人民做点事。肩负着协助建强村党组织、推进强村富民、为民办事服务等重要使命,驻村帮扶干部要发扬优良作风、厚植为民情怀、勇于担当作为。这是驻村帮扶干部必须具备的基本素质。

党把驻帮扶村干部放在脱贫攻坚岗位上是要大家担当干事。"民之所忧,我必念之;民之所盼,我必行之。"农村基层改革发展稳定工作那么多,要做好工作需要担当作为。担当和作为是一体的,不作为就是不担当,有作为就要有担当。做事总是有风险的,正因为有风险,才需要担当。凡是有利于党和人民的事,我们就要事不避难、义不逃责,大胆地干、坚决地干。

一、牢记老支书嘱托,继承发扬担当精神

2017年9月20日早上八点,我们驻村帮扶组早早地来到了沽东村村干部家,参加蓟州区9月份"党员学习日"活动。这是我们驻村帮扶组到蓟州区后,首次参加村里的党日活动。然而全村十四名党员只来了九人。这是我们初次与沽东村的党员见面。在这次会上我们明显地感觉到全村党员队伍整体年龄偏大。这次学习虽然时间不长,但是我们从这些老党员身上可以感受到那种"一枝一叶总关情"的深厚情感和"俯首甘为孺子牛"的奉献精神,他们眼里满是对我们驻村帮扶组期待的目光。在这次学习会上,我们驻村帮扶组结识了

沾东村党支部张明老支书。

张明在2010年因患脑血栓疾病而导致行动不便。他老伴儿在几年前就去世了,其子患病多年,有较严重的暴力倾向,常将家中家具等物品砸得稀烂。儿媳做过甲状腺手术,需要长期服药治疗。两个孙女一个孙子都在上学。这个家庭已被政府纳入低保保障范围。家庭状况可以说是全村老小无人不知,无人不晓。

2018年春节前夕,我们走访慰问因病和其他特殊原因造成家庭困难的群众,对困难人员逐户逐人进行了慰问和政策宣传,并送去了粮油等生活用品。村干部引领着我们驻村帮扶组第一次踏入张明老支书家时,还未走进院门,就远远地闻到一股骚臭刺鼻的牛粪味。我们一入院门,在庭院旁的牛棚围栏里,几头牛正啃着草料,院子里堆满了饲料,地上到处是牛粪。我们不得不小心地挑干净的地方落脚,快速走进屋里。

张明朴素热情的儿媳妇,将我们迎进屋里。年迈的老支书见到家里来人很开心,从炕上慢慢地挪动着身子坐起来。当我们把油和米递给老人时,他用粗糙而淳朴的手握住我的手,满脸尽是感激的笑容。我们拉起了家常唠起了嗑。从交谈中我们得知老支书儿媳妇娘家在内蒙古赤峰市。提起站在一旁的儿媳妇,张明满怀愧疚,一个劲地夸赞说:"这个家多亏了儿媳妇,她一个人撑起了整个家,不然这个家早就垮啦。儿子有病,不能干重活,还经常发脾气,多亏儿媳妇担待着。"

张明家里条件的确很差,简陋的房间里摆设更是异常简单。屋里最显眼的物件是一台老式洗衣机。老支书居住的东屋,一条土炕近乎占了半间屋子,没有像样的家具,只有两个旧木沙发椅,一件被砸得千疮百孔的组合柜子。除了一台25寸的老式电视机,再无其他电器,家里的东西满打满算也不过千把块钱。老支书穿得也很差,大概是耐脏的缘故,清一色深色的服装一年四季就没有变过样。

提起过往,老支书儿媳妇难掩悲伤。"当时感觉天都塌了,千斤的重担都压在了我身上,不知生活该怎么继续。为了不让孩子有心理上的压力,我宁愿将所有困难都自己扛,再苦再累也值得。"她是个不服输的女人,有着儿媳、妻子、母亲等多重角色,硬是撑起了这个家。她是村里有名的好媳妇,不仅要照顾生病的丈夫和公公,还要赚钱养家。面对这样的"破烂光景",这个坚强的女人选择了坚守。

此时张明眼神里透露着无奈和伤感,满是皱褶的手拉着我坐在炕沿。他告诉我们,当低保户不是光彩事。全家多灾多难,因病致贫,家里的牛都是出嫁女儿出钱帮着买的。一家人靠着勤劳、肯干,走出贫困的阴霾,成了他家的希望。

还有一次给我们驻村帮扶组留下深刻印象的是在2018年2月6日,沽东村召开的党支部组织生活会上。张明作为党员代表发言,道出了他的看法——这些淳朴的话语中,流露出他对沽东村美好未来的憧憬。他给我们最深的印象便是,敢于直面问题,不回避,讲真话。尽管老支书有脑血栓的后遗症,行动不自如,但是他的思维很清晰。在面对村里存在的问题时,敢于发声、敢于"亮剑"、敢于斗争。听着他的话,我感觉到心中热乎乎的。是呀,如果村里的每一名党员都像他一样,这个村的老百姓都齐心协力干事情,加上我们帮扶组的协助,任何困难都是可以克服的呀。

得知张明老支书家境状况后,和平区律师行业党委十分惦念。购买了适合老年人吃的天津特色传统糕点,并送上五百元慰问金,把他们的关心和祝福送到他的床前。由于脑血栓复发,病情发展得较快,此时,老支书已瘫痪在床一段时间了,不但生活不能自理而且也不能说话了。见到前来探视的我们,他不顾身体的病痛,几次试探着挣扎着要从病床上起身,他紧紧地握住我们的手,久久不愿松开,这让我们在场的所有人都很感动。我瞬间明白了,那是他像往常一样,喊着老李,那是他像往常一样对我们驻村帮扶组的信任!那是他像往常一样对我们的重托!一定要让这个村变个样!一定要把这个村发展好!作为晚辈,我会记下这难忘的瞬间,把这份责任和担当扛起来,走下去。

2018年冬,张明老支书走了,每当工作上遇到一些困难,老支书身体行动不便,推着一辆二八自行车,歪着身子艰难前行的身影仿佛就在我眼前。每当想起他,我都感觉身上又增添了一份重任,增加了一份力量。共产党员就是要有责任,勇敢地走向前方。用实际行动带领帮扶困难村发展,用自己平凡的人生,创造出不平凡的价值。

二、党员干部"结对子",深入基层认"亲戚"

"故善为国者遇民,如父母之爱子,兄之爱弟,闻其饥寒为之哀,见其劳苦为之悲。"①党员干部带着温暖和责任与困难群众"结对认亲",面对面倾听他们的困难和需求,践行担当,把党的好传统、好形象树在困难群众家门口,立在百姓心坎上,筑牢党员干部与困难群众生死相依、患难与共的连心之堡。正如2014年1月26日至28日习近平总书记在内蒙古调研考察时的讲话所强调的"我们党员干部都要有这样一个意识:只要还有一家一户乃至一个人没有解决基本生活问题,我们就不能安之若素;只要群众对幸福生活的憧憬还没有变成现实,我们就要毫不懈怠团结带领群众一起奋斗"。天津财经大学党委组织学校各基层党支部书记联系帮扶村32户建档立卡困难户,形成"一对一"结对帮扶长效机制,以壮士断腕的决心、背水一战的气概,竖起带领困难群众脱贫攻坚的旗帜。

(一)博士生导师一家来村"认亲戚"

2017年11月12日,天津财经大学博士生导师刘玉斌教授携爱人曾妍、女儿刘芸瑄一起来到乔安子村。此前他们一家人自驾来蓟州旅游多次,然而,这次既不是来住农家院、吃农家饭,也不是全家去

---

① 刘向撰.卢元骏注释.说苑今注今译[M].天津:天津古籍出版社,1977:201。

爬盘山,更不是到大棚采摘果蔬,而是来"认亲戚"。

我与刘玉斌教授是多年的同事,在获悉我们驻村帮扶的现状后,刘玉斌主动联系我们,希望我们驻村帮扶组牵线,在村里帮助联系一位与他女儿年龄相仿的困难村民,并与其家庭"认亲戚"、结对子。我们驻村帮扶组和乔安子村"两委"班子商议后,决定让晓乔家与刘玉斌家"结对子"。

刘玉斌一家人在来村里前,我们驻村帮扶组向他简要介绍了晓乔家的一些基本情况。晓乔家是村里的一户低保家庭,晓乔的父亲出生于20世纪60年代末,视力一级残疾且失去劳动能力。晓乔的奶奶已经70多岁,体弱多病早已失去劳动能力。全家仅靠晓乔的母亲在邻村服装厂打工获得的微薄收入,还有每个月2387元的低保补贴勉强度日。一家人处处节省开支,日子还是过得紧紧巴巴。了解到晓乔的家庭情况后,刘玉斌一家人的心情好像一团火,一直挂念着这个小"亲戚",急不可耐地期盼与这位"亲戚"能够早日相见。

陪同刘玉斌一家人回村的路上,坐在副驾驶上的我,根本无心欣赏沿途的风景,像导游一样介绍着乔安子村里的情况,不知不觉中车子已经驶入乔安子村。因事先未打招呼,当我们走进晓乔家门的时候,已近中午12点,此时恰逢晓乔一家人围坐堂屋饭桌吃午饭。面对饭桌上仅有的一盘土豆烩豆角,我受到很大触动。

见到"亲戚"走进家门,晓乔的母亲高兴地连声招呼我们:"快到屋里坐。"晓乔的奶奶拿出一把钥匙,兴奋地从她的陪嫁箱子里掏出一个铁皮盒子,再从铁皮盒子里取出一盒香烟递给我们,被我们急忙拦住。"走亲戚"必然要带些礼物,刘玉斌一家带来了食用油等生活用品,还精心给晓乔准备了女孩子们都喜欢的零食和文具,以及女儿刘芸瑄从未穿过的粉色防寒服。在唠家常般的交谈中,刘玉斌详细询问晓乔家庭成员身体状况及享受的政策保障,一家人的生活及孩子的学习情况,耐心听取目前还存在的实际困难并想办法解决,一番温暖的言语焐热了一家人的心。晓乔的父亲心存感激:"谢谢大家!"遗憾的是，因事先未打招呼，当天恰逢晓乔没在村里。

天津财经大学教授一家来村里"认亲戚"，这在乔安子村里真是稀罕事。好事惊动了村里的四邻，周围的邻居也都纷纷围着晓乔家的院门转来转去，前来"沾喜气"，羡慕地对晓乔父亲说："你家这'亲戚'真好！给你家拿来这么多好东西。"

春节前夕，刘玉斌一家人再次来到"亲戚"家串门，夫妻俩带来了大量的生活用品，刘芸瑄带来了送给妹妹的学习用品，还有春联等过节的东西。进屋后，刘芸瑄上下打量妹妹晓乔身上穿着的一件粉红色防寒服，惊讶地说道："这是我送你的那件防寒服！"晓乔腼腆地笑了。说话间，两人成了亲姐妹，拉起了手，说起话来滔滔不绝。

身为大学教授无论走到哪里，都忘不了鼓励孩子们望见心中的那片诗与远方。在与晓乔沟通时，看到她眼里闪的光，看到喜悦和欣喜。晓乔坦言内心的顾虑，眼泪簌簌流下来。刘玉斌也耐心地说道："你的心情我非常理解。我也是从农村出来的。姑娘，我给你讲，家庭条件越是困难，越需要知识来改变命运。你好好学习，要对自己有信心。生活上的困难我们大家帮着想办法。"临别时，两个孩子依依不舍。刘玉斌说道："我们一定还会来的，我们是亲戚啊！"这让晓乔和她的家庭对美好的未来又充满了憧憬。

2021年春节前夕，刘玉斌与女儿一起再次来到晓乔家"走亲戚"串门。这次不但准备了一些年货，还带来了一份"特殊的礼物"。此前了解到晓乔家只有一台老式彩电，这次刘玉斌和女儿特意带来了一台崭新的47寸高清全新液晶电视机，为晓乔一家生活增添了色彩，希望他们度过一个温馨祥和的春节。

到"亲戚家"拜年，两家的孩子在一起玩，学会如何友爱待人，如何与人和谐相处。"亲戚"间频繁走动，让两家人越走越近、越走越亲。

（二）低保户把驻村干部当成了"亲人"

2018年10月末的一天晚上，我突然接到村干部的电话，得知村里一位村民的父亲突发疾病不幸去世的消息。在一番问询后,电话中我请村干部代我表达心意。放下电话的我思绪万千,脑海中像过电影一样,浮现出一幕幕我们驻村帮扶组入村与他家接触的画面。细细数来,在与他们一家人的日常相处中,还真有许多"心动瞬间"。

谈起2017年第一次到这位村民家的情景,我至今仍印象深刻。入村后,我们驻村帮扶组在村干部的引领下,逐户登门走访,以唠家常、谈心声的方式向村里困难群众表达最真挚的关怀。我清晰地记得,2018年1月18日的下午,当我们带着一袋米、一桶油、一百元钱来到这位村民家时,患有脑血栓疾病的他刚刚从环湖医院办理了出院手续回到家里。坐在坑沿儿的这位40多岁的蓟州硬汉神情有些呆滞看着我们。同村的几个婶子前来看望他,正帮着忙前忙后地围拢在他身旁,纷纷过去安慰他,不太宽敞的房间显得有点拥挤。

寒露已至,冬意渐浓,乡村的夜晚有些凉,堂屋内升起了炉火。见此情景,嘘寒问暖一番后,我们担心他过于激动影响病情,一行人赶紧转身退出了屋子,边走边问他的妻子,这次住院治病一共花费多少钱?个人负担多少?他的妻子愁容满面地向我们诉说着家中的不易,这次住院治疗个人负担了一万多元,几次住院几乎花光了家中的全部积蓄,还有两个孩子正在上学。简简单单的几句话,几度哽咽落泪,尽显忧愁之情。对于这样一个家庭来说,这无疑是雪上加霜呀!此时已至傍晚时分,我们驻村帮扶组看在眼里,急在心里,真想帮他们一把,却又不知道从何下手,怎么去帮。

在危房改造期间,党和政府把这位村民家的老屋在原址上重新翻盖,从此告别了墙体裂缝、房顶漏水的土砖危房,他们的住房条件得到了显著改善,一家人对新房非常满意。然而,美中不足的就是没有添置任何家具,空荡荡的新房子看起来没有生气。我找到校友肖健颖,在环渤海装饰城博德瓷砖展示厅里,给他家要来了一套崭新的沙发和茶几。我们驻村帮扶组协调解决了这位村民的大病医疗救助问题,帮他获得救助资金3000多元。我又将由爱心企业赠送的全新轮椅送到这位村民家中,解决他出行难的问题。然而,对于因病致贫、无生活来源的家庭来说,这样的救助只能满足一时之需。

面对摆在面前的新难题,我们经过再三斟酌,考虑到他家距离东太河中心小学只有几百米的距离,于是,我们驻村帮扶组为他家多方筹集资金,把院子里的厢房改建成了爱心文具店。厂家提供文具展示柜,我个人捐出3000元解决了前期进货难题。每当下午放学后,她家的文具店就热闹起来,不少学生特意过来买她家的文具,张桂敏虽然很忙碌,但满脸笑容。凭借这个面积不大的文具店,她家每月可以增加收入1500多元。

2022年春节后,我惊悉这位质朴的蓟州兄弟不幸离世的消息顿感惋惜与悲伤。2022年夏,他的女儿从天津现代职业技术学院毕业,在找工作的时候遇到一些困难,我给予了她一些必要的帮助和建议。如今,他的妻子与婆婆及两个孩子安稳地生活着,家里的状况也逐渐好转了起来。

(三)助力困难群众"旧貌换新颜"

沽东村解有光长期与年过七旬的奶奶生活在一起,家中的墙壁因为太长时间没有粉刷,墙面已经发黑,墙壁四周都是霉斑,味道很大,整个家都显得特别灰暗、非常压抑。但因奶奶年事已高,家中条件有限,又缺少劳动力,也是有心无力,以至于屋里、屋外环境卫生无法顾及,家里总是乱糟糟的。年少的有光长期在卫生条件极差的、凌乱的家庭环境中生活,这对他的健康成长产生了负面的影响,于是他也成了我们驻村帮扶组关注的重点。看着平日里少言寡语的有光,我们想出了一个好办法对他进行"重点突破",帮助沉默的少年不再沉默。

为了给解有光创造一个良好的成长环境,2020年春夏,我们驻村帮扶组会同沽东村"两委"班子决定帮他家把房子粉刷了。由于解未来的爷爷干活手巧、有门道,久而久之赢得了村民的信任,找他干活的人也多了起来。老支书找来了解未来的爷爷与同村的一位党员，让这两位"粉刷匠"帮忙对房屋进行粉刷，我在市区装饰城购买了泥子膏、砂纸、滚子、环保乳胶漆等材料，以及电线、灯管、台灯等必需品。

我把车子停在解有光家门口便开始搬运材料，戴着帽子、袖套正在用铲子铲墙壁墙皮的解未来的爷爷看到我不停地往屋里搬运材料，连忙过来搭把手并顺嘴说道，"这'忙活头'老李真叫够意思，买了这么多好材料，一点儿都不就合。"我从车上拿起一瓶矿泉水递给他，并再三叮嘱他："累了就休息一下啊！"由于房屋年代比较久远，铲除霉斑、去除原墙面破损墙皮就花了不少时间。

短短几天时间，解有光家焕然一新。我们再次走进他家，屋子竟完全变了样。经过几天的劳动，解有光家中所有屋子的墙面平整干净，窗户也擦得干净明亮，原先昏暗的屋子变得亮堂堂的，更换过的灯具明亮温暖，老屋增添了几分新貌。原先的"卫生死角"早已不见了踪影，各种生活用品也进行了重新摆放整理。修葺一新的房屋腾出一角供孩子学习，我亲自给解有光置办了书桌、椅子、台灯及各种文具，还为他添置了一些新书，建起了读书角，让孩子有一个温馨的学习环境。

粉刷的是墙面，洗涤的是心灵。为困难少年扮靓家园也是一种精神上的鼓励，让他知道自己并不孤单，社会上还有许多人在记着他，爱护着他，关注着他的成长。克服贫困心理，重燃生活希望，树立起积极乐观的生活信念。让他们干干净净、开开心心生活下去。一件件小事帮助他重拾生活的信心，进而阻断贫困在这个家中的代际传递。

新房子总要配上几件新家具，我雇了一辆货车把社区居民家中替换下来的皮沙发送到他家。看到这么干净整洁、焕然一新的家，有光和奶奶的脸上露出了笑容。我们的辛苦没有白费，更为惊喜的是孩子们内心的变化，一件件小事点亮了孩子们心里的灯。不过，他人的鼓励终究只能燃起短暂的火花，我要做的是照亮他们前行的路。为人师者，就像一个火炬手，先燃起心中的热情，再用热情去点亮孩子心中的那盏灯，让他们自带光芒，驱散心中的黑暗，做自己的主人。

我深知改变贫困不可能是三下五除二便能做到的。光我一个人不行，我要把解有光他家和村里的故事讲给更多人听，发动好心人助力，把党的温暖传递到各处。

2022年6月，我的一位"媒体圈"好友获悉解有光的家境状况后，把家中女儿各学段参考书籍及其他学习用品整理了三个大纸箱。经过一番辗转带到东太河中心小学，特意委托该校校长专程去解有光家走访慰问，将这些物品送到有光家中。鼓励他要努力克服生活困难，树立积极向上的人生观，勤奋刻苦学习文化知识。

类似励志的故事不胜枚举。四年的驻村帮扶工作，感受最深的是我们与村里的困难家庭之间，建立了一种不是亲人胜似亲人的感情。2018年1月12日上午，北京农业职业学院党员教师来到沽东村开展党日活动，带着冬日炽热的爱心和雪中送炭的情怀，到解未来家中慰问。2018年9月16日上午，中国银行天津市分行一个党支部开展红色主题党日活动，党员同志带着自己家的孩子专程到解未来家探望，送去了孩子爱看的书籍和各种学习用品，并捐赠了五百元慰问金。

2020年9月11日，河北区教师发展中心开展"送教下乡"活动，教研员们分别到村里几位困难家庭走访慰问，给村里的每一个困难家庭的孩子们赠送学习用品和生活物资。通过一系列的活动，孩子们切身感受到关爱、温暖和幸福。

我们不遗余力地在困难家庭孩子们生活、学习、治病等方面给予精神慰藉，鼓励乡村孩子们好好学习，积极面对生活，努力战胜生活中的困难。引导乡村孩子们把感恩和向善的力量传递下去。2020年9月7日，在第三十六个教师节即将到来之际，天津财经大学学校主要领导和有关负责同志在思贤堂与乔安子村、沽东村的在校青年大学生座谈,表达了对帮扶村家庭经济困难学子的牵挂和关心。

乔安子村青年大茜是天津大学材料学院博士三年级在读大学生。她在座谈中表示,作为青年大学生志愿者工作室负责人,将积极倡导在校大学生响应国家号召,在乡村振兴的路上贡献自己的一份力量。来自乔安子村低保户家庭的一个大学生,是河北工业大学化工学院2020届毕业生,我们驻村帮扶组积极帮助协调,使其找到理想的就业岗位。为了鼓励更多青年大学生成长和进步,我们还特意邀请正在天津财经大学就读的蓟州区籍吴薇、吴亚宁、王海森等几位同学,一起参加座谈会。活动让几名青年大学生倍受感动、倍感鼓舞。

阳光总在风雨后,正是这点点滴滴的付出,我们这些城里来的亲戚赢得了村民们的点赞,赢得了他们对"亲人"的信任。2022年7月,我回到了阔别一年之久的"第二故乡",看望了村中老党员。当听闻我回村的消息后,他们早早地在党群服务中心等候着我,有的还骑着自行车急急忙忙满头大汗地赶来。乡亲们拉着我的手,似乎有说不完的话,我们就像亲人一样亲切地唠家常。我也与大家相拥在一起,感受久别重逢的喜悦。

三、凝聚多方力量,画好脱贫攻坚同心圆

驻村帮扶干部拔掉自身"思想上的穷根",要全心全意为村子谋划发展思路,寻求各种渠道,为村里办实事,解难题。不同领域、不同行业、不同部门,优势各不相同、资源各有长短,只要整合运用得当,就能助困难村发展一臂之力。注重把社会资源与政府资源结合起来,在统筹协调、组织引导上下气力,驻村帮扶干部要在强化新时代党建引领上狠下功夫,充分利用好帮扶单位的党建资源优势,做足做好做优"党建+"的文章,点燃乡村振兴的"红色引擎"。使校内外各方社会力量参与到乡村振兴的实际工作中来。

（一）搭建消费扶贫平台

扶贫是大家的社会责任，搭建一个全社会实现社会责任的平台，汇集全社会的责任和爱心，是落实发挥全社会参与扶贫工作精神的重要举措。我们驻村帮扶工作组通过走进校园、社区、企业、商会、医院等地，建立了与蓟州绿食集团联合精准帮扶低收入困难群体，探索"资源整合型"的党建新模式。以支部凝人心、以党建激活力，注重发挥好党支部和党员先锋模范作用，进一步拓展党建工作的思路和方法，实现了党的建设和困难村发展互融并进、同频共振。

2018年9月28日，蓟州农品进校园展卖活动正式启动。我们在天财的大学生公寓、教师公寓等处开始进行展卖活动，活动一经举办便达到了一呼百应的效果，天财师生积极响应，展卖活动如火如荼地进行着。

2018年10月11日的上午，蓟州绿食集团在大学生公寓继续进行展卖活动，载满货物的皮卡车上拉着天津财经大学爱心帮扶进社区的红色条幅。穿着红色马甲的志愿者在热情地向同学们介绍展卖商品，多种特色农产品，有蓟州自产的绿色水果还有点心，大大小小的纸箱堆放在地下，六七个小木桌摆成长长的一排，最右边还有一个电子秤来称重散装食品。同学们围在小摊前面，三三两两地挑选，有一个女生，拿起一瓶辣椒酱，研究了很久，最终买了两瓶，并且说会推荐好朋友来买这种绿色食品。

很多背着书包的同学选了各种各样的东西，付过钱之后迫不及待地在摊位前开始了品尝，并且相互交流，最终一致称赞。之后便纷纷开始了第二批购买，由此可见，绿色食品进校园真的很受大学生的欢迎，一方面可以拉近展卖与购买者之间的距离，另一方面也方便学生更加便利地买到绿色食品。

全校教职工纷纷积极响应校党委号召，通过线上"天财爱心帮扶助农群"和线下现场展卖两个平台，积极踊跃购买帮扶村农产品。

财经大学的学生作为志愿者,提前了解了各种绿色食品的产地制造及其口味和功效等,为来了解的居民进行详细的介绍和热情的推荐。赠人玫瑰手有余香,汇集众力行大船。这次活动累计实现农品销售额30余万元。

振财里三区教师公寓的展卖吸引来的大多数是当地的中年居民,平均年龄相较于财大的学生大了15~20岁,他们对于展卖食品的关注大多集中在食用油、面粉等家庭消耗品上,不变的展卖小桌依然被热情的居民围得水泄不通,有很多居民骑着单车来载买的东西回家,还有抱着刚满月的小孩子来凑热闹的,大家围着展卖的小摊分享商品,聊着家常。

展卖的商品全部是来自低收入困难家庭,帮助低收入家庭解决产品出售问题,让学生和居民能够购买到绿色商品,加强了群众对于绿色农产品的了解,促进了城乡贸易交互发展。几日的展卖活动收获极佳,开辟出了一种多渠道营销模式,使得两个帮扶村集体经济收入逐步提升。

2018年10月17日,第五个国家扶贫日,我们驻村帮扶组与绿食集团联合在河西区绥江道蓟州农品店开展消费扶贫活动。我们驻村工作组联系身边好友一起参加,大家踊跃购物,把这当成扶贫、做实事、献爱心的实际行动,全天销售额7555.50元。由于是工作日,许多校友在工作岗位上无法亲自到店认购,但也纷纷利用午休时间,采用线上预订方式认购了农产品,表达了对结对帮扶困难村的大力支持。我校时任市场营销系主任徐志伟教授也来到活动现场,就消费扶贫进行专业技术指导,并与蓟州绿食集团签订协议,该中心成为我校市场营销系大学生校外实习基地。

绝对贫困或许离你较远,扶贫善举则距你很近。选购一件贴有"蓟州绿食"商标的产品,或是告诉亲戚朋友10月17日是扶贫日,这些小事恰似点滴浪花汇聚成澎湃江河,温暖着蓟州大地,共圆小康梦想。

看到乡亲们还有很多农产品没有卖出去,我又一次谋划新的义卖活动。2018年10月22日星期一,天津财经大学又展开了蓟州绿食集团展卖活动。为更好地服务教职工多元化需求,校工会定于10月26日上午10点至下午4点,在A座教学楼前面的广场开展"惠民活动"。驻村帮扶组联合绿食集团开展"爱心帮扶进校园"展卖活动。

从2018年11月26日到2018年12月15日,驻村帮扶组三次携手绿食集团先后到河西区、河东区和中心妇产科医院,共同开展"精准帮扶"主题活动,介绍了蓟州区特色农产品,并获好评。

2019年1月7日凌晨,我们又赶往北京农业职业学院。经前期与农职院后勤管理处领导协调沟通,蓟州的绿色扶贫产品展卖会在南校区图书馆前举办。当时正值北京市对大型货车采取交通管制,运输农特产品的大型货车只得在凌晨出发,运输人员克服路途遥远、光线不足的困难,错过限行时间,夜里行路。到达校区后,学院后勤人员和安保人员加班加点进行对接,使运输车辆能够顺利进入校园。同时,后勤物业人员在8点之前将展卖需要的桌椅早早摆放整齐,横列在图书馆前,并对周边环境做进一步清理。产品到达校区后,分类码放在展台上,包括红枣、核桃、果干等农产品,种类丰富、价格优惠。在温暖的阳光下,校园里路过的师生纷纷驻足停留,挑选自己喜爱的食品,并感叹"农特产品送到身边了,真好!"

在北京农业职业学院后勤领导的邀请下,北京建工大学、北京化工大学等几所高校的工作人员也来展卖会观摩学习,并表示要共同支持扶贫工作,大力推广扶贫活动,为促进贫困地区的经济发展贡献力量。

(二)发展乡村红色旅游

2018年,我们驻村帮扶组组织村里70岁以上的老人,成立了老龄委员会,并请村里老人们口述,由我们来整理村里的史料,挖掘一些红色资源。包括村里边有哪些老人当过兵,有什么英雄事迹,我们一点儿一点儿地根据线索去求证。

据老人们回忆,兰泉河九孔石桥,还有村里那棵300年的老槐树和老菜窖都是留存下来的红色遗址,老菜窖曾经是黄土坎战斗伤员养伤的遗址。村里的老党支部书记听那些新中国成立前的老党员讲过村里的红色故事,当年老百姓帮助八路军掩藏服装、鞋帽等军需品,藏匿地点主要在水塘附近。

根据这些资料,我找到天津大学建筑设计规划总院的院长袁大昌教授,他派设计所的几位专家随后来到村里,我们帮扶组和村里的老人带他们实地走访了一圈儿后,专家们便根据这些史料帮助我们分别设计了乔安子村和沽东村的红色旅游导视图。同时我也邀请了天津财经大学商学院副院长卢政营副教授——一位旅游专家,进村做一番具体的指导。

当时我们一边做红色旅游规划,一边对乡村环境进行提升改造,我们首先把沽东村北边村头儿那个荒废的地方做成了党建阵地。天津财经大学孟昊教授,带了教务处30名党员教师来帮扶村开展红色学习活动,可以说这是帮扶村历史上的第一次突破。蓝色的荷载35人的大巴第一次驶进村庄,标志着红色旅游的良好开端。

我们在前期工作的基础上,逐步打造乡村的红色旅游,两个村的旅游业以肉眼可见的速度发展了起来。有了良好的开端以后,我开始不断地去市里开拓资源。通过朋友的引荐我找到了一些幼儿园、小学、各个机关团体,给他们宣讲脱贫攻坚的各种事例。了解帮扶村的实际困难后,各个单位以不同的形式组织党员干部到我们的帮扶村开展红色旅游,这也带动了村集体的经济收入。与此同时,我们为了增加村民的收入,又从北京邀请到了农家宴的名师王久香老师来村里给村民开办农家宴的培训。有了方法,我们便细心挑选合适的村户进行帮扶,开始开发农家宴。

发展乡村红色旅游期间,村庄里没有什么能让客人临走时带走的农产品,于是我们主动出击,联系了蓟州绿食集团,很快村里便建立起了一个蓟州绿食集团售卖点。在那之后只要有游客来,我就通知蓟州绿食集团将流动售货车开到村里,这样帮扶村提取销售额的10%,通过区财政局转到下城镇财政所,以此增加了村集体收入。

拓展乡村红色旅游,给乡亲们找到了一条致富的新路子。

四、奔波在解决群众"急难愁盼"的路上

对驻村帮扶干部而言,驻村就必须"住心",唯有"住"进群众心里,才能同群众想在一起、站在一起、干在一起。

前面提到的村民一家共5口,他本人患脑血栓,全家只靠妻子种8亩粮田维持生计。帮扶组先是通过爱心认购的方式,收购他家玉米。粮价卖得高,宏军一家过上了富裕年。后又为他家多方筹集资金创建了爱心文具店,爱心文具店的创建为这一家找到了一条致富新路,真正实现从"输血"走向"造血"。经过近四年的帮扶,两个帮扶村的村容村貌及村民的生活都发生了很大变化,百姓们看在眼里、喜在心上。

(一)深夜"赶会"

2018年1月21日,阴天,预报有雪,然而到了晚上六点钟却还未见飘雪。下午4点多,下仓镇人民政府干部在微信群里通知大家:"接组织部通知,今晚天气预报可能有雪,为了明天大家参会不迟到,建议大家提前到蓟州区,大家请自行安排,确保明天准时参会,大家辛苦了!"并把精准帮扶推进会议安排方案、低收入户会议参会人员名单、发言顺序以及座位图等上传到群里,强调,"这是明天会议的具体流程安排,大家先熟悉一下"。看过发来的材料,我即刻联系同在下仓镇帮扶的一位驻村帮扶组组长,获悉他们几位帮扶组长正在赶往蓟州区的路上,我顿时感悟到,这就是要向同行学习的地方。他们已连续在蓟州区驻村帮扶工作了四年多,对蓟州区的情况非常熟悉,真的应该向他们好好学习呀!

撩开窗帘，望着窗外，此刻窗外并没有飘着雪花，地上没有任何的变化，但心中始终还是放心不下，忐忑不安。准备着随时出发，赶往蓟州区驻地。

晚上八点多，女儿告诉我外面飘起雪花了。坐不住的我立刻联系同事准备出发，匆忙中把第一个笔记本里面的记录写完，关掉电脑，以最快的速度从家中出发。驶出地库，雪花迎风飘扬。我保持着缓慢的速度小心翼翼地开着车。

十二三公里的距离，往日只需二三十分钟的车程，我却"龟速"行驶了约一个小时，才到达学校。行至途中，车顶的雪已经很厚。雪越下越大，我把前挡风玻璃及车顶的雪清理后，继续以缓慢的速度小心地行驶着。在行驶到天津职业技术师范大学附近时，由于路面湿滑，看见前面有车发生了交通事故，现场真是让人捏一把冷汗。

正值隆冬时节，日间正午气温在零下二度以下，路面已结了约三厘米厚的冰，当时高速已封闭。风雪刮在挡风玻璃上看不清迎面驶来的车子，稍有不慎就会发生事故，我不禁冒了一身的冷汗。雪越下越大，我们缓慢地前行着。我们揪着心，一路小心，沿着外环线一点一点地前行。雪越下越大，道路积雪很厚，车辆容易打滑，非常危险，稍有不慎，后果不堪设想。

一路上我小心翼翼地驾驶，尽管天气如此寒冷，汗水却早已湿透了脊背。一路上，我一改往日的雷厉风行，不得不"又慢又拖"艰难地前行。坐在副驾驶位置上的同事不停地帮助我擦拭前挡风玻璃的雾气，防止车窗上的雾气遮挡住行驶的视线。这让我们悟出了一个道理：团结才是最重要的，同舟共济才能做成一件事，众人划桨才能开大船。驻村帮扶就是要保持"一刻也不能停、一步也不能错、一天也误不起"的战斗状态。学校到下仓镇之间，有一百多公里的距离，这段路程平常一个半小时就能到达，然而当时因为天气原因，我们却用了大概五个小时。

雪夜犹如一场场深入灵魂的洗礼，我们冒着生命危险碾过一寸又一寸的颠簸,以生命赴使命,用热血铸忠魂。它让我们看到:信仰,是所有脱贫攻坚战场上的牺牲者的心灵密码,是他们共同的精神基因。它让我们坚信:心中有信仰,脚下有力量!

回到驻地躺下时已近半夜两点,一夜的长途奔波我们不但用实际行动拉近与困难群众的距离,更把自己的心与困难群众连接在一起。早上五点半起床后,来不及缓解长途奔波的劳累,我们又头顶星光马不停蹄往四十公里外的渔阳宾馆会场赶去。雪是冰冷的,心是火热的!一颗红心永向党!我要用纯洁的心灵做好驻村帮扶工作。

(二)把帮助困难群众脱贫致富列入重要议事日程

蓟州区召开推进精准帮扶农村低收入户座谈会议,会场上方悬挂着"蓟州区推进农村低收入户'帮扶攻坚行动'座谈会"的布标。我们从区委组织部精心拍摄的宣传片中,看到一户户困难家庭,一张张面孔,听到贫困户的"掏心窝子话"。宣传片给我们带来了强烈的心灵震撼,深深地触动了在场的每一位党员干部,也对结对帮扶这个光荣的使命有了更深一层的理解。

宣传片播放完毕后,会场大厅的灯光亮起的瞬间,我从参会者的表情上看出每个人的心情都是沉甸甸的。尽管几个月来我们在村里走访了所有的困难家庭,今天的宣传片仍然让我的心久久不能平静,我看到会场上有很多同志难以抑制沉重的心情,不停地用纸巾擦拭眼睛。

俗话说"天下顺治在民富,天下和静在民乐"。中国共产党探索中国道路的过程,就是不断为民造福的过程,就是让亿万人民与祖国共同成长的过程。我们每一名党员,特别是负责帮扶工作的党员干部,如果不时刻挂念着这些乡亲们,我们还有何脸面去谈自己是一名公职人员。

(三)情暖乡村孤寡老人

驻村伊始,恰逢积极推进农村危房改造工作。2017年9月28

日,下仓镇领导到乔安子村走访农户现场察看了解危房改造进度,与危房户主面对面沟通。

我们驻村帮扶组与村干部一起陪同来到乔国琴老人家。进了大门,我们径直穿过院子进了堂屋。顺着门洞向里面看,一位头系浅蓝色头巾的老人在灶台前手里拿秸秆正在往灶台里添柴烧火。村干部一边往前走一边大声地和老人家打招呼,听见动静,老人停下手里的活,抬头看到我们不是本村人,赶忙热情地招呼:"来来来,赶快进屋坐。"

老人的屋子各种陈设极有年代感,但收拾得干净整洁,有种"斯是陋室,惟吾德馨"的感觉。老人家中设施简单,家中大件的物品也不过是在炕上整齐放着的几个木制箱子。炕上整齐地叠放着洁净的被子,简简单单的几样物品,想必已经是老人的绝大部分生活所需。

乔国琴老人是乔安子村原党支部书记吕方的遗孀,2017年6月吕方去世,夫妻膝下无子女。随着年龄的不断增长,老人自我照护能力变得不足。为了不给政府添麻烦,这位独居老人拒绝了政府妥善安排的进敬老院的生活。常言道:"金窝银窝不如自家的草窝。"房子、用品、照片等,每一件东西都有她情感的投注,看到这些就会让老人想起老伴儿或者过去的美好回忆。

经过综合分析研判,乔国琴老人居住的房屋之前出现的屋面漏雨,是瓦片破损而造成的,只需要购置一些新的屋顶瓦更换就行。

了解到乔国琴老人的情况后,和平区律师行业党委的几位党员同志带着精心为老人购买的天津特色传统糕点以及五百元慰问金来到乔国琴老人家里,给老人带来了节日礼物和祝福,并表达了党组织的关心和祝福。党的温暖就像是太阳的光辉,也温暖了老人孤单的心。

2018年1月13日,天津财经大学领导来到帮扶村慰问困难群众,将党的温暖、祝福送到他们的心坎里。在乔国琴老人家中,校领导详细询问了老人的生活情况、身体状况等,叮嘱我们驻村帮扶组同志要时常关心照料老人,努力让群众过一个温暖的冬天。

每逢周末,我都会回家探望母亲,陪她说说话。闲聊中与母亲说起乔国琴老人,老人比我母亲大一岁。母亲自小在武清区农村长大,对农村有着很深的感情,对农村、对农民、对乡村的土地都有一份特殊的感情。母亲在家里专门为乔国琴老人包好了饺子,买好了元宵,母亲特意叮嘱了我煮水饺的方法和步骤。

正月十五早上九点,蓟州区召开结对帮扶困难村工作视频推动会,我们驻村工作组要在九点前赶到镇政府参会。一大早,我们早早就起来了,我们把煮好的水饺和元宵,用保温盒装好,我又提前启动车辆并把暖风开到最大档,第一时间把水饺和元宵送到了乔国琴老人身边,叮嘱老人趁热吃。看着幸福的笑容洋溢在老人的脸上,我们的心里就跟喝了蜜一样甜滋滋的。随后,我们赶往二十公里外的镇政府参会。"老吾老以及人之老",关爱老人、尊敬老人、孝敬老人是我们中华民族的传统美德。每年的正月十五元宵节,我都会情不自禁地想起这件令我难忘的事。

五、大学生志愿者助力帮扶

2022年10月17日是国家第九个扶贫日,也是第三十个国际消除贫困日。利用好这一时间节点,我们帮扶组又出新招。当晚,我校法学院研一新生吴薇、会计学院研一新生贾铭烁、会计学院大三本科生李松冕等人来到我的办公室,与金融学院研二学生刘攀、商学院毕业生李同昱、吴亚宁、王海森等人以网络会议形式连线,共话天财志愿服务活动。

这些大学生志愿者们还给村里的孩子们写了一封家书,他们从自身经历与个人感悟出发,以书信的形式,鼓励弟弟妹妹们,不要因为眼前的磨难就放弃自己的梦想。

天津财经大学团委自2017年10月17日在东太河中心小学建立"天津财经大学青年志愿者服务基地"以来,各学院多次组织师生来到帮扶村开展形式多样的志愿服务活动,用实际行动践行志愿服务精神。正值暑假,有的大学生忙于兼职赚钱,有的上网追剧,有的避暑休闲,而天津财经大学的在校大学生却在帮扶村里做起了志愿者,以实际行动践行了奉献、友爱、互助、进步的志愿精神。驻村帮扶四年间,志愿服务这颗种子播撒到了帮扶村每一个角落,并渐渐生根发芽。

(一)为家乡农产品代言

2020年五四青年节到来之际,天津财经大学马克思主义学院的宁薇教授带领蓟州区在校大学生吴欣瑶、吴薇、王海森等人回到家乡,为家乡农产品代言。为了发挥大学生的聪明才智,给乡村注入新的活力,我们驻村帮扶组向以天津财经大学为主的全市大学生们发出志愿者招募的消息。大批大学生的到来,给沉闷的村庄带来了青春亮色。有来自天津大学的博士生、硕士生,也有本科生共三十多人。天津大学在读博士生大茜正是从这个村里走出的大学生,她太理解农村孩子用知识改变命运的迫切心情,同时她也明白,作为"村里的希望",自己必须用所学知识回报家乡,肩负起乡村振兴的使命。

听闻乔安子村的老人说村里历史上出过举人,有着深厚的文化底蕴,恰逢有大学生志愿者来此为家乡农产品代言,我萌生了成立一个大学生工作室以便共商帮扶事宜的想法。说干就干,我们便动工仿照高校学生会创建工作室,没多久乔安子村大学生工作室便揭牌成立了。

成立初期,我绞尽脑汁为乔安子村设计了村徽、村标、村旗,并邀各位大学生提意见进行改进,最终敲定了一款大家一致赞同的版本。村标我们选用了乔安子村的标志性风景兰泉河,再绘制上当地农民最青睐的农作物麦穗,表现乔安子村独有特色的同时也彰显了农民本色。

在帮扶组老师的带领下,大家开始思考如何能给这个村子找到一条产业发展的新路,真正实现从"输血"到"造血"。通过调研发现,这里耕地面积有限,村民大多种植玉米、小麦维持生计,日子过得紧紧巴巴,于是大学生和帮扶组的老师们经过反复研讨,启动了"为蓟州绿色农产品代言"活动。

按照他们的设想,首先邀请农科院专家帮助村民规划新的种植方案,改良农业生产结构,将种植方向转向经济附加值更高的绿色农产品。启动网络直播带货等销售方案,解决乡村绿色农产品进入城市消费者菜篮的"最后一公里"的问题,提升利润空间,帮助村内低收入困难群体增收。

蓟州区好山好水,为绿色有机优质农产品生长提供了得天独厚的条件,当地的黄花山核桃、盘山磨盘柿、天津板栗、红花峪桑葚等农产品声名远播。为了让两个困难村村民的钱袋通过消费扶贫鼓起来,帮扶组协助村里成立了"铭心""初心"两个农产品科技有限公司。天津市农科院专家王胜军受邀多次来到村里考察种植情况,平日还通过网络视频会议的办法,与农户交流,向他们传授新观念、新技术。

大学生们也成为网络主播,通过一次次线上直播和线下活动,为家乡的农产品代言。随着一批批绿色果蔬从大山运进城里,再摆上市民的餐桌,困难村也在一点点发生变化。大学生志愿者还发挥自己的影响力,倡议全市其他高校师生也积极参与进来,把蓟州区优质特色农产品直接引入校园,为蓟州区农村低收入户进行捐购,也为各高校师生员工提供了优质特色产品。

"铭心""初心"两个农产品科技有限公司成立两个多月来,已销售农产品近三十万元。销售的农产品不少都是来自村内低收入困难家庭,公司以高于市场均价的价格收购,让当地农户看到了通过奋斗改变生活的希望。

利用自己所学,为家乡农产品"走出去"出谋划策。五名大学生都说,从事志愿活动的这些日子,他们从每一位蓟州人和志愿者的身上,都感受到无私奉献、不求回报的精神,这也成为不断激励他们前行的动力。多样化的岗位,让学生可以根据个人的专业特长、兴趣喜好、职业规划等进行选择,增加未来就业的信心。

(二)帮扶村里来了"大学生雷锋"

2021年3月5日,在学雷锋日到来之际,天津财经大学在校大学生一结束上午的网课学习,会计学院的辅导员就马上带着他们从蓟州城区赶到乔安子村。他们穿上红马甲,做起志愿服务工作。帮忙设计修改村标、看到文化墙因风吹日晒而褪了颜色便立即找颜料修补,帮村里的图书室编码,修剪树枝、清理垃圾更是不在话下。志愿者们动手美化了困难村的生活环境,温暖了帮扶村每一个人的心。

大学生志愿者们发挥自身特长进入困难家庭,与村中需要帮助的在校学生结对子,提供学业上的辅导,积极帮助他们解决课业上的困难。志愿者们还来到沽东村爱心帮扶文具店,购买了许多文具送给困难家庭的学生。

离开村里前,这些大学生志愿者们有些依依不舍,大家集体合影留念,留住爱的瞬间。为了让困难家庭感受到社会的关爱,我们尽最大的努力来温暖他们。天津财经大学发挥自身优势,在帮扶过程中将青年志愿者服务常态化。流动的大学生群体,不变的是一直传承着的雷锋精神。

清扫、助学、公益认购……大学生志愿者们觉得自己有一种很满足的感觉!来自会计学(财务会计)专业的吴亚宁同学参加活动后表示,这是一次非常有意义的服务,青年大学生走进乡村,感悟乡村振兴的日新月异,更加深刻领悟到习近平总书记在全国脱贫攻坚总结表彰大会上阐述的伟大脱贫攻坚精神,坚信生活越来越好,奋斗一直在路上。

(三)"五四"青年节这样过,让乡村少年"挺起胸膛"做人

2021年"五四"青年节当天,在我的引荐下,天津财经大学统计

学院的志愿者们，来到了乔安子村，开展助力乡村教育的主题活动。

往返要好几个小时，所以当天大家很早就出发了，大概九点钟就到达了乔安子村党群服务中心。此时，几个村里困难家庭孩子们也陆续赶来了。这些孩子和普通家庭的孩子不太一样，每个人的背后都有一些伤痛，那是他们背后的伤疤，也是他们抵御生活的一副硬邦邦的铠甲。可他们又和普通的孩子一样，有着学业上、生活上的烦恼，也有着对未来的憧憬和无数的希望。

为了能够拉近和孩子们之间的距离，志愿者们拿出提前准备好的糖果。经过一轮"甜蜜攻击"和嘘寒问暖，孩子们开始主动直视志愿者的眼睛，也会小声地跟志愿者们说悄悄话。

志愿者王泽潇讲了她此行的故事："在这些孩子当中，小男孩解有光给我留下了非常深刻的印象。他总是低着头，一边咬着下嘴唇一边揪自己的衣角，眼里透着害怕，一边悄悄瞟我们一边往椅子里缩，完全是防范的姿态。说实话我第一次遇到这样的情况，我接触过的七八岁的小朋友即便刚开始确实会害羞一些，大部分也都很快就变得活泼起来。可当其他孩子已经开始跟我们志愿者慢慢熟络，叽叽喳喳问东问西的时候，他还是不讲话，就好像有一层窗户纸把他和欢快的气氛隔离开。在我们的不断尝试下，他终于参与进了游戏当中，我们也终于在他脸上看到了他那个年纪所应该有的简单快乐，那种成就感是无与伦比的……"

王泽潇又接着说："同我们慢慢熟络后，孩子们开始同我们分享自己的生活琐事。当得知这些青年志愿者都是大学生的时候，年纪大一点的孩子明显眼睛都亮了起来，滔滔不绝地发问，想要了解我们的学校里最高的楼有多高，上课都学什么内容，大学教授的知识有多渊博，有没有图书馆，做不做作业等。在这一问一答之间，我能感受到孩子们对大学校园的憧憬，但也感受到了这里的孩子普遍存在的胆怯和不自信，不论是在生活方面，还是在学习方面。"

教育是改变一个人最直接的方式，乡村孩子们各方面的不自信是我们想努力补齐的短板。每一个孩子都有接受更高水平教育的权利,我们志愿者应该做的就是把外面世界的绚烂、未来的璀璨讲给村里的孩子。当一幅幅流光溢彩的未来蓝图在孩子们面前徐徐展开,谁不想去冲一把呢？一个梦想的实现,或许更多需要个人的禀赋与努力;普遍梦想的实现,则更多需要无数人持之以恒、前赴后继地奉献。当我们走进乡村小学的课堂时,不单单需要解答孩子们在学业上的困惑,同时也应该结合自己的见闻,以高度的同理心和饱满的激情去重塑乡村孩子的自信心,让他们也和大城市的孩子们一样挺起胸膛,自立自强地成长。没有人能选择出生在什么样的家庭,也没人能改变另一个人的境遇,我们能做的就是尽最大的可能保护他们眼里的光。告诉他们不要被困难束缚手脚,没有伞的孩子同样可以去闯荡。

随着《我和我的祖国》的旋律回荡在那间小小的屋子里,我们志愿者和孩子们的活动也接近了尾声。当稚嫩的童声唱响这首著名的爱国歌曲时,不知不觉间我已经红了眼眶。"清澈的爱,只为中国",看着这些年轻生动的面孔,我仿佛看到了党不断壮大的后备军,仿佛看到了一代又一代有理想、有担当的"后浪"。

临走前一位母亲拉着我的手说了好久的话。她说小时候没有人告诉她要上大学,一路都是自己跌跌撞撞走过来的,现在小朋友多幸运,能直接和大学生做朋友,再不用和当初的自己一样像只井底之蛙。村里的老师也说大学生青年志愿者们给他们带来了很多新的教育思路,也算是我们为助力乡村教育所做的微不足道的贡献吧。

送走孩子们之后,我们志愿者一行人来到村里的小广场为志愿者精神文化石描红。看着石头上逐渐清晰的字迹,回想着孩子们的笑脸,我仿佛突然明白了志愿者精神的内涵。所谓"奉献、友爱、互助、进步"不就说的是我们与孩子们的关系吗？我们捧着一颗真诚的心来到村里,希望能通过自己微薄的力量帮助孩子们解答学业和生活上的困惑,希望能和他们分享成长感悟。德国哲学家雅斯贝尔斯说过，"教育的本质就是一棵树摇动另一棵树，一朵云推动另一朵云，一个灵魂唤醒另一个灵魂"，也许就是因为我们的某一句话，孩子们能对他曾经不知道的某个领域产生兴趣，从而锐意进取，奋发图强，这是多么有意义的事情。

天津财经大学的大学生们在帮扶村的志愿活动感染着帮扶村在外打工的青年人，如今他们一到休息日便回家参与到志愿活动中，为家乡建设贡献自己的力量。一个志愿者的出现，是个人奉献精神外化而来的偶然事件，而无数志愿者的涌现，才让青春的激情赋予了志愿精神生根发芽的丰腴土壤。在我们到来之前，已经有志愿者来奉献过他们的青春热血，在我们之后，必定还会有一批又一批的青年人到乡村学校来，这就是志愿者精神的迷人之处。我们只是千军万马中的小小一员，在未来，志愿者精神会在这个小村子里生根发芽，为乡村教育事业注入源源不断的新鲜血液，培养出一批又一批有志青年。

乔安子村依托新时代文明实践站对乡村儿童开展的帮扶活动，如今已成为我市着力推动志愿者服务工作、城乡均衡发展的典型缩影。"天行健，君子以自强不息"，我希望我们这批志愿者给乡村孩子们带来的是自信自立的傲气，是能挺起胸膛成长的底气，是敢于去创新、创业，敢于闯世界、改变未来的勇气。

六、服务考生志愿填报，助力乡村学子梦想启航

6月下旬，正值高考发榜和志愿填报之际。农村考生家长务农打工者居多，平时对志愿填报的了解和研究很少。而考生们都有自己的梦想，但往往缺少科学系统的规划，所以在面对高考这一人生分水岭时，对于志愿如何填报往往陷入迷茫和焦虑。特别是看到《报考指南》里密密麻麻的招生院校和专业代码时，就感觉"有点儿头大"，不知从何入手。每年出于各种原因，考生盲目填报志愿导致招录滑档的不在少数，也有的考生报考了自己不喜欢的专业，学起来费劲不

说,毕业后还没有理想工作。我了解到这些问题,就主动为孩子们做起了参谋。

是去外省市还是留在本市?指南里列的专业都是学什么?学的专业将来从事什么职业?所考分数可以填报的院校范围有哪些?凡此种种,在家长和考生的头脑中都是一个又一个的问号,急需找到答案。情急之下,他们带着迷茫和困惑来问我们驻村帮扶组,希望我们能够为他们指点迷津、支招解惑。

其实,在村民找到我们之前,我们便想村民之所想,急考生之所急,提前对各村学子参加高考情况进行了调研和预判,为志愿填报工作做好了充分的准备。

高考前期,我们和两个帮扶村"两委"一起走进农户家中,逐户摸排村里高考学生情况,了解考生未来的兴趣特长和就业意愿,确保不落一户、不漏一人。同时,将服务范围辐射到周边村子,凡是高考学生有需求,我们做到有疑必答、有需尽帮。走访过程中,多位村民提到家里有小孩参加了今年的高考,但对高考志愿的填报知之甚少。针对村民的现实需求,帮扶组主动提出发挥自身高校招生工作的优势,当即与村"两委"商定,召开志愿填报会,一对一为有需要的家庭提供志愿填报指导。帮扶组还专门建立了微信咨询群,及时在群里解答大家提出的问题,并公布了自己的手机号码和办公地点,随时接受大家线上或线下的咨询。

活动中,我们驻村帮扶组成员化身家庭教师,利用有限的办公条件,在帮扶组驻地搭起临时咨询处,免费为帮扶的两个村和周边村子本年度参加高考的考生提供高考志愿填报指导及大学职业生涯规划服务,吸引了二十余名考生及其家长到现场参加。

面对家长和考生的困惑,聚焦学生和家长需求,我们帮扶组志愿团队教师把多年累积的填报经验和相关知识倾囊相授,从学校批次、最低控制线、调档比例、高校录取步骤,如何选择大学或专业等方面进行详细讲解。现场学生和家长认真听、仔细记,在我们的耐心讲解下，考生报考学校开拓了思路，他们对志愿填报和未来的职业规划有了更直观、更清晰的认识。驻村帮扶工作组还提醒考生及家长要擦亮眼睛、防止受骗，通过官方公布的查询方式，查询高考成绩和录取情况，同时，还对大家咨询的"军校招生""公安类招生""公费师范生"等相关问题进行了一一解答。

做咨询时我首先会问孩子喜欢的职业和特长，然后匹配院校信息，综合考量后提出建议，一直到学生的录取通知书下发，我心里的石头才会落地。本着教育帮扶"一个都不能少"的目标，我们帮扶组竭尽所能地让需要帮助的孩子享受各项帮扶政策，最大程度上为经济困难家庭减轻了教育支出的负担，圆了莘莘学子的大学梦，极大增强了他们的自信心及社会责任感，让他们懂得饮水思源，从而更加坚定报效祖国、回馈家乡的信念，同时也为帮扶村今后发展注入了强劲势能。

有的村民说："城里填志愿咨询要五千元，而你们帮扶组提供免费咨询，我们村的孩子好有福气啊！"那段时间我们经常工作到大半夜。不久，我们无偿提供咨询的事情便传开了，周边村庄的家长闻讯赶来，诚恳地请我们帮助，我们都毫不推脱，倾力相助。村里有一个孩子考了五百零几分，报考天津科技大学等院校分数不够，最后，经我们分析指导报考了离家近的廊坊的一所院校。乔安子村另一个高三考生小阳激动地说："老师，我要是早认识您该有多好！有您帮我指导，我肯定能上大学！"我说："你的意思是与我相见恨晚了呗！"我听学校招生办公室负责人说还有一些学校再过三天会征询志愿，我立马帮助她挑选志愿提供意见，最后她成功考上了东北地区的一所高校。她的妈妈满怀感激，事情一有着落便马不停蹄地给我送来珍贵的土鸡蛋。我和小阳加了微信，成了微信好友，直至今日我们每逢年节都会发微信彼此问候。

七、打造农产品平台,"驻"进村民心里

乡村的振兴,要靠建设,更要靠经营。所谓乡村振兴的经营之道,是要全面贯彻"五个振兴"要求,把乡村当企业,研究适合的产品、市场、营销、收益,从而使农民村民收入更高。现如今村子里主要依靠财政转移支付,缺乏造血功能,于是我们进行周密计划后,帮助沽东村、乔安子村分别成立了铭心、初心农产品销售公司。然而,村里的蔬菜、鸡蛋、香菇、水果等农产品数量供应有限,于是,我想到了把眼光放到蓟州区甚至邻近的唐山市,确保两家公司的货源充足。

帮扶村附近的下仓镇往北有个蔬菜基地,为了省下运输费,经过一番考察调研后,我们帮扶组与村里商议决定在这里购进蔬菜、水果、鸡蛋等农产品。此时,我们驻村帮扶组又化身成了"买卖人""公司经理"。刚开始的合作还是很愉快的,但是,当我们不断地扩大"战果",甚至将农产品卖到了北京市区后,基地的供应商开始动起了"歪心思",装在纸箱里的农产品"个头"开始变小,尤其是西瓜,蔬菜的质量也参差不齐。

我宁肯自己掏腰包往里面赔钱,也绝不能坑了信得过我们的同事和亲朋好友!我找到蔬菜专家李海燕老师,请她帮忙再联系货源,寻找更合适的供应商。很快,通过再次考察,我们选取了静海区的一家蔬菜、水果供应商,严格把控供货质量。路途虽较蓟州区远了一些,但是质量有保证,我们心里才能踏实。

不过,村集体没有钱付给厂商怎么办?这可愁坏我了,突然灵机一动,可以先收款再送菜。于是我开始翻找手机通讯录,从上到下一千多人,找到几十位"目标人物"。我立刻和时任天津财经大学艺术学院党委书记陈书记打电话:"您家里晚上做饭吗?我给您送菜呀,你就甭管了。您给我1200元,三个月里我每周五给您送一次蔬菜,保证新鲜。"除此之外,还有招生办封文波主任、马克思主义学院丛屹教

授、经济学院耿伟教授等，大概有四五十份。我靠着这样的"化缘"，村里有了周转资金。后来，客户们反映每周100元的蔬菜吃不完，要求搭配其他不一样的产品，我又犯难了，这时我想到河北省保定市阜平县龙泉关镇骆驼湾村村书记刘华格，由她帮我联系了石家庄市太行山鸡蛋，每星期一辆卡车准时送到村里。我在每一箱蔬菜里放一打新鲜的鸡蛋，再加上山区的小米，很受老师们的欢迎。有一次，我需要去承德市的蔬菜基地买香菇。由于从未做过生意，运输车到天津后，我才发现每袋香菇有200斤，需要亲自分装。当时天津正下雨，为避免香菇腐烂，我和弟弟把它们搬到住在一楼的母亲家里。八十多岁的母亲主动分装香菇。剩下的香菇屑没办法卖出去，母亲自己掏腰包补上，必须保证来的时候多少斤，走的时候多少斤。

　　此时，问题又来了，有了公司，有了货源，包装却是个大问题，100元的蔬菜包装却需要13元钱用来包装，成本极高。于是，我想到了远在浙江省慈溪市正大特种车辆有限公司担任总经理的好友李文军。承诺在纸箱外面印上他们公司特种车辆的广告，这样我们就可以收取广告费之后订购纸箱，双方互利共赢，一举两得。

　　带着"美好"的想法，我拨通了好友的电话，好友说，"您先把纸箱的外观设计发给我看看。"我便马不停蹄地找到天津财经大学艺术学院孟红雨副教授进行沟通，孟教授连夜便把纸箱的设计方案搞出来了。好朋友看完设计图后决定在关键时刻"挺身而出"，很快印制纸箱的两万元钱打到了华明纸箱厂的账户上，成功帮助我们解决了包装经费紧缺难题。

　　有了货源、有了包装，产品卖给谁，这是更大的问题。电话约定好时间，我便来到了华明集团与副总裁佟洁进行沟通，并敲定了一笔"大买卖"——华明集团把近千份的职工福利给了我们村里的公司。初战告捷的喜悦心情难以言表，村里的老支书等村干部、村民们也都很是兴奋，这件事填补了村庄发展史上的一个空白。

　　高兴之余，不能忘记签订合同。当天，老支书、村干部们都换上了喝喜酒时才穿的新衣裳,发型好像与往常都有点不一样了。分管镇领导也紧跟"业绩"兴冲冲地赶来了,天津财经大学组织部长周艳萍代表学校党委也来到了华明集团。在大家的共同见证下,沽东村载入史册的"大买卖"合同成功签订。

不仅如此,天津财经大学校离退休工作部党委也尽力支持着我们的工作,把"重阳节"慰问离退休老同志的慰问品工作给了我们帮扶村的公司。根据每份礼品150元的标准,我们定制了大包装礼盒,丰富了蔬菜品种,质量上也提升了一个档次,甚至增加了部分水果,老同志们非常满意。另外,我们看到了这样一个机会,又做了一个细致的工作,在每一个蔬菜礼盒里边放一封驻村帮扶组给全校离退休老同志们的信,信中表达了对老同志们支持脱贫攻坚及对帮扶困难村工作的衷心感谢,也提到了驻村帮扶工作遇到的困难。这件事赢得了全校离退休老同志的交口称赞。全校六百多位离退休老同志,再加上外面的单位,我们的蔬菜定盒订购量一度达到一千多份。

我们倍加珍惜这来之不易的机会,积极筹备货源的同时,按照离退休工作部提供的地址按照区域做了分配,将新鲜的蔬菜礼盒作为回礼逐家逐户地送去。当时工作量相当大,仅凭我们帮扶组三个人的力量是完不成的。于是,我的大学同学、我的弟弟等很多身边的亲戚朋友也加入义务送菜的志愿者队伍当中,根据他们的居住地及熟悉的街道划分出区域,这才能确保在短时间内,把一千多份蔬菜礼盒任务按时保质保量地完成。有时候晚上十一点才能送完蔬菜,虽然很疲惫、很辛苦,但是看到自己为村集体收入取得的成绩,我感到很欣慰,心里充满幸福感。

另外,在学校各基层党支部、社区、医院、企事业单位等做结对帮扶困难村的党日活动时,我向他们提供免费宣讲,大家都很欢迎,也想把本支部的工作融入结对帮扶困难村的脱贫攻坚中去。我利用周末时间,自费到京津冀的其他困难村进行深入调研,宣讲时把村里的困难情况一一摆出来。由于同志们一般只在电视上看到,并不真正了解困难村的情况，通过我的宣讲，大家很受触动，直观地感受到脱贫攻坚的战场原来这么困难，纷纷想献爱心。每到宣讲结束，我都会给大家抖一个包袱，"李处，我们也想做点贡献，怎么办？""您别着急，门口那车是我带来的！"大家会心一笑，门外蓟州绿食集团的工作人员已经把流动售货车农副产品的摊位整齐摆开，大家开始踊跃购物。基本上每次的党日活动都会卖两三千元，有时达到五六千元，按照销售额的百分之十提成，那么一场活动能给帮扶村的村集体收入增加五六百元，这样的"字节"每天都在跳动，尤其振奋人心。村民们有时见到我在村里，还会开玩笑地说："李处，您今天没有出去宣讲啊！"村民们其实并不是关心我在村里，是因为我去宣讲，村集体的收入就会增加。我们驻村帮扶组和村干部完全形成了一个实时的宣传小分队，到各个单位主动出击，一点点地增加集体收入。2018年底蓟州区召开全体驻村干部总结会，我被邀请上台做经验介绍，讲讲我主张消费扶贫的故事。

给了我们村里公司"生意"的单位，要求我们把蔬菜送到每一家、每一户的门口。如果找快递公司送，公司的利润微乎其微，于是，为了节省开支，我带头亲自开着自己的"小货车"挨家挨户地运送蔬菜礼盒，帮扶组同志们也加入其中，能装的尽量装满，能不雇用外车就不雇用，把钱节省下来都留给村集体。无数次的奔波，无数次的装卸，我们帮扶组俨然成了名副其实的"快递小哥"，夜里凌晨忙碌穿梭的身影不知留在了多少个社区、学校、医院。有一次，一家单位订购的几十盒蔬菜礼盒突然不要了，我只好自己买下来，又让我的弟弟分别送给我家里的众多亲朋好友，就说是我提前给他们拜年了！省下的包装费用，积极采购的货源，再加上帮扶组主动承担的快递任务，100元的蔬菜，能够给村集体取得高达百分之三四十的利润，这样的话，村集体经济收入增长速度很快。

我们帮扶组几乎每天都关注着自己的"生意"，看看村集体账户上增加了多少钱，冲刺关头，村集体经济还差十多万元。校领导也很惦念着我们,组织部长周艳萍在一次二级党委书记会上提到了此事,天津财经大学各二级党组织书记们被我们的事迹所感动,会后便在各自的单位发起号召,鼓励大家在线上线下踊跃购买农产品,帮助我们冲刺完成任务。

激动人心的时刻到来了,2020年7月1日、2日,天津财经大学史无前例地在线下开展了一次特大型的校园展卖活动。蓟州农产品公司准备了大量的货物,在天财校园里展卖,全体天财人万众一心,众志成城,通往家属院区的小门全部开放,教职员工踊跃购物,退休老同志们也不甘落后,以各种方式前来认购。借此机会,我们帮扶组还召集了众多的亲朋好友从四面八方赶来积极认购。

与此同时,我们在线上建立了农产品销售群,天财教师周四下单,我们周五便会按照约定把教师们认购的蔬菜礼盒放在有空调的会议室里。夜晚的天财校园是宁静的,后勤处会议室门前却常常穿梭着一些忙碌的身影。

两天时间,"天财人"认购了四十余万元的蓟州农产品,按照蓟州区委的要求,这笔销售额的百分之十将通过蓟州区财政局转到下仓镇财政所账户,成了我们两个帮扶村的村集体经济收入。帮扶村的集体经济数字一直在不断地攀升,镇里的兄弟单位帮扶组也纷纷地向我们学习取经。在我们帮扶任务完成时,两个村的集体经济收入比要求的20万元利润多出了近一倍。

这边学校校园里展卖有序进行,货源自然也不能落下。我在结束下仓镇的帮扶工作推动会后,再次独自驱车前往150公里外的唐山市丰南区一个蔬菜大镇。在乡镇领导和村书记的组织协调下,二百多人齐心协力,终于在晚上九点多将八百余箱蔬菜、水果全部装车驶往天津海河教育园区、财经大学等诸多点位。当时我独自一人驾驶着飞度牌"小货车"行驶在高速路上,两侧不断有大型车辆快速驶过,一下困意全无。紧张的心悸感袭来,我只得坚持握紧方向盘直到驶出高速才敢抽空服药,好在心里始终有一个信念。到了村子后,如释重负。帮扶组的同志们坚持让我紧急就医，我数次婉拒，必须坚持把任务完成。看到公司的业绩在不断地攀升，能说会道的村干部也不得不佩服我说："要是李处自己开公司，早就赚大钱啦！还用开这小破车。"

长期的奔波劳碌，让我年过半百的身体吃不消。早在2018年学校的一次体检中，我的胆囊就查出有5毫米的息肉。医生反复叮嘱我要注意饮食。然而，心系驻村，就是找不出时间就医，每天日程排得满满当当，一事接着一事地干，累了就倒下睡一觉，感觉好些了就再战。脱贫攻坚冲刺阶段，长时间的过度劳累，让我数次在农场、驻地突发心脏不适，我始终坚持着，实在难受了，就买点速效救心丸暂时缓解一下。

无论遭遇多么困难的境地，我都时刻提醒自己，咬紧牙不要退缩，要有绝处逢生的毅力。村里还有无数双眼睛在看着我们，沈浩书记还在看着我们，不能倒下，坚持、坚持、再坚持！在决胜阶段，无论前方的路多么崎岖，我们都必须拿出必胜的决心和勇气，勇往直前。

由于周到的服务和严格的质量把关，回头客们一次次把订单派给我们，目标任务还差一点时，天津电子信息技师学院又给我们十几万元的业务，给我们很大帮助，最后两个帮扶村的村集体经济效益比原定的20万元多出三成。这条路是我们驻村帮扶组拼搏奋斗出来的一条路，一条血路，这在蓟州区乃至整个天津市都是不多见的。

我们驻村帮扶组代表学校出征，圆满顺利地完成了四年驻村帮扶任务。在这个曲折磨难的过程中，帮扶组每一位工作者，支持过我的亲朋好友，还有无数热心的天财人都作出了巨大的贡献。没有他们"一方有难，八方支援"的气节，帮扶工作必然举步维艰。在2021年7月1日建党百年表彰会上，我激动地说，在市委、市政府的领导下，在校党委的坚强领导下，在全体天财人的大力支持下，我们与帮扶村父老乡亲们勠力同心，艰苦奋斗，取得了喜人的硕果。这一成绩的取得是校党委高度重视的结果，是全体天财人共同奋斗的结果，在这里,我代表帮扶村父老乡亲们向全体天财人表示衷心的感谢!深深地鞠躬致谢!

八、帮扶工作完美收官

春华秋实,脱贫攻坚任务决胜后的一天早晨,我依依不舍地走在乔安子村翻新过的水泥小路上,不自觉沉醉于乔安子村的景色中。往前走,进入眼帘的是一向习惯早起的乔明德大叔,他正把树枝搬上自己的电动三轮车,小石头的姥姥也早早地起来在自家的小菜园里忙碌着,一见我便笑呵呵地向我打招呼,精神头十足。

"春种一粒粟,秋收万颗子",村地里,这里一片片金黄的玉米如珍珠般颗粒饱满;那里,一畦畦碧绿的白菜叶上挂满了晶莹的露珠,在阳光下一闪一闪,分外夺目,还有那一颗颗红灯笼似的柿子挂满枝头……这不就是诗人眼中的世外桃源吗?回顾走过的四年帮扶路,酸甜苦辣,让我久久回味,感慨万千。

回想驻村帮扶四年的点点滴滴,从一筹莫展、无从下手,到引领党员和村民振奋精神投身于脱贫攻坚工作。改造环境,绘制墙壁画卷、整修道路、植树绿化美化,让党的政策植根乡村。浸润思想,教育先行,搭建起提升乡村教育的空间。如今,村里的绿植渐渐增多,鲜花开放,争奇斗艳,平日里越来越多的村民愿意出门锻炼身体,与邻居唠唠家常,还有很多小夫妻在花丛中拍合影,留下记忆中最美好的瞬间。村里的孩子不仅有了更好的教育资源,家家户户的经济生活也有了巨大改善。

走到沽东村北头党建林时,昔日我们帮扶组与村民们一起奋战的场景还历历在目。我在"团结战胜一切"文化石旁久久驻足,在阳光的照耀下,文化石熠熠生辉。我们来到人生地不熟的困难村,切身感受到了团结就是力量的真谛,团结可以产生智慧和勇气,团结可以帮助我们克服一切困难,走向最后的胜利。

　　回忆着，我不经意间走到了沽东村南村口，不多时便看见健身广场上，大人小孩们熟练地在健身器械旁锻炼着，你瞧，沽东村老党员李大华带着儿子、孙子欢快地敲着锣鼓；你看，村民们闻声都从家里赶过来，一起乐呵呵地敲起来了；你瞅，老党员韩丙芬见状也带头扭起了秧歌。看着这片广场，谁又会想到四年前这里是一片荒地。是我们驻村帮扶组带领大家陆陆续续地开垦、修建，这片荒地才变成现在地面平整，可以供大家休闲健身的广场。

　　再往前走，宣传橱窗旁，李宏柱正向村民介绍着安全用电知识，阳光散落在他紫红的脸上，更加明亮，一切都欣欣向荣。这个小屋子之前破破烂烂的样貌却还记忆犹新，曾经脏乱差的街道两旁现在整齐排列着新栽种的小树苗，郁郁葱葱的，向着阳光，充满了无限生机，曾经和帮扶组同事们一起清理路边垃圾的场景浮现在我的脑海里。

　　前面是低保户张桂敏的房屋，这栋村中最破旧的危房，曾是肉眼可见的年久失修，内部陈设的家具也都是破烂不堪。如今，在我们的大力帮扶下，变成了宽敞明亮的小平房，换上了崭新的家具，门口砌筑着三级水泥石阶。房子的正前方，党群服务中心上空高高飘扬的党旗异常鲜艳，正面"党的光辉照我心"几个大字闪闪发光。旁边两个公示栏贴满了公告，大门口红砖铺砌而成的广场是村民活动的场地，每到夜幕降临，路灯一亮，广场分外热闹，有舞扇子的，有敲鼓的，这是我四年前不曾想到的。回眸曾经的憧憬变成现实，我内心无比幸福。

　　如今大家的幸福不仅藏在心里，也都洋溢在脸上了。村里安装了长椅，老人们放松地笑着唠闲嗑，有的在长椅上看书，有的孩子们也挤在一起玩闹，好不惬意……

　　沽东村村标文化石，吸引了不少村民驻足欣赏，围墙上"奋进的沽东村，幸福的沽东人"几个醒目的大字更是记录村庄的变化。村民们纷纷来到村标文化石旁拍照留念，张明老支书的儿媳带着孩子来了，张桂敏带着放暑假回到家的女儿张东美来了，多年没有拍过照的解树江也来了……

　　"莫听穿林打叶声,何妨吟啸且徐行。"观望村庄许久,我会心一笑,眼看着由安棋盘驶向下仓站的公交车,从沽东村街中通过,迎着霞光,驶向了远方……

第五章　薪火相传，挖掘"家门口"的红色资源

红色是血、是火、是革命的象征，是中国共产党人用信仰、青春和生命凝铸的最亮丽的底色、最鲜明的文化符号。在蓟州区的每一天，我们都被这里的红色故事感染着，感动着。走进一段波澜壮阔的历史时光，每一个故事背后都蕴藏着无声的力量。在故事中感知革命英雄的坚定信仰，在故事中领略革命英雄的无私奉献。

驻村以前，我曾感觉抗日战争的历史距离自己很遥远。然而通过驻村帮扶不断挖掘村庄红色历史，开展红色旅游项目，我深刻感受到冀东人民在民族危难之际坚强不屈、毁家纾难、无私奉献的大无畏牺牲精神，也更加感受到了自己肩上沉甸甸的历史使命。作为一名驻村帮扶干部，理应立足岗位，挖掘"家门口"的红色资源，帮助乡村书写新篇章。

一、"藏"在乔安子村的红色故事

驻村工作开始后，在深入坊间调研中，我们驻村帮扶组了解到乔安子村和沽东村具有优良革命传统，在抗日战争和解放战争中曾涌现出许多可歌可泣的战斗英雄。时至今日，他们为民族解放事业作出突出贡献的事迹仍被村民传颂。我心想要是把这英雄事迹整理出来，宣传到家喻户晓，不仅会振奋人心，还可以让村民学有榜样，更可以在群众中开展好革命传统的教育，培养好下一代，这是一举多得的好事。我们驻村帮扶组很快敲定实施的方案。我首先收集资料，然后集中整理资料，最后形成文字，同时结合村党群服务中心建设，

设定好党建文化展室的建设预案,将收集、整理工作和党建文化展室的设计布展齐头并进。同时,结合学校的红色教育资料,让教师、学生通过"讲故事""小宣传员"等活动,宣传红色故事。随即,我们主动与蓟州区党史研究室联系,并邀请京津冀党史专家学者多次入村实地调研走访,对两村老前辈乔洪弟、乔国志本人以及李伯春、张汉的后人进行细致访谈,并通过录制音像资料等方式进行宣传,激励后人披荆斩棘、奋斗不息。

(一)硝烟里成长的乡村少年

2018年8月,我们驻村帮扶工作组与村"两委"班子沟通交流后,与时任乔安子村党支部书记乔会斌、乔洪弟本家侄子乔茂领、侄媳妇李彩田一起来到了乔洪弟的家中——南开区西湖道保康里。这个20世纪90年代建成的住宅小区,尽管交通便利,周围设施完备,但相较于周边其他住宅稍显陈旧。老人的房间收拾得干净整齐,虽不豪华但朴实温馨。

刚刚游完泳回到家的乔老,看上去心情非常愉悦。已经87岁高龄的他,耳朵有些听不清,但身体素质很好。高龄和游泳,这两个在他身上最为明显的标签,被乔老爷子短短两句话就"化于无形",他不觉得自己有什么特别,因为他对游泳的热爱始终相随。我们说明来意后,乔老爷子打开了话匣子。没有草稿、没有回忆录,八十多年前的烽火硝烟,老人娓娓道来。

在抗日小学读书的乡村少年

1931年12月8日出生的乔洪弟,七岁时看到了中国共产党领导的冀东人民抗日大暴动。这件事深深地触动着了他的幼小心灵,从此埋下了革命的火种。他目睹了日本军队进村扫荡,对家乡人民进行的残酷屠杀,深深地体会到日本发动的侵略战争给我们国家、民族带来了多么深重的痛苦和灾难。硝烟和炮火在我们这代人的记忆里已经难寻踪迹,但对于乔洪弟那些曾经亲身经历过抗日战争的老人来说,那是他一生都无法抹去的仇恨和记忆。岁月虽然给他的两鬓增添了白霜,但无法消磨他的铮铮铁骨。

乔洪弟回忆说,乔安子村东头儿有一座大庙。这座大庙便是他童年的学堂,殿宇就是他当年的教室。村里和他一般大的小孩都在这里念书,这是他最为真切的乡土记忆。抗日小学的成立,不仅让孩子们学到了文化知识,还增强了他们的抗日凝聚力和向心力,使得孩子们提高了思想觉悟。家住乔安子村西头的乔洪弟目睹在战火中往自家奔跑的同学们不幸被炸弹炸伤的惨痛场景。

1991年出版的《蓟县志》为我们介绍了抗日战争时期蓟县境内一些学校的抗日活动,这为我们了解抗日小学提供了背景资料。

"1938年,许多教师参加蓟县抗日武装大暴动,有的还担任了总队的领导,在大暴动中起了带头作用。1942年,全县有中小学教师577人,其中初中教师15人。在抗日根据地和解放区,政府实行'大量吸收知识分子'的政策,建立文教统一战线,聘用在乡知识分子做教师,组织'教师报国会',加强对教师的团结、教育、改造。各区都制定教师学习、会议和汇报制度。1943年,蓟遵兴联合县举办师资训练班,培养300多名教师。1944年起,县内北部抗日根据地的教师本着'团结广大教师,坚持教学岗位,发扬革命传统,为夺取解放战争的胜利而奋斗'的宗旨建立教师联合会(简称教联会),宣传抗日救国,编写抗日歌曲等。"[1]

聆听着年近九旬老人枪林弹雨中的血色记忆,我们的思绪也被带到那段烽火岁月。日军侵华使中国遭受了巨大破坏与损失,成为人类文明史上极罕见、极野蛮的一段历史。战争形势所迫,当时村里的抗日学校被迫停课,孩子们也因此不能到校学习,但老师们带着孩子们,在那烽火连天的战争环境中,仍然顽强地坚持学习。据1993

---

[1]蓟县志编修委员会.蓟县志[M].天津:南开大学出版社、天津社会科学院出版社,1991年:788。

年6月唐山市委党史研究室主编的《冀东革命史》记载,"在战争环境中,教师和学生的生活是很艰苦的,学校也要采取'游击'的方式进行学习。树林里,河滩上,田野间就是课堂。但是教师们的工作是严肃认真的,孩子们的精神是愉快的,身心发展也是健康的。他们学习文化知识,学习革命道理,也学了许多革命歌曲。正像他们经常唱的那样:"我们在战斗中学习,在炮火中成长,消灭日寇,儿童最坚强。"①生于和平时代的我们,很难想象战火下的乔洪弟那一代人的生活是什么样子的。

抗日战争期间,日寇在冀东大地烧杀抢掠无恶不作,给百姓带来了深重的灾难,遭殃的村落不知凡几。乔洪弟幼小的心灵燃起民族仇恨的烈火,他看到了国家和民族遭受的巨大灾难,也看到了日本帝国主义走向灭亡的历程。

面对日军酷刑严守秘密的坚强少年

有一次,时值农忙季节,日伪军闯进了村里,乔兰荣、乔洪弟姐弟俩正在干农活儿。"那时,我们还是孩子,敌人仍不放过,把我们姐弟俩从地里边赶到了村子里边。"乔洪弟回忆说。

乔安子村的乡亲们全被日军赶到一起,日军拿着一份由汉奸提供的村干部和抗日军属名单问我们,八路军来没来?来多少?到哪儿去了?我说不知道。

有一个身穿丝绸褂、戴着墨镜的汉奸指着乔洪弟,向日军告密:"他父亲叫乔庆云。""你自己不知道你父亲叫什么名字?"面对敌人恐吓威胁,乔洪弟表现得非常镇定,始终一言不发,显示了抗日少年的勇气和骨气。

其实,父亲的身份,他非常清楚。1938年10月以后,抗日战争进入了相持阶段。日本从正面战场抽调了大批日伪军,加紧对抗日根据地

---

① 中共唐山市委党史研究室.冀东革命史[M].中共党史出版社,1993年:375。

进犯，妄图消灭共产党和八路军。面对这种情况，我党组织抗日军队，向敌伪展开了反抗斗争。通过各种方式，共产党员们去做了伪村长、伪乡长，或说服转化伪军为我所用。当时群众称他们为"白皮红心萝卜"。党组织派乔庆云担任了伪村长。他不仅平时张罗应付敌伪，保护群众，还曾出色地完成了诱敌出动的任务，为伏击战的胜利作出贡献。

敌人逼乔洪弟供出谁是共产党干部和干部家属，乔洪弟坚定地说："我不知道！"日本士兵把乔洪弟按跪在地上，一边用刑拷打，一边要乔洪弟说出谁是共产党，但是乔洪弟不卑不亢始终没有屈服。

奸诈阴险的日军头目见多次恐吓威逼无效，便将苗头对准了乔洪弟母亲，用酷刑逼问，要乔洪弟母亲说出乔洪弟父亲的情况。乔洪弟母亲说不知道，敌人便用木棍、木板子毒打她，又给她灌凉水，肚子灌得像鼓一样，然后在肚皮上压杠子，直压得耳朵、鼻子、嘴里往外冒血水。面对敌人的残酷折磨，乔洪弟母亲始终没有开口，他们母子受尽酷刑仍坚贞不屈，咬紧牙关，始终未吐一字。日本侵略者对母子审问、拷打折腾了一天，仍一无所获，就把他们母子俩给放了。母子俩的身体一个多月才慢慢恢复过来。敌人的摧残给乔洪弟母子俩留下了永久的病根，心灵上的创伤也永远无法抹平。

抓住汉奸的儿童团长

面对日本侵略者的暴行、村中的惨状，当时只有七岁的乔洪弟加入了儿童团，开始执行站岗、放哨、送信的任务，决心要为赶走日寇尽自己的一份力。1938年到1942年期间，少年乔洪弟在抗日小学参加了抗日儿童团的一些活动。在乡下，秋收以后就没有啥农活了。每天晚上抗日儿童团进行训练，每个人有一条木棍，儿童团拿木棍当枪进行练习训练。他还曾担任过乔安子村抗日儿童团团长，在枪林弹雨中，他逐步成长为一名英勇顽强的革命战士。唱起少年时期的红歌，87岁的乔洪弟声音洪亮，精神头不减当年。老人的身姿虽已不再挺拔,但我们仍依稀看到了当年那个村口放哨的少年模样。

抗日儿童团的团员年龄还不满15岁,却已活跃在革命斗争前线。乔洪弟回忆,为了防止汉奸特务刺探军情、破坏捣乱,在村子周围有空隙的地方,儿童团员臂戴红袖章,手持红缨枪,担负着站岗放哨、送信、查路条等任务。站岗放哨,处处布防,层层设哨,把红区布置成了一个敌人钻进去跑不了的天罗地网。这些十多岁的小孩子组织起了抗日儿童团,与父辈们一起肩负起挽救国家危亡的重任。

乔安子村向西南三里路,有个太河日伪军据点。因为这里的日伪军隔三岔五就下乡扫荡祸害老百姓,这些儿童团员都有一杆红缨枪或自制木质长枪。有一次,乔洪弟在路口放哨时,看见了一个穿长大褂的陌生人,正在贼眉鼠眼地四下张望。几个机智勇敢的儿童团员商量后,立刻上前盘查,识破了这个人是敌人的奸细,想进村打听情报,于是将他拖住,通知村干部将其抓获。正如抗日歌谣《我们组织儿童团》中唱道:"站起队来真威风,唱歌跳舞把操练。红缨枪,拿手间,站岗放哨把信传。"①

对于今天的青少年朋友而言,那个战火纷飞的年代已经远去,已经成为爷爷奶奶口中遥远的故事。但是乔洪弟老先生的亲身经历却让我们更好地体会到今天的生活是多么的幸福,幸福的生活又是多么的来之不易。对于战争中的孩子而言,和平生活本身便是一种奢求。那些手持红缨枪与敌人作艰苦斗争的乡村红孩子,他们不怕牺牲、默默奉献,为了美好的生活努力抗争。

我追问乔洪弟老人:"您还了解咱们村哪些红色故事?"乔老先生回忆说,自己的二姐乔兰荣是1946年参军的,因为年龄的原因自己比二姐晚一年参军。老人回忆着姐姐的进步和成长,为姐姐的进步而感到高兴,语气里带着自豪。一家姐弟俩接力参军报国,让在场的人们对眼前这位老人更加敬佩。

---

① 蓟县志编修委员会.蓟县志[M].天津:南开大学出版社、天津社会科学院出版社,1991年:809。

美好的时光总是消逝得很快,时值中午,为了不打扰乔老和老伴儿吃午饭,我们一行人起身恭敬地向二老告辞,一同离开了乔老的家。乔老热情地、执意地留我们在家吃午饭,我们婉言推辞。令我们感动的是乔老起身送我们出家门,一直依依不舍地送到小区外。转身和乔老挥手告别的刹那,望着依旧站在原地久久不愿离去的乔老,我的脑海中不由自主地浮现自己父亲的背影,瞬间,泪水已模糊了我的眼睛。

乔洪弟老人健在的时候,我曾多次到他家中拜访,听他亲口讲述那段动人的故事,感受漫漫征途震撼人心的传奇篇章,并请专业人士帮助录制了一段视频,将剪辑好的视频上传到网络平台,于2019年6月4日发布,以此见证乔安子村少年的热血励志和成长蜕变。下面的故事来自乔洪弟老人生前的口述①:

乔洪弟,1931年12月8日出生,又名乔洪弟、桥梁。籍贯:天津市蓟县(今蓟州区)蒙鄽乡乔安子村,1946年9月参加抗日儿童团,1947年2月入伍参加中国人民解放军,1950年10月加入中国共产党。1947年2月在冀热察独立第五旅工作。1947年至1952年,在部队从事文艺工作。转业到地方高校工作后,担任天津音乐学院党委副书记。1992年离休,曾担任天津音乐学院关心下一代工作委员会副主任。

2021年3月20日,乔洪弟老人走完了人生的最后旅程,留下了人们对他的深深怀念! 他生前交代家属丧事简办。每当我想起乔洪弟老人,感觉人依旧在眼前,从未走远。

捐资捐物反哺家乡

2022年7月13日下午,在我的同窗好友"海河歌王"、天津音乐学院副教授李清资老师的引荐下,我见到了乔洪弟的二女儿乔达、女

---

① 作者根据《乔安子村乔洪弟的故事》腾讯视频录音整理,2019年6月4日。

婿毕峻立。重拾父辈们遗留下的最珍贵的记忆和闪光的足迹,夫妻俩的话语里饱含着忆旧的深情。

据乔达回忆说,事业有成的乔洪弟在部队、地方劳碌奔波多年,但他从未忘记过家乡的父老乡亲们,一直利用一切机会造福乡梓。乔达说,随着年岁的增长,父亲对故乡亲人的思念愈发浓烈,经常在子女面前提及家乡的事情。十年前,乔洪弟给家乡蒙鄘乡小学捐款十万元。他心中有大爱,情系故乡,倾囊助学。尽管我未能身临其境,但乔老家乡学校的孩子们怀着满满的感恩之情,隔空齐唱《听我说谢谢你》的画面仿佛就呈现在眼前。

在女儿乔达心中,父亲是个艰苦奋斗、知足常乐的人,这或许也是他们那一代人的共同特质。他一生勤俭,每逢年节,子女们想让他穿得体面一点,给他买来时髦的新衣,都被他退了回去。他穿的衣服总是缝缝补补,始终穿洗得干干净净的那几件,好像没见他穿过新衣服。吃饭也很随便,对饭菜从不挑剔,粗茶淡饭,十分简单。乔老一辈子都是严以律己、艰苦奋斗地过着俭朴的生活,用一言一行教育和影响着子孙。

乔达还说,父亲虽然是离休干部,交通费、医药费实报实销,但父亲不想给国家添负担,他始终坚持乘坐公交车,去世前大多是自己花钱买药。离休后父亲依然坚持原则,绝不允许家里人以他的名义报销医疗费,包括自己的妻子。用他的话说,这是组织对我的照顾,你不能占公家的便宜。乔老身上体现出老一辈革命者的低调与朴实。乔老低调朴实、甘于奉献的精神也深刻影响了他的女儿乔达与女婿毕峻立。2023年重阳节前夕,他们夫妻俩联系我,想带着乔老的外孙女儿一起回村看看,为村里再出一份力。这何尝不是一种精神的代际传承? 每每想到这些,我仍然难抑激动之情。

类似事例太多,恕我笔重如铅,笨拙难述。此刻,我才真正体会到乔老先生之前不仅是一名普通的退伍军人,也明白了乔老先生为何如此"苛刻"。正如鞠躬尽瘁毕生为人民的周恩来总理所说,"下山不忘山，进城不忘乡""如果忘了，就是忘本"。

（二）乔兰荣、丁平夫妇的故事

离开乔老先生家后，我通过乔老先生递给我的一张卡片上的号码，多次尝试后终于联系上了乔老先生的外甥女丁晓贞。当我自报家门说明来意后，电话那头传出哭泣的声音，我慢慢地安慰着她。过了好一会儿，她的心情才逐渐变得平静下来。很快，丁晓贞与二舅、二舅妈通了电话，互道平安。隔断了多年的亲情又紧紧相连，天津、太原两地的亲人都流下了幸福和激动的泪水。

据乔兰荣、丁平夫妇的女儿丁晓贞核实，乔兰荣，1929年7月29日，出生在天津市蓟县蒙鄜乡（今蓟州区下仓镇）乔安子村。乔兰荣的童年是在抗日战争战火纷飞、枪林弹雨中度过的。出生没几年，一家人生活的小村庄就被日军强行占领，频繁的征税征粮令原本就不富裕的家庭雪上加霜。日军的侵略行径使幼小的乔兰荣心里早早地埋下了抗日的种子，面对疯狂肆虐、气焰嚣张的日寇，乔兰荣勇敢地担负起了华夏儿女应有的责任，走上了抗日的道路。

1947年，怀着对革命事业的共同坚守，乔兰荣与丁平两人在革命队伍中，结为革命伴侣。丁晓贞说道，尽管父亲是南方人，母亲是北方人，父亲比母亲又年长一旬，但这对从枪林弹雨中走来的革命老夫妻相濡以沫，感情很好。丁平像大哥哥一样呵护关心、照顾着乔兰荣，疼爱着自己的妻子。

广东热血青年历经千险奔赴延安进入"抗大"

从丁晓贞那里获悉，他们兄妹五人，四男一女，她排行老三。2018年9月，在退役军人事务系统和社会各界的多方努力下，丁晓贞几经周折在山西省太原市尖草坪区档案馆查找到了父亲丁平的档案。然而，遗憾的是没有找到母亲乔兰荣的档案。母亲乔兰荣参加革命时间较早，加之本就身体单薄瘦弱，在革命期间，无论是身体还是心理上,都经受了更多的磨砺与苦难,为中国革命作出了贡献。乔兰荣身体不太好,退职较早。尽管当时丁晓贞抱了很大希望,终究还是没有找到母亲乔兰荣的档案。

沉默的史料记载着一段峥嵘岁月,根据这份珍贵的历史档案,我们可以非常清楚地了解到丁平、乔兰荣在这片土地上的闪光足迹。说起这个话题,丁晓贞由衷地抒发感情,满含热泪地回忆往事。丁晓贞说:"通过查阅档案,了解到父亲是广东省始兴县人,于1938年10月在抗大七大队三队经胡嘉庆、王建功介绍入党,1938年12月转正。我怀着极为复杂和激动的心情读完了父亲的入党自传。父亲的档案写得很详细,包括家庭社会关系对他的影响、参加抗日战争和解放战争过程中思想的不断转变等,字里行间流露着对党和人民以及国家解放事业的一片赤诚。同时也让我对父亲从抗日军政大学学习开始,到参加抗日战争、解放战争,以及革命胜利后所做的工作有了进一步的认识,这使我更加尊敬我的父亲。非常遗憾,我妈妈的档案找不到了,曾经我们想从父亲档案中找出母亲的线索来,但是里面线索不多,仅有的上面我也做了介绍。"

丁晓贞在交流中多次说到,非常感谢驻村帮扶组让我知道了父母那段不曾提及的革命往事,也感谢党和人民对我父母这一代人对民族独立解放事业付出的认可。追忆往昔,展望未来。为了记录这一瞬间,我辗转委托中北大学宣传部老师帮助拍摄了视频,并上传网络平台,供后人缅怀学习。丁晓贞在视频中颇感慨地说:"我的小孙女已经九岁了。作为奶奶,我也要将我父母不曾讲过的革命故事向下一辈传承下去。"①

时钟拨回到20世纪三十年代,我们追溯了这位革命老前辈的事迹。丁平在《自传》中是这样表述"我的入伍入党动机"的:"一九三八年十月间,七大队三队副政委王建功、队长胡嘉庆介绍我入党,预备

---

① 腾讯视频.乔安子村女婿丁平的故事,2019年7月27日。

期三个月，一九三八年十二月间转为正式党员。我记得我在填表时，写的是'为了解放中国和为人类的解放！'"

十五岁参军走上抗日救国的战斗行列

对现在的人来说，十五岁，还是读初中的年纪。可在八十多年前，乔兰荣已经穿上军装奔赴抗日战场，成为一名前线将士。抗日战争期间，全国上下同仇敌忾、保家卫国。在艰苦卓绝的冀东抗战中，冀东的众多女性巾帼不让须眉，毅然走出深闺，放弃了懦弱和逃避，走上了战场，为民族独立解放贡献自己的力量。乔兰荣，就是这样一位女性。与千百万姐妹们一道在抗日战争、解放战争中谱写了一首首巾帼战歌。

我们从尘封的档案中获得了关于乔兰荣的一点线索。在丁平的档案资料中看到对妻子乔兰荣的情况记载："乔兰荣，1929年农历六月十三出生，属蛇，文化程度高小，家庭出身中农。1944年7月入伍，1945年2月加入中国共产党，在部队担任过收发员。1947年与丁平结为夫妻。"

从丁平档案中，我们仿佛看到，乔兰荣是那个时代一个向往光明、追求思想进步的新女性。1945年是她人生中最重要的一年，也是最难忘的一年。这一年，十六岁的她步入了一个崭新的起点，成了一名光荣的中国共产党党员。纷飞的战火与艰险的环境不能消磨她眼中的信仰之光，她积极投身革命。虽然如今距离革命先辈的生活和时代，已经有将近百年之遥，但通过档案史料，我们更近距离地感受到了他们的追求、他们的奋斗。

丁平档案中有关乔兰荣的记述文字虽简短，但道出了乔兰荣坎坷非凡的革命经历和往事。她十五岁便离开家乡乔安子村，走南闯北参加革命，在抗日战争和解放战争中，屡次跟随部队转战各地，勤勤恳恳地从事部队的妇女工作和保卫工作。

乔兰荣的童年和少年时代是在炮火硝烟中度过的。为了生存，为了复仇,她毅然决然地参加了抗日组织,同时也得到父母的支持。因为当时的实际状况是,在日军侵略者统治下的家乡,父母自身的生命与生存也无保证,更保护不了自己年幼的女儿。所以,乔兰荣十五岁时离开家,参军走上了抗日救国的战斗行列。

虽然人生大部分光景身在异乡,但新中国成立后,乔兰荣只要一有机会,都会回到乔安子村来,感受故土的温情,也关注家乡的发展变化。1982年5月,乔兰荣带着新婚的女儿丁晓贞、女婿崔国民,一同乘火车在下仓站下车后步行赶回久别的故乡乔安子村。1982年12月11日,乔兰荣在山西省太原市去世。

由于革命工作的需要,这对因革命结缘的夫妇,平时都是聚少离多。一个女人将五个孩子抚养成人,其间的艰难是不可想象的,这充分体现了一个母亲的伟大。乔兰荣是在炮火硝烟的间隙断断续续读完小学的,新中国成立后,乔兰荣从部队转业到地方工作,主动报名加入当时太原市市政工程局举办的业余扫盲班,持续学习,继续为工作发光发热。

丁晓贞告诉我,她1981年10月结婚时,母亲乔兰荣亲手给她缝制了一件小棉袄。那个时候,虽然家境尚可,但他们并不与左邻右舍攀比。朴实善良的母亲用柔弱的肩膀担起家庭的重担,为父亲撑起事业的天空。2020年初,丁晓贞将这件珍藏多年的小棉袄捐给乔安子村党建文化展室,激励家乡的子孙后代增强家国情怀,努力成长为对国家、对社会有用之人。

(三)解放战争中的侦察兵

2022年7月18日,时隔一年,我又回到了阔别已久的沽东村、乔安子村。仅离别一年多的第二故乡既熟悉又亲切,也带给我许多惊喜。村庄人居环境变得更加优美,党群服务中心布置得错落有致,宽敞明亮的党员活动室内远程教育设施一应俱全,党旗高高飘扬在党群服务中心。看到这些变化,让我不禁感受到乡村党建工作的魅力和价值。我先到沽东村看望了韩丙芬老人及解未来、解有光两个孩子。解未来告诉我，自己刚上初一，解有光也升入六年级。看到两个孩子成长起来，我特别欣慰。

峥嵘岁月的亲历者

来到乔安子村后，我们没有在村里做过多的停留，径直前往乔国志家。乔国志老人像往常一样坐在自家院门口的椅子上纳凉，院门上承载着党和国家赋予军人家庭崇高荣誉的"光荣之家"四字牌匾闪闪发光。即将行驶到老人的家门口时，我放下车窗，看到老人诧异地正目不转睛地盯着我们。

停好车子，我急忙迎上去，与老人家激动得拥抱在了一起。老人的眼里聚集着的泪水，就像断线珍珠般滚落下来，瞬间让我也眼泛泪花。乔国志老人粗糙的大手还是那么苍劲有力，牵着我的手舍不得松开。嘴中感慨万千地念叨着说："只要你能记得我就好。"虽然我因工作变动离开村里已近一年，但时间没有冲淡记忆。我将带去的慰问品放到老人常坐的椅子旁，仔细地端详着眼前这位让我敬重的老人。驻村四年间，我多次与老人共同重温那段刻骨铭心而波澜壮阔的岁月。

光阴似箭，岁月如梭。回想2018年8月，驻村帮扶组与乔国志等乔安子村的几位老人在老大队部开会挖掘村中红色历史的场景仿佛就在昨天。当日，乔国志老人向在座的人们讲述着解放战争时期的经历，说起那时的故事就像打开了话匣子。老人讲述着自己曾经在部队参军打仗时的情形依然铿锵有力，这是他人生中最重要的一段经历。不知不觉中，已到中午时分，老伴儿李玉兰找来了："走，回家吃饭去！"

乔国志老人是峥嵘岁月的亲历者，是一本生动鲜活的"教科书"。再次探望乔国志老人，我的脑海中是满满的回忆。此时此刻，我们在村里与老人相处的情景，像一幕幕的电影在我的脑海里重播。2021

年,在庆祝建党一百周年到来之际,我们走访慰问乔国志的老伴,为这位光荣在党50年老党员送去慰问品和节日祝福,将温暖带进老人心田。活动后,乔国志老人得知我即将要返城了,他突然一把抓住我的手,瞬间热泪盈眶,这场景令我终生难忘。

经天津市蓟州区退役军人事务局拥军优抚科核实:乔国志,1930年2月27日出生,复员军人。1946年3月1日入伍,1953年12月20日退伍。

解封陈年记忆,似又回到了童年。岁月在他的身上留下痕迹,但是他步伐依旧坚定,身姿依旧挺拔。乔国志老人虽然已经严重耳背,但老人的记忆力很好,至今仍能用方言唱起当年黄土坎战斗的歌谣。据乔国志老人回忆,他1946年参军入伍,先后参加了辽沈战役、平津战役,先后荣立大功一次、小功四次。退伍后被安置在北京市良乡公安局。乔国志对他的军长记忆犹新,至今仍清楚地记得他的军长是詹才芳。

为什么要参加解放军

从解放战争的枪林弹雨中走出来的老兵乔国志,如今已是九十三岁高龄的老人,依然精神矍铄。在乔国志老人的记忆中,1946年是他人生发生重要转折的一年。这一年,他还是一个十六岁出头的小伙子。但要为枉死的父亲报仇雪恨,毅然决然选择了参军报国。

在乔国志老人家中珍藏着一份斑驳褪色的《中国人民解放军回乡转业建设军人证明书》,这是乔国志老人珍藏多年的红色记忆。当年,他在《回乡转业建设军人登记表》入伍前简历一栏中写道:"1938年跟母亲讨饭,1939年至1940年给地主放牛,1941年至1945年在家务农,1945年在本区当儿童团团长,1946年参军。"这些档案材料见证了乔国志老人走过的坎坷而不平凡的人生道路,在这个过程中乔国志老人练就了百折不挠的毅力,成了一位能够撑起一片天的硬汉子。

1941年以来,玉蓟宝地区特别是太河洼地区,连年遭受水灾。

"太河洼位于蓟县东南部,州河汇入蓟运河处的东北侧……历史上曾常年积水。据1944年《蓟县志》载:'蓟运河、辉河、泉河、密田寺沟等水纵横其间,历年来水及山洪暴发,虽有娄庄子、高家沽两闸口可资渲泄,俗云一水一麦大秋无望……蓟运河底高于地面二尺有余,而密田寺沟、辉泉两地河所泛滥之水亦二尺有余,闸口效用浸浸失之。一至雨淋水涨全区顿成湖泊,禾稼淹没痛苦殊深……'"① "1947年,太河洼54个村庄被淹土地7.81万亩。"②加上日伪军的烧杀抢掠,百姓生活很困难,大多数百姓吃糠咽菜,有的甚至连糠菜都吃不上。那时家国破碎,兵荒马乱,民不聊生,家境很苦的乔国志从小就过着苦难的日子。本就贫苦的家里,因为扫荡变得更加艰难,就连食物也所剩无几。他在村里的富户人家做过放牛娃,甚至为了能够继续活下去而去乞讨,少年时所付出的艰辛与经受的磨砺让他终生难忘。

关于当时百姓的悲惨生活,1991年出版的《蓟县志》还有以下记载。

"1945年前,全县大部分土地被地主、富农占有,农民无地或少地,生活贫苦,特别是南部洼区和北部山区,农民生活更苦。太河洼、青甸洼'不见庄稼长蛤蟆,活人常年泡半截,死后永久泡水下'。"③

"'好年景糠菜半年粮',遇到灾年,农民生活更苦。县内流传'早吃菜,午吃糠,晚上稀粥照月亮'的歌谣,只有年节(春节)、中秋节农户才吃一二顿大米、面粉。即便在麦收后,只能吃上五顿面食(包子、馒头、面条、烙饼、饺子各一顿)而且也无保证。一般农户一日两餐,以杂粮、薯类、野菜为主。"④

无数受苦受难的无辜百姓,没有抵抗能力的老百姓,面对敌人的

---

① 蓟县地名志编纂委员会.天津市地名志18蓟县[M].天津:天津人民出版社,2001年:468。
② 蓟县志编修委员会.蓟县志[M].天津:南开大学出版社、天津社会科学院出版社,1991年:175。
③ 同上,931。
④ 同上,931。

侵略,只能四处逃难。活下去就是彼时受难百姓的最大期望。当被问起为什么要参加解放军时,乔国志老英雄毫不犹豫地说:"因为我父亲!我父亲是被太河炮楼的敌人给杀的,我要替父报仇!"乔国志老人痛心地回忆起父亲被杀害的经过,父亲被日寇杀害,为了报仇,他怀着强烈的民族恨,本着"替父报仇"的心理参加了解放军。乔国志老人说起当年父亲被杀害的往事,不禁湿了眼眶。

乔国志老人诉说着自己父亲的遭遇。乔安子村西南三里地远的太河据点,那里盘踞着一个名叫马俊臣的大汉奸,此人是蓟县(今蓟州区)城关(今渔阳镇)三岗子村人,绰号马大肚子。他在日寇的扶植下,在当地横征暴敛,搜刮民脂民膏,称霸四乡。一次,乔国志的父亲乔桐林替抗日游击队送信时,不巧路上遇到汉奸马大肚子带领日军清乡"扫荡",敌人把乔国志的父亲捉住在乔安子村的大坑沿残忍杀害了。

父亲一死,家里的顶梁柱没了,一家人的日子过得更加艰辛。父亲遇难时,乔国志还很小,只依稀记得父亲长得瘦瘦高高的。国恨家仇,乔国志发誓一定要亲手为父亲报仇!这一年的他才十五岁,日本侵略者带来的这一切,让乔国志恨透了他们。安葬完父亲后,他知道想要保护家人,只有把这些侵略者全部都赶出中国!

抗日战争胜利后,伴随着中国共产党领导的解放战争序幕的拉开,乔安子村也掀起了参军高潮。17岁的青年乔国志积极响应共产党解放全中国的号召,义无反顾地加入了解放军。乔国志老人所述也与县志上的记载吻合,据蓟县志编修委员会出版的《蓟县志》记载:"1945年7月,在蓟遵兴联合县委领导下,第一次掀起扩军高潮,县、区、村成立了3—7人的扩军委员会,参军者条件为:年龄18—35周岁,没有参加过敌伪军,身体无不治之病,有妥善保证人。1947年1月—1948年6月,为支援解放战争,全县有七千多人参军。"[①]

---

① 蓟县志编修委员会.蓟县志[M].天津:南开大学出版社、天津社会科学院出版社,1991年:676。

化装成乞丐搞情报

　　参军以来,乔国志一直很勇敢,先后参加了辽沈战役和平津战役,经历了大大小小很多场战斗。他和战友们在枪林弹雨里浴血奋战,用自己的鲜血和坚毅履行了军人的神圣使命。

　　战争形势胶着时,为了获得更重要的情报,他把自己化装成乞丐前去侦查。他正是通过这个毫不起眼的角色,混迹在熙熙攘攘的人群之中。乔国志走遍了锦州的每一个角落,经过多天的摸查,把敌人在锦州的军事布防摸得清清楚楚,发现了北城是敌军的突破口。顺利返回后,他把自己掌握的情况仔仔细细向部队首长进行了汇报。他因此立下大功一次,并且受到军长的表扬。1948年10月15日,人民解放军东北野战军攻克锦州。

　　我们跟随侦查老兵乔国志追忆过去战火纷飞的岁月,铭记历史,启迪未来。乔国志老人回忆说,在解放战争的一系列艰苦战斗中,他每次侦察和带路任务完成得都很好。每当提起这段历史,乔国志老人脸上就会洋溢着自豪的笑容。

　　吃水不忘挖井人。回望自己的人生和奋斗历程,乔国志老人深刻地体会到,没有共产党的领导,就没有今天的幸福生活。2021年6月,河北区第一幼儿园三十名教师来到乔安子村绘制建党百年文化墙,乔国志老人主动挥舞起思想的旗帜,再次作为"先锋战士",始终站在老师们身旁观看着,并感慨地叮嘱着教师们说,"不能忘了党!不能忘了党的一切!"老人还激动地哼唱着《没有共产党就没有新中国》,心中仍充盈着那份爱国情怀。军旅生涯磨砺出的军人品格深深镌刻在这名老兵的身上。正如他的《中国人民解放军回乡转业建设军人证明书》上朱德总司令的题词——"保持人民解放军的光荣传统",乔国志老人生动诠释了退役军人永远跟党走的铮铮誓言。

追寻乡村振兴的"诗和远方"

（四）中药铺里的"红色记忆"

沿着乔安子村巷道径直往里走，几处具有古朴风貌的古建筑至今仍保存完好。这几处古建筑经过二三百年历史的沉淀，很有历史韵味，不仅记录着村里祖辈们生活的痕迹，也是中华民族传统文化的载体。

在乔安子村，上了年纪的老人都知道乔家中药铺。据家住乔安子村南头的乔增良老人回忆，新中国成立之前，乔安子村的主街巷道是当时店铺最多，老字号最多，商贸活动最活跃的地段，也是村内最繁华，最热闹的街道，巷道两侧街房几乎全是大大小小的店铺。街巷南侧，自东向西依次开设"广和隆杂货铺""乔家中药铺"等商号。农村的老百姓及各乡镇的商家来村里进货买东西，大都首选主街。

正因为多年积累的口碑及人气，周边村庄村民对乔家中药铺印象尤为深刻。2022年7月18日，我在村里与乔增良老人交谈时，老人在旧址前自豪地说："这就是咱们庄儿当年一乔姓人家开的中药铺。"由于年代久远，乔增良老人只记得当年中药铺的掌柜是乔永山的父亲，在四十多岁时就去世了。但关于乔永山父亲的具体名字，乔增良及村里健在的老人们已无人能说清楚了。乔永山是中药铺掌柜家中的长子，乔增良老人记着是乔永山一直在经营中药铺。

2017年11月3日，我们驻村帮扶工作组邀请天津大学建筑设计规划研究总院院长袁大昌教授携建筑设计、景观构造、古建筑保护等方面的专家一行人员来到乔安子村，通过对古建筑群的外檐装饰、内部构造、建筑风格等进行细致研究并与村内熟悉村史的村民进行交谈，初步形成共识：该村现存古建筑的建成时间距今约150年至300年之间，尽管这些建筑当时不是达官显贵或者商业巨贾的宅邸，但蕴含了深厚的历史文化内涵，承载了大量的历史记忆，可采取保护与发展的方式对待。

2022年7月初，我将驻村帮扶期间整理的有关乔家中药铺有新

192

中国成立前老党员的史料线索,提供给玉田县党史办公室郭福祥同志。该史料唯一的线索是中药铺曾有个叫李荣的学徒,李荣有一个儿子在玉田县开婚庆公司。凭着这样一条线索,2022年7月14日,郭福祥同志找到了李荣的儿子,得知李荣老人身体非常硬朗,便冒着高温天气,骑电动自行车40公里赶到林西镇李荣家里,并将他与李荣老人交谈的视频及合影发给我。郭福祥用自己的手机拨通了我的电话,让我也与李荣老人通了话,我很是兴奋,觉得我和李荣老人离得是那么近……

2022年7月15日下午,黄土坎村党支部书记、村委会主任刘洪利与村支委于占宇(李荣老人的外甥)一起冒着高温天气来到李荣老人家里,按照我提供的访谈内容,请老人回忆过去的一些事情。

在中药铺帮工

对于当时蓟县的个体诊所和药铺,1991年出版的《蓟县志》有相关描述。通过这些点滴记载,我们依稀能看到岁月的变迁。

"私人诊所大多分布在县城、上仓、下仓、侯家营、邦均、别山、马伸桥、下营。明朝,县城有同仁堂,下仓有济生堂。清朝,邦均有纪各庄人孙某经营的在德堂,张姓开办的张药堂。在马伸桥有玉田县人马俊峰开办的'天保堂',侯家营有桥头人张存德开办的德生堂、孙永岐开办的永德堂。1912年,县内有中药堂15所、西药房1所。1932年,县内有中药堂36所、西药房2所。1938年,县内有中药堂50所、西药房7所。同仁堂有坐堂先生5～7人,药工30～40人,门诊兼出诊;批发兼零售药材。1945年,县内的同仁堂、同春堂、鼎春堂、魁元堂等堂主变卖药堂回原籍,药堂易主,县内有中药堂52所、西药房4所。"[1]

岁月的洗礼让李荣老人脸上的皱纹如刀削般深刻,老人身材有

---

[1] 蓟县志编修委员会.蓟县志[M].天津:南开大学出版社、天津社会科学院出版社,1991年:879-880。

点佝偻，耳朵也不复当年的灵光，刘洪利贴到他耳边大声说话，他才能勉强听见。但他依旧神采奕奕，记忆清晰，表达清楚，丝毫不像年近百岁的老人。见到乔安子村有人来看他，李荣老人非常高兴。为了减轻父母的负担，家境贫寒的李荣来到乔安子村姨父家开的中药铺当学徒。姨父和姨膝下无子女，姨父常年在外经商，家中只剩下亲姨一个人。那时时局动荡，他们面临的不仅仅是行业内的竞争，还要面对残酷的战争侵袭。在抗日战争时期，汉奸勾结日寇，企图侵夺乔家中药铺，昔日繁盛的中药铺逐渐走向凋零。中药铺经营惨淡，举步维艰，难掩颓势。之后中药铺不得不暂停营业。后来中药铺经营不下去了，李荣又靠帮助亲姨种田维持生计。

贫寒的岁月使李荣从小养成了吃苦耐劳、勇敢刚毅的性格。在此期间，他阅读进步书籍，接受进步思想，并参与一些革命活动。李荣老人拿出身份证请我们看。李荣，男，1924年10月4日出生，河北省唐山市玉田县林西镇东吉庄村吉祥西街15号。土地复查时，他享受到了新中国成立前入党老党员的待遇。

李荣老人静静坐在客厅沙发上不时地搭话。随着他讲述的深入，我仿佛和他一起又回到了那个年代。中国人民抗日战争进入最激烈也是困难的相持阶段，日军战线拉长，渐感兵力不足。为了躲避抗日军民的袭击，日军实行了"炮楼战术"。日军在一些重点村庄建造炮楼，既便于居高瞭望，观察抗日军民的行动，又可彼此呼应，切断抗日力量之间的联系。如遇抗日力量攻击，日军还能龟缩进炮楼，顽抗待援。当时距乔安子村较近的太河和蒙鄮两个村庄，均有日伪据点，那里驻扎着日寇和汉奸。敌人非常猖狂，不断在乔安子村和黄土坎村一带进行"扫荡""清乡"，抢东西、抓民夫、挖封锁沟、修炮楼等，无恶不作，使我抗日军民的活动受到影响。乔安子村的党员们在区委的领导下，组织青年民兵发动群众，白天搞生产，夜间到乔安子村附近的日伪据点扰乱敌人，割断敌人的电话线，锯倒电线杆，同敌人进行斗争，使日军与外界联系困难。

秘密加入中国共产党

近年来,玉田县党史工作者对全县革命史料进行了全面系统的征集、编辑和研究。李荣是全县目前健在的两位新中国成立前入党的老党员之一。李荣于1944年10月加入中国共产党,做过后勤工作。他的主要工作是送军粮,送军鞋,传递情报,破坏日伪通信电线杆等(林南仓至上仓一段)。"1944年4月,中共玉蓟宝工委扩建为玉蓟宝联合县县委,办事处扩建为县政府,艾群任县委书记,冯寿天任县长。玉蓟宝联合县辖玉田、蓟县、宝坻3县的8个区739个村,建立共产党组织的村超过50%,党员总数达到了1800多名。"①在党的领导下,隐蔽在乔安子村的地下党员李荣和他带领的青年救国会在后方战场上与敌人斗智斗勇,配合前线作战。

说起自己曾经的苦难和入党经历,李荣老人回忆说,记得介绍人在发展他为党员之前对他说过的话:"你加入共产党,就能为村民作贡献、为村子作贡献、为祖国作贡献。"李荣回忆说,他如愿加入了中国共产党,在入党宣誓时,他热血沸腾,激动得不知如何是好。也正是从那天起,他便把为实现共产主义奋斗终身的誓言铭刻在心。

时至今日,老人依旧记得79年前他高举右拳,在芦苇荡里宣誓入党的情景。"我没什么文化,但我坚信只有中国共产党才能救中国!"老人激动地说。红色故事在村里代代相传,提到村庄和八路军的缘分,村民们都无比自豪。虽然村里遗存的水井、祠堂、伙铺等已损坏,但这些地方都留下了当年八路军珍贵的足迹,如今也吸引了越来越多的党员干部前来参观。

为留住革命年代的珍贵记忆,近年来乔安子村一直致力于红色历史文化的抢救工作,一大特点在于这里既是革命先辈生活的村庄,又是他们曾经战斗的战场。乔安子村留下了众多地下党员的印

---

① 中共玉田县委党史研究室.玉田革命史[M].北京:中央文献出版社,1998年:150。

迹,不少革命先辈的后人今天依然生活在这片土地上。目前,乔安子村党建文化展室已经成为下仓镇乃至蓟州区的重要爱国主义教育基地。

李荣回忆的话,揭开了乔家中药铺背后的红色故事。乔家中药铺是当时中共地下党在村里的联络站,战争年代,村庄长期被敌人控制,乔家人以店铺为掩护,积极从事党的革命工作。在敌人的眼皮子底下长期开展情报工作,多次掩护、收留和营救党的同志,不仅在经济上作出巨大贡献,而且冒着失去生命的危险,完成一次次急难险重的任务。后来,乔家因为战乱,被迫放弃家业转移到赤峰市避难,度过了一段艰苦岁月。新中国成立以后,乔家回到蓟县(今蓟州区)生活,没向组织提过任何要求。

冒着生命危险搜集和传递情报

在抗日战争艰险的斗争环境中,我党的地下工作者们,不仅要跟日寇斗智斗勇,而且要提防那些汉奸卖国者。这些家伙更狠毒。不过在惊涛骇浪中磨炼过来的优秀地下工作者,都是十分有经验的,哪怕身在危险之中,也能化险为夷。日本侵略者"大扫荡"时,由于形势危险,李荣不仅要对家人守口如瓶,同时也不敢在家里住,担心日寇汉奸去家里搜查,便藏到庄稼地里住。在那个充满了危机的岁月,他们为了党和人民,在敌人的时刻监视下,搜集和传递情报,随时都可能丧命,但他们无所畏惧,他们是我们要永远铭记的英雄。

李荣老人经历过战争的胜利、奋斗的艰苦。如今,他已是百岁老人,还经常跟孙辈们回忆起这段革命往事。虽然他行动不便,但那一份红色的赤诚仍在老人心中激荡,共产党员的初心仍在老人心中坚如磐石。

当时天气炎热,但我们参与工作的每一位同志的心情比这天气还火热,我想到了前辈们火热的青春,想到了前辈们在水深火热的年代投身革命,保家卫国;我想到了前辈们爱国的火炬依然在燃烧,照亮当代青年前进的道路。

（五）留存在乔安子村的革命火种

不同时期的共产党员肩负着不同的历史使命,但他们唯一不变的是党员的那颗初心。无数平凡的共产党人,在他们平凡的岗位上,做出了骄人的成绩,因为他们把入党誓词作为一生的承诺。

抗日烽火中的"地窖医院"

1965年,八一电影制片厂拍摄了战争影片《地道战》,将地道战这一在抗日战争极为残酷和复杂的形势下,由冀中平原上的抗日军民群策群力发展起来的斗争形式,展现在观众面前。鲜为人知的是,依靠地窖建立起来的"地下医院"在全民抗战中发挥了重要作用。

"地窖医院"都是选择建在群众基础好的村庄外,会设一两个秘密洞口,作为出入口。从洞口进入"地窖医院",要经过上下翻口。建在乔安子村的"地窖医院",因地窖建得隐蔽,敌人虽多次搜查,但始终未被发现,使伤病员的安全得到保障。

为消灭盘山抗日根据地,敌人展开了疯狂的"扫荡",对村庄反复搜查和"清剿"。八路军部队作战频繁,经常转移,伤亡人员也逐渐增多。日寇到处搜索黄土坎战斗伤员,有三名伤员无法转移。乔洪恩几名党员冒着生命危险掩护他们,将他们抬到当年乔安子村南头芦苇丛中的"地窖医院"中隐蔽养伤,给他们送药送饭。三名伤员逐渐康复,之后重返部队继续作战。

乔增良老人指着"地窖医院"的位置,告诉我们说,这里发生过他小时候乔洪恩亲自讲给他的红色故事。我查阅了《蓟县志》,与乔增良老人口述一致,"十三团卫生所,又称卫生处。建于1940年,隶属晋察冀军区十三军分区。最初驻扎在太河洼一带,后移至看花楼、大水头、小水头。1943年驻扎在盘山一带,以砖瓦窑、联合村为中心。1944年底,驻扎在东窝铺一带。日本投降后,驻扎在盘山天成寺一带。该所主要治疗手段是用沉淀盐水进行伤口消毒。"①

抗战时期，冀东平原上建立起来的"地窖医院"，虽然存在的时间并不长，规模也不大，但真实反映了抗战时期敌我斗争异常残酷的一面，以及根据地军民共赴国难、并肩抗日的动人情景。在敌人残酷的"扫荡"和封锁下，根据地不但没有被摧毁，反而越来越强大，并坚持到抗战胜利，也正应了毛泽东那句名言："军民团结如一人，试看天下谁能敌。"

凭借天然屏障保军需

芦苇荡既是保护抗日军民、开展敌后抗战的天然屏障，又是"游击健儿逞英豪"的战场。如今，抗战泣血的岁月已经远去，硝烟带不走的芦苇荡依然满目青翠，诉说着那段"染上战斗的火光"的岁月。

2022年7月，我再次走进乔安子村，追寻抗战的红色印记，重温那段峥嵘岁月。乔安子村乔增良老人再次向我讲起他儿时的记忆。

新中国成立后，庄里乔洪恩老人向乔增良讲述凭借芦苇荡天然屏障的掩护保军需的故事。后来乔增良向我指认了当年的红色印记。

乔安子村地势低洼，池塘沟壑遍布，蒲苇丛生。放眼望去，芦荡浩浩，苇草青青，一望无际。在抗战期间，群众用杂木在芦荡深处搭设隐蔽平台，为八路军放置服装、粮食等军需物品。似有千军万马藏匿其间，布下了无数个"芦苇阵"。我军利用芦苇荡形成的天然屏障，在地方党组织和无数人民群众掩护下，与敌人巧妙周旋，斗智斗勇。

日军由于不熟悉环境，加之害怕抗日武装埋伏，很少深入苇塘"扫荡"。抗战期间，这里多次承担隐蔽物资任务，保证了八路军物资安全供应。这漫无边际的芦苇荡，处处隐藏着八路军敌后抗战的"芦荡火种"。

乔国志在向我们介绍村里红色故事时曾回忆到，本村村民吉凤

---

① 蓟县志编修委员会.蓟县志[M].天津:南开大学出版社、天津社会科学院出版社,1991年:655。

山经历过抗日战争。当时日寇进村,吉凤山正好撞见,他便拔腿跑,日本鬼子直追入院门,吉凤山翻墙往河边跑,河塘后面有大片的芦苇地,吉凤山一头扎进河里,从后面芦苇荡上岸,这样日寇才没能抓到他。后来吉凤山参军,随部队到东北参加辽沈战役。在这场战役中,在看护军需物品的时候,吉凤山被负隅顽抗的国民党军用枪击中大腿,大腿被子弹打穿,在撤退的路上正好被乔国志(当时担任警卫员)搭救,这才保住了性命。

一张张珍贵照片,一件件历史文物,一个个党史故事,重现了革命先辈用青春年华记录的激情岁月,书写了辉煌的革命篇章。峥嵘岁月印记了革命先辈砥砺奋进的不朽豪情,点燃了乔安子村乃至整个冀东地区的革命火种,谱写了可歌可泣的历史篇章。

二、"藏"在黄土坎村的红色故事

我担任驻村第一书记的第一天,村干部们就向我提及了黄土坎战斗的故事,经过两周左右的入户走访,我们向村里几位老人细致了解了黄土坎战斗故事,我很受震撼。这么清晰的线索,怎么能够不挖掘呢? 这么生动的题材,怎么能够不重述呢? 这么伟大的抗战精神,怎么能够不弘扬呢?

黄土坎村位于河北省唐山市玉田县林西镇西部偏南四千米处,明代永乐初年(1403—1405 年)刘、宋两姓立庄,原名刘宋庄,因该村地处兰泉河东岸,常闹水患,便在河东沿用黄黏土筑一大堤,在堤上建筑房屋居住,整个村庄处在黄色大土坎上,故更名为黄土坎。村廓东西较长,呈不规则矩形块状,该村地处洼地平原,耕地 904 亩,土地属盐泽化潮土,黄土坎村西临蓟州区,有公路从村中通过,交通方便。

黄土坎村与乔安子村两个古村落距离仅两千米,兰泉河大堤的土路把两个村庄连在了一起。兰泉河从黄土坎村中穿过,秀美兰泉,德润两岸。抗日战争和解放战争时期,成为一条重要的革命交通线,兰泉河两岸留下了许多革命者浴血奋战的足迹。

（一）黄土坎战斗

黄土坎战斗是1944年初发生在敌后战场上的一次战斗。

这次战斗不但做到了以少胜多，更是村落防御战中一场成功反"扫荡"的典型。1944年1月，八路军13团一部在军分区参谋长彭寿生的带领下，配合11团、四区队执行第三次恢复基本区的任务。17日午夜，四区队400余人进驻黄土坎，彭寿生及13团团长舒行率13团500余人进驻黄土坎以北五里的高庄子一带。敌人在这一带触觉非常灵敏，八路军进驻后敌人迅速察觉。为了保住他们的蚕食区（敌人当时称蓟县为"模范治安县"），急忙调派部署兵力：驻唐山日军一个大队，配备一个坦克中队；驻北平日军一个大队，驻宝坻日军至少一个中队，伪军200人连夜扑奔黄土坎村。

18日上午，驻唐山日军经林南仓首先到达，由坦克为前导，散兵跟进，迅速到达村东。敌人以坦克掩护步兵，从东面对黄土坎形成月牙形包围圈。四区队1连以村东大庙为主要阵地，与村头院落成犄角之势阻击来敌，打退敌人多次进攻。从北平方面来的日军，经别山南下，比驻唐山日军约迟半小时到达。他们从村西北包围上来，先占领一座砖窑，然后沿兰泉河埝与东路敌人衔接。又从砖窑向南利用村边沿苇坑坟地掩护发起进攻。宝坻方面的敌人从南面接近战场，夺取公路南砖窑，并与东路和西北路敌人衔接。敌人已将黄土坎四面包围。

包围形成之后，敌人开始总攻。东路敌人看出1连据守的东大庙是阻击的主要支点，便孤注一掷向东大庙发起疯狂进攻，在坦克掩护下多次冲到庙墙外，皆被1连击退。敌人的坦克在村中街道、河沟、坑塘乱窜，威胁极大。13团既无反坦克武器，又无打坦克经验，但各连将路口用大车、碌碡等堵塞，有的地方还点起火，收到很好的效果。西北路敌人在炮火掩护下，全线逼近村边，一度占领村西北几个孤立的院落,又被2连赶了出去。南路敌人在大窑上架起重机枪,不断扫射13团阵地,配合西北路敌人进攻,打到村边被2连顽强阻击,退了回去。至下午4点30分,13团增援部队赶到,里应外合,毙伤敌人数百人后,于晚上8点冲破敌人的包围,转移到安全地带。

关于黄土坎这场战斗,《独立步兵第八十大队1944年1月19日战斗总结》(天津财经大学人文学院日语系教师翻译)一文中也有相应记载。该文原始文献源自日本国立公文书馆亚洲历史资料中心。日本对这场战斗的记载正是它侵华的铁证。

根据娄平三子陶江所著《娄平纪念文集》一书记载,娄平生前对亲自指挥的"黄土坎防御战"也进行了完整详细的描述。"此战日军兵力高出四区队三倍,又是日军中战斗力较强的队伍,而且有多种兵种协同作战,这在敌后战场并不多见。四区队充分发挥我军近战之长,把敌人放进五十米以内才打,使敌人伤亡惨重。"

(二)抗战时期的支前民兵

黄土坎村民兵队伍中的一员

抗战时期,玉田县有一支老少支前民兵运输队。队伍的年龄最大的有六十多岁,最小的有十一二岁。他们赶着毛驴和骡马走南闯北,活跃在玉田县的各个村镇,给八路军运送粮食、被服、弹药等物资,这支队伍中就有刘文芳老人。

刘文芳,1926年11月11日出生于河北省唐山市玉田县林西镇黄土坎村,1942年参加民兵,是本区护秋管理员。1944年腊月二十四,他参加了黄土坎战斗,抬担架护送八路军伤员,1945年光荣加入中国共产党。

1947年玉田县组织担架团,去东北参加战斗,到达目的地后,刘文芳给团政委当通信员。1948年东北解放后他又随民兵连参加了著名的平津战役,在战斗中左耳被炸弹震聋。1949年新中国成立后,他回本村任生产队长、民兵连连长。1958年至1978年任黄土坎村党支部书记。1978年至1990年任村支部委员。1990年至1994年任村党支部书记。1994年以后一直为黄土坎村做公益事业,直到2024年3月24日去世。

担任义务讲解员,讲好"藏"在村里的红色故事

"爷爷,有客人想听您讲讲黄土坎战斗的红色故事,您快过来!"接到黄土坎村党支部书记刘洪利的电话后,刘文芳老人骑着电动三轮车抵达党群服务中心,立即投入工作。

驻村四年间,我带领河北区教师发展中心、北辰区北仓小学、天津财经大学艺术学院等多家单位师生来到黄土坎村。刘文芳老人每次都耐心细致地为大家讲解。刘文芳老人担任村里的"红色故事讲解员",与到访单位师生分享黄土坎战斗故事。如今,战斗的故事常讲常新,红色血脉代代相传。

惨烈的战争场面,血与火、生与死的交锋,刘文芳老人的讲述是平静的,只是每讲几句话总要停顿一下。紧靠老人身边,我感受到老英雄不平静的心情。我能感受到,要不是我们请他讲故事,他应该不愿回忆这战争的刀光剑影。老人的表情,让我读懂了他的内心。

老人为我们唱起了他儿时记忆犹新的黄土坎战斗歌谣,这首悲壮的歌谣流传至今。

"家住河北省,玉田城西边,离城四十里庄名黄土坎,离城四十里庄名黄土坎。

腊月二十四眼看快过年,八路军来了家家住个严,八路军来了家家住个严。

鬼子来讨伐八路军要打他,老百姓闻听吓得乱嗒嗒,老百姓闻听吓得乱嗒嗒。

鬼子在南窑八路军在北窑,两下冲锋拼了刺刀,两下冲锋拼了刺刀。

打到日头没八路军集了合,打死鬼子有一千多,打死鬼子有一千多。"①

这首脍炙人口的歌谣悠扬地回荡在这片宁静美丽的村落。清澈的兰泉河水静静地从村中穿过,见证了七十多年前那场冀东抗战史上以少胜多的典型战例,见证了七十多年来新中国成立后翻天覆地的沧桑巨变。

如何用好这一红色资源,让更多的游客了解那段红色历史。近年来,黄土坎村党支部成立一个志愿者讲解小分队,为游客讲红色故事。让"藏"在黄土坎村的那段红色往事被更多的游客知晓,刘文芳老人将整理的史料、自编的讲解词亲自讲给年轻人。黄土坎战斗旧址也成了游客感怀时代变迁、致敬革命先辈的"打卡地"。

抗日战争时期,日军侵略者在冀东烧杀抢掠、残害百姓,制造了许多骇人听闻的惨案,犯下了滔天罪行。断壁残垣中硝烟并不遥远,斑斑血迹中同胞英魂永驻。我们要永远铭记这段悲壮的历史,珍惜和平,不忘初心、牢记使命,感悟信仰的力量。

如今的黄土坎一带,丝毫不见当年硝烟弥漫的踪迹。刘文芳老人为了给村里再作贡献,主动报名参加"学雷锋志愿者服务队",与年轻的志愿者们肩并肩战斗在一起,每天骑着电动三轮车义务巡逻宣传,用对党的忠诚树立起新时代红色老区共产党员的光辉形象。

(三)不能忘却的黄土坎

黄土坎战斗虽已过去七十多年,但是抗战精神我们永远不会遗忘。那时,中国军民凭借大无畏的牺牲精神,英勇作战,在世界反法西斯的战争史上书写下光辉的篇章。当年参加黄土坎战斗的小伙子,刘文芳、李荣等多位战士如今也是近百岁的老人了。我们必须记住他们,他们是为民族大义而舍生忘死的热血青年,是在国家危难之

---

① 《玉田县志》编纂委员会.玉田县志[M].北京:中国大百科全书出版社,1993年:425。

际挺身而出报效国家的中华好儿女。

黄土坎战斗牺牲烈士

这是在历史与现实的时光中穿越时空的直接对话,这些名字的背后蕴含着一段段可歌可泣的英雄事迹。透过烈士的名字,感受到先烈们"革命理想高于天","你只能砍下我的头颅,绝不能动摇我的信仰"的革命精神。习近平总书记指出:"民族英雄是一个民族最闪亮的坐标。"在《玉田县志》"革命烈士表"①一栏中,我查阅到黄土坎战斗牺牲烈士名单,请让我们大家怀着无比崇敬的心情,手捧心中的鲜花,缅怀英烈的丰功伟绩,追思他们为国为民的高尚情怀,铭记源远流长的民族精神,表达我们的敬仰之情。

杨思政、王连必、李树明、高庆林、王井荣、黄允、田汝和、马是玉……读到一位位烈士的名字,心情久久不能平复。在思想上受到了洗礼,心灵受到震撼的同时,我们不要忘记,是他们用一次次坚守换来今天的一切,用铮铮铁骨照亮了祖国万里山河。

英烈精神浸润百姓心田。在黄土坎这块被烈士鲜血染红的土地上,淳朴的百姓对安息在这里的革命烈士始终怀着深厚的感情,他们像守护亲人一样默默地守护着烈士的坟茔,守护并传承着烈士留下的宝贵精神财富。

"黄土坎战斗遗址"纪念碑

战斗遗址是激发爱国热情、传承革命文化的重要载体,也是爱国主义教育基地。为了铭记抗日将士的丰功伟绩,教育后代,继承和发扬抗战英雄的革命精神,特在黄土坎战斗原址立碑纪念。

时光荏苒,黄土坎战斗中硝烟弥漫的战场如今已成为一个宁静美丽的乡村,只有那庄严屹立的战斗胜利纪念碑,在默默提醒着我们

①《玉田县志》编纂委员会.玉田县志[M].北京:中国大百科全书出版社,1993年:531。

要倍加珍惜今天来之不易的和平幸福生活,时刻铭记先烈们为保卫人民和家园付出的热血和牺牲。

如今,在天津市蓟州区下仓镇与河北省唐山市玉田县林西镇交界处,1986年蓟县人民政府所立"黄土坎战斗遗址"纪念碑依然屹立在兰泉河畔西侧,它似乎无时无刻不在低声诉说着那段令人刻骨铭心的岁月,时时刻刻提醒那一路走来的足迹。

黄土坎村是历史上著名的黄土坎战斗发生地,村里的红色文化广场和黄土坎战斗文化街较为完好地保存了弹坑遗址、弹药库遗址、指挥部遗址、碌轴砸坦克遗址等冀东抗战遗迹。墙上密布的弹孔、街上破碎的轮轴见证了当年那段英雄壮举。

逝去的是硝烟,不灭的是精神。前来瞻仰黄土坎战斗遗址的党员干部无不感慨,纷纷表示一定要以先辈为榜样,发扬艰苦奋斗精神,当好红色传人。

(四)向先烈致敬

根据娄平三子陶江所著《娄平纪念文集》一书记载,娄平生前对亲自指挥的"黄土坎防御战"进行了完整详细地描述;书中还收录了他亲自撰写的黄土坎战斗纪念碑文,碑文如下:

> 1944年1月,冀东军分区进行恢复基本区扫尾之战,军分区参谋长彭寿生率直属部队,十三团和四区队共八九百人,28日凌晨前进坻玉蓟边界,四区队三个连由区队长田心、副政委娄平率领驻黄土坎。该日上午,日军独八混成旅团、独九混成旅团和六十七旅团共1500人以上,分别由唐山、天津、北平方面向黄土坎扑来,日军拥有轻坦克7辆,炮20余门,将黄土坎包围,猛攻多时,坦克冲入村内,步兵占领西庵,形势危急。四区队官兵依靠村落阵地,以近战战术英勇抗击,夺回面庵,击退坦克,毙伤日军不下500人,方转危为安。傍晚,在兄弟部队策应下胜利突围。

四区队伤亡官兵仅53人。

此战是日军采用长途奔袭,分进合击战术的开端,是我军以少胜多、以弱胜强的范例,人民振奋,敌伪震惊。为数月后恢复蓟县"蚕食区"准备了良好条件。[①]

为了抗战的胜利,无数英雄献出他们宝贵的生命。纪念碑上的碑文熠熠生辉,寄托着我们对革命先烈和人民英雄的无限哀思、崇高敬意。

三、一段永不忘却的红色记忆

天地英雄气,千秋尚凛然。英雄烈士,是沉淀厚重的民族记忆,是生生不息的民族脊梁。在抗日战争、解放战争时期,乔安子村、黄土坎村留下了许多见证革命岁月的遗迹,涌现了许多为人民革命事业抛头颅洒热血的革命先烈。黄土坎战斗遗址便是其中一处,为了永远铭记在黄土坎战斗中牺牲的革命烈士,传承红色基因,我怀着崇敬的心情,写下这篇永不忘却的红色记忆。

(一)基石与砥柱:对党的衷心永远殷红

驻村不久,村里老人多次提起村里有新中国成立前的党员,但苦于无从查找。通过梳理史料了解到,抗日战争时期的河北省蓟县,即现在的天津市蓟州区,涌现出了许多可歌可泣的英雄人物和事迹,有不少感人的故事在当地和周边地区广为流传,有的还被搜集整理成文字编成专集或零散见于报刊。但也有些史实依然没有被搜集到而鲜为人知。在已经搜集整理到的资料中,由于时间较为久远等原因,自然会有与史实不完全相符或不全面的可能。尤其是蓟县东南洼区

---

① 陶江. 娄平纪念文集[M]. 天津:南开大学出版社,2010年:338。

即太河洼区人民的抗日斗争事迹，由于与革命根据地的盘山地区较远，因而有许多流散在民间的革命历史故事没有能够搜集整理上来，就更难见于书报了。

蓟州区东南洼区是当时玉蓟宝联合县的中心地区，这里的人民是当地的重要的抗日力量，他们的队伍是盘山抗日革命根据地的一个重要组成部分。这里的人民在党的领导下，曾经为抗日战争的胜利作出过巨大的牺牲和贡献。为了使蓟县东南洼区人民的这段光辉历史得以保存下来，留给后人、激励后人，我们深入乡村做了一些调查，并初步整理出了一些文稿。

2022 年初，我已回到学校工作，在蓟州区下仓镇组织部门保存的一份 1983 年的《中国共产党党员登记表》中终于查找到乔洪恩、乔茂珍的名字，我又继续回村寻访。寻访之际，乔安子村健在的新中国成立前的老党员一共有两位，他们是李荣和乔茂珍。通过与乔安子村乔增良老人进一步核实，我了解到乔安子村不仅有几位新中国成立前老党员，而且极有可能存在新中国成立前的党支部，只是时间久远已无法考证核实。

乔茂珍，女，1927 年 11 月 7 日出生。1944 年 7 月 10 日，她在党员华连、刘文辉的介绍下，光荣加入了中国共产党。1934 年 7 月至 1945 年 9 月在乔安子村务农，证明人是乔增全。1945 年 10 月嫁到林西三村，证明人是房连柱。2023 年 1 月 2 日去世。

乔洪恩，男，1925 年 5 月出生。1945 年 5 月，他在党员静海、区干部华连的介绍下，光荣加入了中国共产党。1943 年至 1980 年在本村当支部书记。1980 年后，一直在本乡东大埝林场任支部书记。1998 年 5 月去世。

在饥寒交迫中挣扎的人们最迫切期盼的是光明和温暖，中共蓟县地下党组织和地下党员就是人们心中最温暖的火和指路的明灯，在贫寒中挣扎的劳苦大众都喜欢称他们为乡村里的"播火人"！

我们长期调研了解到，尽管在村里生活了几十年的村民也无法详细准确地描述那段历史,但从乔洪恩、乔茂珍的档案记载可以看出,村里在新中国成立前已经有党组织活动的痕迹,革命火种点亮了这片土地。

乔安子村一带位置偏僻,具有较好的群众基础。

曾担任秦皇岛市林业局党委书记、局长等职的黄懋,离休后在其撰写的《记忆中的蓟宝三联合县第二大队》一文中回忆道:"蓟宝三第二大队主要活动在蓟县太河洼一带,这一带是有名的下洼子,但是群众基础较好,是敌占区比较巩固的抗日根据地。我清楚地记得1942年夏天,阴雨连绵二十多天,下洼子成了一片汪洋,大水淹没了所有庄稼,大高粱在水里只露个小头,村庄被大水包围,成了一个个小岛。蓟宝三第二大队在那里活动很不方便,部队从一个村到另一个村都得乘小船。那时部队在农村都是吃派饭,一个班分到两家去吃饭,晚饭后就组织学习,指导员负责宣讲,学习地点就在大树下,膝盖弯曲起来是书桌。不久部队转移到深山太平沟进行训练。"[1]

这些后方的工作虽然不如战场那样轰轰烈烈,但都为革命的胜利作出了贡献。

(二)不该被遗忘的红色记忆

讲好乡村红色故事,为的是记住来时的路。我们再一次打开尘封已久的记忆,红色故事就像一根线,把红色精神穿在一起,不时勾起人们对悠远史册的回忆。这座不该被遗忘的红色村庄,教育并感动着一代又一代人。

下仓兵站为解放战争作出了重要贡献

乔安子村所在的下仓镇是革命老区,具有光荣的革命传统。根

---

① 中共天津市蓟州区委党史研究室、天津市蓟州区关心下一代工作委员会,《沿着红色印迹前进——纪念冀东人民抗日武装大暴动80周年》,2018:239。

据《蓟州区革命老区发展史1927—2018》记载,解放战争时期下仓镇建有兵站。该书有几处记载为我们介绍了当初兵站建立的背景和作用。

"1947年7月间,我军由战略防御转入战略进攻。随后,党中央发出了'打倒蒋介石,解放全中国'的伟大号召,人民解放军先后转入攻势作战。蓟县县委为适应大反攻的需要,遵照党中央、冀东区党委的战略部署,积极主动地开展了各项支前活动。1947年9月9日,县委在马圈头村召开会议,研究部署征收、扩兵、担架、秋收种麦四项主要任务,成立县战争动员委员会,确定了全县战争勤务的领导核心。会议决定建立马伸桥、别山、溵溜、上仓、下仓、蓟县城6处兵站,负责粮草筹集、鞋袜准备和部队供给等项工作。"①

由此可见,下仓兵站是蓟县县委为配合我军战略反攻做支援前线所设立的。那么这些兵站发挥了哪些作用呢?

"后方各兵站做好粮草筹集和柴、菜、油、盐的准备工作。到年底,全县超额征收粮食980万公斤,农村扩兵2600人,干部参军41人,完成军鞋任务5000双。1948年1月至2月,又完成农村扩兵任务6000余人。到1948年6月,全县完成修桥8座,补修公路300公里;完成3条长途电话设施,约计100公里,保证了作战部队与前后方的联络和运输;完成了较频繁的伤病员转送、粮草调运等各种后方转运任务;动员出弹药原料铜、铁、锡7.5万公斤、麻秆6500公斤;挖防空洞32.5公里,出动担架2620副、大车4000多辆、驮子14万余个、民兵8430人,动用其他民工17657人,总用工达38.87万余人次。"②

以上数据表明,下仓等兵站的建立为解放战争作出了重要贡献。

"为了迎接东北大军入关作战,1948年9月30日至10月中旬,冀东区党委、区行政公署、冀东军区接连三次召开战勤会议,在积极支

①《蓟州区革命老区发展史》编审委员会编,蓟州区革命老区发展史(1927—2018年)[M],天津:天津古籍出版社,2020年:97。

②同上,98。

援辽沈战役的同时,公布了《对战勤机构与领导关系的决定》,部署了建立兵站、组织担架等任务。"[1]

由于该书对此处兵站并未做详细介绍,要建立的兵站是否还包括下仓就不得而知了。

抗战老兵——永远的丰碑

七十多年过去了,抗日战争的硝烟早已消散,历史的创造者也随岁月流逝渐渐老去。在我们寻找红色记忆的过程中,还有另外一支特别的人群我们不能忘记,他们就是抗战老兵。抗战老兵是抗战历史的见证者、亲历者和记录者,更是革命精神的传递者,他们以血肉之躯换来了民族的尊严。他们为抗战出过力,为民族流过血,他们用鲜血与生命赢得了一场场悲壮的卫国战争。我们国家和子孙后代有责任了解和牢记历史!

经天津市蓟州区退役军人事务局拥军优抚科核实,乔安子村抗战老兵有:

乔洪泽,1944年4月入伍,1945年6月复员,2005年5月7日去世。

乔善廷,1945年6月入伍,1955年4月复员,2008年12月14日去世。

沽东村抗战老兵有:

李伯春,下仓镇沽东村人,1943年9月入伍,1947年12月复员,1998年冬天去世。

张汉,下仓镇沽东村人,1943年1月入伍,1948年9月复员,2007年12月3日去世。

老兵在抗日战场上的英勇无畏让我们感动。读着他们的名字,仿佛在安静地端详每一张面孔。他们不应该被忘记,也不能被忘记!他们是中华民族不屈的脊梁!

---

[1]《蓟州区革命老区发展史》编审委员会编,蓟州区革命老区发展史(1927—2018年)[M],天津:天津古籍出版社,2020年:99-100。

解放复员老兵——一段不可磨灭的印记

乔安子村有三位曾参加过解放战争的复员老兵。他们在战火硝烟的战斗中、在腥风血雨的战场上不断锤炼青春,每个人的背后都有一段不能被忘却的英勇事迹。

经天津市蓟州区退役军人事务局拥军优抚科核实:

乔茂申,1925 年 11 月 28 日出生,1947 年 5 月入伍,四野炮兵。1950 年 7 月复员。生前享受复员军人待遇,2009 年 12 月 7 日去世。

乔录增,1947 年 5 月入伍,1949 年 11 月复员。已去世。

乔建山,1947 年 9 月入伍,1948 年 12 月复员。已去世。

在蓟州区公安部门的内部系统查询到相关资料:

乔录增,1928 年 10 月 10 日出生,2005 年 7 月 8 日去世。

遗憾的是查不到乔建山的具体资料。

铭记为新中国而牺牲的烈士们

2018 年 4 月 16 日,中华人民共和国退役军人事务部在北京正式挂牌。据蓟州区退役军人事务部提供的数据显示:蓟州区全区牺牲烈士总数 3440 人,目前全区健在的、享受优抚待遇的退役老兵一共 135 人,其中参加抗日战争的有 9 人、参加解放战争的有 119 人、参加抗美援朝战争的有 7 人。

这 135 名退役老兵中,一共分为两类人员:在乡复员军人 89 人(抗日战争 6 人、解放战争 78 人、抗美援朝 5 人)。残疾军人 46 人(抗日战争 3 人、解放战争 41 人、抗美援朝 2 人),乔安子村有两位、沽东村有一位。

乔善志:下仓镇乔安子村人,1901 年 8 月出生,1937 年 4 月参加革命,战士。1943 年 1 月在玉田县黄土坎战斗牺牲。

乔庆峰:下仓镇乔安子村人,1901 年 8 月出生,1937 年参加革命,战士。1938 年 5 月在玉田杨家套牺牲。

李德勋：蒙鄜乡沽东村人，1912年出生，1947年参加革命，战士。1947年在热河牺牲。

这几位烈士牺牲时只有三十多岁，乔安子村、沽东村都是四百多人的小村，这两个仅有一百多户人家的村子就出了三位革命烈士。

2020年9月27日，为了迎接第七个烈士纪念日，纪念中国人民抗日战争暨世界反法西斯战争胜利75周年，大力弘扬伟大的抗战精神，我和天津财经大学财税与公共管理学院党员代表一起来到蓟州区盘山烈士陵园，开展"缅怀革命先烈，弘扬抗战精神"主题党日活动。在抗战英雄纪念碑下，全体党员一起高唱雄壮的《义勇军进行曲》，重温入党誓词，瞻仰革命烈士纪念碑，向无数为中国解放事业献出宝贵生命的革命先烈表达最崇高的敬意和怀念。

这些年轻的生命，在祖国需要的时候义无反顾奉献自己。今天的鲜花献给英烈，献给我们心中最可爱的人。每一次看到他们的名字，我仿佛都是在重温一次入党誓词，每一次无不受到思想洗礼。

"光荣在党50年"

老党员是峥嵘岁月的亲历者，他们用实际行动诠释了对党和人民的绝对忠诚，为新时代的党员干部树立了学习榜样。50年前，他们正青春，四处奔赴在祖国最需要的各个角落。50年风风雨雨、50年热血依旧，老党员是我们党执政兴国的重要资源。继续推进社会主义现代化建设，离不开老党员的支持和帮助。

2021年3月，经党中央批准，中央组织部印发了《"光荣在党50年"纪念章颁发管理办法》。同年6月，710多万名老党员获"光荣在党50年"纪念章。其中，帮扶村就有三位这样的老党员。

李玉兰，1933年4月17日出生，1953年6月12日加入中国共产党，光荣在党50年。一枚纪念章，承载了李玉兰一生的荣光。2022年8月4日，李玉兰安然离世。

乔茂功，1934年9月10日出生，1960年11月25日加入中国共产党，光荣在党50年。2022年11月12日，乔茂功安然离世。

刘庆普，1951年3月14日出生，于1969年12月应征入伍，1970年9月21日加入中国共产党，1977年3月10日获得中华人民共和国国防部颁发《退伍军人证明书》，光荣在党50年。

沽东村主街道五百多米长的路总是干净整洁，很少有落叶堆积。这份"清洁成果"来源于村里一位年近八十的老党员日复一日、夜以继日不辞艰辛地守护。刘庆普是默默无闻的扫街人。在老人看来，对这条路的义务清扫是一桩大事，不能马虎。老党员把义务清扫列为他为民办实事清单里的事项，用他朴实的行动践行着"办实事"的初衷，只要是对群众好的事，无论大事小事都是事。

虽然已是年近八十的高龄，腿脚不方便，但是无论刮风下雨，刘庆普每次都能积极按时参加党的组织生活，按时交纳党费，严格遵守党的纪律，履行党员义务。作为入党五十多年的老党员，他为党和人民奉献的精神依然不减，始终保持纯洁的党性，无条件地服从组织安排，不计较个人得失，积极参与村里的事情，为村里的工作作出了突出贡献。

（三）本土红色资源厚植于心

村里的红色故事就是本土红色资源，我们要把乔安子村、黄土坎村等革命遗址作为开展爱国主义教育的"教室"，把村里的红色故事作为爱国主义教育的"教材"，把村里的革命先烈、英雄模范作为开展爱国主义教育的"教师"。在寻访红色足迹中，引导青少年汲取思想养分，播种理想信念种子，知史爱党、知史爱国。让青少年的思想受到洗礼，触动灵魂，帮助青少年不断地炼铸红色青春，更好地传承红色基因，用红色文化沁润青少年的成长之路。

把黄土坎战斗遗址作为开展爱国主义教育的"教室"

黄土坎战斗遗址以其直观的物质形态，展示了中国人民抗日斗争的历史,具有独特的历史价值和时代意义。无论是乔安子村老槐树上的弹痕,还是黄土坎村战斗遗址布满弹孔的百姓院墙,都是中华民族奋起抗争的生动体现。它见证了冀东火热、壮烈的革命斗争,是宝贵的革命遗产和红色精神力量。在传承弘扬红色文化、赓续红色血脉中发挥着独特而重要作用,是中国共产党百年艰难历程和辉煌成就的生动注脚,昭示着党和人民更加辉煌灿烂的明天。

党史学习教育开展以来,各级党组织纷纷组织广大党员、干部及学校师生到乔安子村、黄土坎村红色教育基地开展主题教育。在革命遗址前重温入党誓词,听乔国志、刘文芳等老前辈讲述当年的革命故事,缅怀牺牲的革命先烈。黄土坎战斗遗址等地发挥红色阵地、红色课堂的引领作用,成为党史学习教育的"第二课堂",营造了"处处学党史、人人学党史"的浓厚氛围。

天津财经大学艺术学院老师们以黄土坎战斗故事为依托,绘制《铭记历史,开拓未来——乔安子村历史变迁录》画册,将其作为中小学校思想品德教育的一本优秀红色教材。

革命精神是可以通过故事表达的。着眼于本地红色资源,将其转化为党史宣传教育优势,深入开展红色主题的资料整理和研究,通过编写乡土教材,编排舞台剧等形式,将红色资源转化为看得见、摸得着、感受得到的事物。通过校园宣讲、体验式学习等多种形式,在潜移默化中激活红色基因密码,使青少年受到心灵震撼和精神激励,使其在青少年群体中产生强烈共鸣。

四、用好红色资源,助力产业发展

通过深入调研,我们了解到了当地有不少的红色文化资源,比较适合开展红色旅游和爱国主义教育,还有一些特色文化资源也会吸引外来的游客。在制定了详细的帮扶方案后,驻村帮扶组多方筹集资源,培育旅游产业,通过产业带动当地由贫变富,惠及困难村民。

(一)特色手艺——芦苇、柳条编织

我小时候就看的电影《地道战》中,民兵挖地道,用柳条筐把土运走,避免被日寇发现。在电影《平原游击队》中,我们也可以看到柳条筐作为家用农具的场景。电视剧《亮剑》第四集有这样一场景,独立团歼灭山崎大队那场战斗,突击队用篮子装满手榴弹。那个篮子就是柳条编织的。

电影《剑吼长城东》讲述了1941年秋,八路军冀东军分区副司令员鲍真率部在盘山地区开辟冀东抗日根据地,与日寇展开斗争。我们在影片中也能看到李老磨背着用芦苇、柳条编织的筐,装满树枝上山的场景。

《蓟州区革命老区发展史》一书中提到,抗日战争期间,"在以农业为主的前提下,天津各区先后成立了各种形式的合作社,如玉蓟宝联合县的席业合作社、纺织合作社、消费合作社等。有的小学开展编制勤工俭学活动,有的村经营运输运销业。大生产运动的开展,使蓟县一些久负盛名的手工业得以恢复,如笊篱、织席业、纺织业、编芡业、荆编业等,还有粉条、豆腐等副业摊。"①《蓟县志》中也提到,"一些个体小手工业者逐步编组、建社,改为集体经营。城关、马伸桥、邦均、上仓等集镇先后建立铁木业、自行车修理、缝纫加工、荆柳编织、砖瓦、石灰、笊篱……""县境南部洼区盛产芦苇,编织苇席是当地主要副业。"

为记述准确,2023年9月18日,我通过电话再次对黄土坎村刘文芳老人进行了访谈。据刘文芳老人回忆说,黄土坎村周围全是芦苇,整个村庄都被芦苇包围着。庄里庄外全是芦苇场。黄土坎村有集市,有专门收芦苇席的。当地老百姓心灵手巧,熟练掌握了芦苇席

---

①《蓟州区革命老区发展史》编审委员会编,蓟州区革命老区发展史[M],天津:天津古籍出版社,2020年:75。

编织技艺,家里的箩筐、芦苇席、家具等都是自己动手做的,既漂亮,又结实。很多人家编织芦苇席等是为了换取点零花钱增加收入。

蓟州区下仓镇历史上曾划归到玉田县,下仓镇的乔安子村和沽东村苇席加工沿袭了玉田县苇席加工的历史传统。"县南部地势低洼,盛产芦苇。据清光绪《玉田县志》记载,早在清光绪年间,兰泉河下游,渠河头一带,就曾'禾苇半焉'。随自然繁衍,面积逐年扩大……"①发展手工编织、弘扬柳编文化是乔安子村实现乡村红色旅游奋斗目标的重要组成部分。柳编是我国民间传统艺术之一,历史悠久,文化底蕴深厚。2008年6月7日,柳编被列入第二批国家级非物质文化遗产名录。自2023年初支部共建以来,先后组织培训乔安子村民二十余人次,其中具备初级编织技能的有6人,具备精品编织技能的有2人。乔安子村先后参与牡丹园会展活动、天津农学院(蓟州分院)课堂教学、下仓镇东太河中心小学课后服务课堂等,每位学生都认认真真地学习编织的步骤,并在一编一织中体会到了编织的乐趣,增强了对传统文化的认同感、归属感,感受到了身边传统文化的艺术魅力。在乔安子村东南角,村民们种植了柳编原材料杞柳2亩,为柳编培训和文娱活动提供物质保障。我们成功将乔安子村党建文化展室的红色文化与发展柳编绿色产业深度融合,带动了父老乡亲们增收致富。

(二)做好乡村红色旅游"文章"

随着"七一"建党日及暑期的临近,蓟州区旅游市场开始随暑热升温,红色旅游热度高涨持续"圈粉"。平津战役前线司令部旧址、盘山烈士陵园、抗日战争胜利纪念碑等红色景点吸引了大量的游客前去"打卡",让我不禁联想到了我们帮扶的两个村,如果也能发展红色旅游,那该有多好啊!

---

① 玉田县志,第1—3卷[M]. 1941年。

　　沽东村、乔安子村是一个有着光荣革命历史的红色村庄,为革命作出过不可磨灭的贡献。两村人数不多,即使到现在总人口也刚过千人。当年几乎全村的年轻人都参加了革命,烈士就有三位。我们驻村帮扶组挖掘和整理革命英雄事迹,找出了两村开展红色旅游所需要的历史素材。

　　作为革命老村,革命先辈的事迹不能忘,他们不怕困难、不畏牺牲、敢于斗争、甘于奉献的精神将永远激励着我们向前进。此时两个帮扶村还没有阵地,凭借主动思维、奉献精神和实干劲头,我们决定创造条件,实现发展乡村红色旅游的愿望。于是,我们想了个法子,在工程施工中,特意增加了两个环节,一个是树立"沽东村欢迎您!"的村标,另一个是立起了一块党建林文化石。

　　我们从毛泽东主席手书中集字而成"党建林"三字,以此来记述在天津财经大学结对帮扶困难村工作中,抓好农村基层党组织建设的重大意义。党建林背面文字是:第一书记打头阵,学校党委是后盾;党员干部当先锋,精准帮扶为人民。落款是天津财经大学,2018年7月1日。党建林文化石成为党建阵地,为后期开展党史教育和红色旅游奠定了基础。

　　之后,我们又增加了家风家训文化石、六尺巷文化石。把那首脍炙人口的诗句"一纸书来只为墙,让他三尺又何妨。长城万里今犹在,不见当年秦始皇。"镌刻在文化石背面。六尺巷所包含的谦和礼让精神实际上也是中华优秀传统文化的精髓。

　　乡村老房子里藏着老故事,我们利用修建好的甬道开展"重走革命长征路"活动。驻村帮扶干部与村里的老人一起担起了讲解员的角色,介绍着村里的老故事及革命事迹。我们把整个村庄看作一个红色教育展览馆,及时恢复了村里的老磨盘,为乔安子村保存完整的十五栋明清老建筑做宣传。

　　为了让来村里开展党日活动的各单位的活动开展得更加庄重、更有"仪式感",我们在沽东村党建林前临时搭建舞台唱红歌,《没有共产党就没有新中国》《唱支山歌给党听》《歌唱祖国》《十送红军》……一曲曲脍炙人口的经典红歌,激活了人们的红色记忆,唱出了传递红色文化的最强音。

2018年6月20日,天津财经大学教务处二十余位党员教职工来到帮扶村举行"不忘初心·砥砺前行"党日活动。在党建林,党员同志们共同重温入党誓词,这也意味着党建林等两村打造的"红色旅游示范点"开启了首发之旅,这也开启村民的圆梦之旅。

乡村红色旅游初战告捷,让我们驻村帮扶组和两个村"两委"班子信心倍增。我们趁热扩大规模,一周后,2018年6月28日,天津华英学校来此开展"不忘初心,砥砺前行"红色党建主题活动。继天津华英学校后,北京市农业广播电视学校、天津市农业广播电视学校、天津泰达城市轨道投资发展有限公司、天津市和平区司法局律师行业党委、天津河北梆子剧院、中国银行蓟州支行、招商银行蓟州支行、中国移动蓟州分公司、北京农业职业学院、天津市电子信息技师学院、天津财经大学珠江学院、天津市河北区教师发展中心、天津市静海区子牙镇东子牙村党总支、天津财经大学部分院系等单位的党组织纷纷到村举办党日活动,一轮又一轮的活动展示了"红色+绿色"资源有机结合的巨大魅力。

结束语

时间转瞬即逝,四年驻村生活的乡土记忆,成就了我人生中最难忘的一些"高光时刻"。

四年的驻村经历虽然短暂,但是,它丰富了我的人生内涵,让我明白了什么叫共产党员的担当作为,为什么要时刻把人民的冷暖疾苦挂在心上,也让我切身感受到了共产党员与群众的血肉联系。没驻村之前,我没有离开过校园,根本不了解农村,不懂困难群众的"急难愁盼"。

驻村四年来,一遍遍走进农户家中,与农户拉家常,算清收入账,谋划发展思路,每走访一户,就像打开了一种人生,有痛苦,有忧愁,也有幸福。将心比心,我沉醉其中,体味着其中的酸甜苦辣,为他们难过,为他们高兴,也为他们做力所能及的事。

"火车跑得快,全靠车头带"。在一次次的党建活动中,一次次的学习教育中,我们的基层党组织更加巩固、我和党员干部们更加热爱奋斗,战斗堡垒和先锋模范的作用得以发挥。驻村期间,我见证了沽东村、乔安子村党支部的发展,见证了村"两委"换届后的新面貌,见证了村干部、农村党员在党史学习教育、党的二十大报告学习教育中的不断进步。

完成驻村帮扶工作任务后,我回到自己的工作单位,但我一直心系乡村教育事业,特别关心乡村孩子的教育问题。越穷的地方越难办教育,但越穷的地方越需要办教育,乡村学校承担着提升学生素质的责任,肩负着培养祖国未来接班人的重任。

2023年7月中旬,当我获悉天津市宝坻区大口屯镇第三小学办学基础条件较为薄弱时,我主动联系北辰区北仓小学,并于2023年8月2日陪同大口屯镇第三小学的十名教师代表来到北仓小学参观学习,并积极协调联系天津人民出版社在2023年9月8日教师节即将到来之际开展捐书活动。我请天津财经大学艺术学院孟红雨副教授帮助该校设计了校徽、校旗等精神文化标识。2023年8月,我向大口屯镇第三小学捐赠了跳棋、跳绳等文体用品。驻村帮扶工作虽然已告一段落,但我依然关注着生活在乡村的那些孩子们。乡村留守儿童最缺少的不是钱,缺少的是一个属于自己的、像家一样熟悉的地方,缺少的是一个长久、稳定、能找到归属感的班级、比哥哥更有权威的大人陪伴在身边。

2023年6月1日,我回到乔安子村。我帮扶过的一位年近八十岁的李秀荣老人紧紧地拉着我的手,久久不肯松手。她什么都没有说,只是回身把家里刚打好的玉米面递到我的手里。我双手合十做了个感谢的手势,把东西放回原处。老人的眼眶湿润了,转身离开的一刹那,我也强忍着泪水和老人摆了摆手。

在帮扶工作的不断推进下,乔安子村被评为蓟州区首批"新时代文明实践站",沽东村党支部书记、村委会主任李晓丽于2022年被评选为天津市第十二次党代会的代表。习近平总书记强调指出:"我们党员干部都要有这样一个意识:只要还有一家一户乃至一个人没有解决基本生活问题,我们就不能安之若素;只要群众对幸福生活的憧憬还没有变成现实,我们就要毫不懈怠团结带领群众一起奋斗。"①两个帮扶村的工作让我深刻认识到第一书记沉甸甸的担子及乡村振兴的重大意义,村民对美好生活的向往就是工作的方向和动力。

离开沽东村、乔安子村的时候,干旱许久的大地迎来了久违的甘霖,天空中出现了一道彩虹,为沽东村、乔安子村勾勒出美好的未来。我相信沽东村、乔安子村的老百姓依靠自己的力量会过得更加幸福,蓟州区的明天一定会更加美好。

---

① 习近平春节前夕赴内蒙古调研看望慰问各族干部群众.人民日报,2014-1-30.

附录一:我们眼中的驻村第一书记

我们村的"老李"

我叫李晓丽,是天津市第十二次党代会代表、沽东村党支部书记、村委会主任。

"老李"是沽东村人对天津财经大学驻村帮扶组组长、第一书记李强的昵称。虽称之为"老李",但李强不过五十出头的年纪。由此昵称可见,他与乡亲们相处得非常融洽。

在下仓镇沽东村,"老李"这个名字可谓响当当。正是在这个不图名、不为利的共产党员的带领下,沽东村完成了从后进村到小康建设示范村的飞跃。

老李脾气急,一点就着,但村里人对他这急脾气相当买账。因为他与人为善,心存大爱,一心装着村里人的急事、难事、烦心事,也总是合计着为群众解烦事、做好事、办实事。他的"急"都是"急"在当急处。

现在的老李可是俺们村的名人。提起老李,村里人都会挑起大拇指,很多年轻人更是把他当成学习的榜样。在村里人的心中,早已把他当成了自家人。

开动脑筋,提升村民收入

我们沽东村位于蓟州区下仓镇东部,是天津市确定重点帮扶的困难村。老李来了以后，不仅全力提升乡村治理能力，而且在大力推动村集体经济和产业发展上不断出实招、谋实策，为村里争取到了项目资源、资金保障和技术服务，着力破解我们村集体经济薄弱的难题。为了增加村集体经济收入，老李带领帮扶组因地制宜，决定将"卖菜"打造成我们村的龙头产业，帮助农民把农产品销出去。

他切实发挥帮扶组的自身优势，先后打造了线上线下两个售卖渠道。一是成立了"天财人爱心帮扶助农群"，二是与农产品公司合作，为村里申请到一台流动售货车。靠着这两个渠道，截至2021年帮扶结束时，我们村的集体经济收入达到二十多万元。

不仅如此，老李还将售货车开进了校园、农品店、公司写字楼、医院……并与天津财经大学签订协议，使我们成为天津财经大学市场营销系大学生校外实习基地。在老李的牵线搭桥下，我们沽东村党支部与天津市新力灵弈广告传播有限公司、天津市安徽商会无为分会和天津市中心妇产科医院，分别联合开展了"精准帮扶"主题党日活动，并在活动中将蓟州农品以"新零售"形式向其进行了推介，为现代城市工作生活节奏不断加快的人群打造个性化服务。

同时，老李尝试转换售卖形式，通过云端会议开展消费扶贫，召集社会力量帮助我们村提升集体经济收入。

在带领村民创收的过程中，老李始终想在前、冲在前、干在前，时刻忙碌着、辛劳着、奔波着，他以务实高效的作风和雷厉风行的干劲，帮助全体村民实现了小康梦，过上了好日子，彰显了一名优秀共产党员的本色，用强烈的使命担当，为我们点亮了希望之灯。

无私关爱，帮助困难家庭

记得老李初来我村时，为迅速吃透村情民意，了解群众所忧所盼，他第一时间就通过召开村"两委"会和党员大会、实地查看、入户走访等方式，展开调研。晚上便连夜召集村"两委"班子成员开会座谈，及时掌握一手情况。

一次入户走访，我与老李走进了解有光的家。在解有光很小的时候，他的母亲就离家出走了，父亲手有残疾，他长期与年过七旬的奶奶生活在一起。家中的墙壁因为年久失修，墙面发黑，到处都是霉斑，味道很大。家里的摆设简单破旧，屋里屋外一派乱糟糟的景象。长期在卫生条件极差的、凌乱的家庭环境中生活，再加上缺少关爱，只有六岁的解有光性格孤僻，少言寡语。站在这样的一个家里，面对这样一个可怜的孩子，我看到老李的眼底有泪光在闪烁。

为了给解有光创造一个良好的成长环境，2020年春夏，老李决定帮他家粉刷房屋。他请两位热心的村民帮忙，然后自费去市区装饰城买来泥子膏、环保乳胶漆等材料，还为解有光家添置了电线、灯管、台灯、家具等必需品。在旧房改造的过程中，他更是既当采购员又做搬运工，既是监理又是工匠，全程参与了施工的各个环节。

经过几天的努力，解有光家旧貌换新颜。本来黯淡斑驳的房间变得宽敞整洁、窗明几净。老李还在修葺一新的房屋中为解有光搬来立了图书角学习桌，给孩子购买了各种文具和新书。在老李的帮助和鼓励下，解有光的内心不再孤独，他克服自卑心理，重拾起了对生活的信心和希望，性格也变得开朗乐观起来。

自那以后，老李持续关注着有光的成长。自2020年到现在，他经常会准备一些物品送到有光家中，鼓励他努力用知识改变命运，向阳而生，奋力成长。

四年的驻村帮扶，老李和村里的许多困难家庭之间都建立了不是亲人胜似亲人的真挚感情，他竭尽全力为他们提供温暖和帮助，让他们的获得感、幸福感更加强烈，把感恩的种子深植于孩子的内心，让向善的力量不断传递下去。

多方筹措，引入免费资源

在老李任驻村第一书记的这几年，他帮村里解决了一个又一个难题，但他面对的难题也是一个接一个，最大的难题就是资金不足。为了筹措资金,他想方设法,调动了一切可以调动的力量。文具店改造缺少砖瓦,他就联系朋友免费捐赠;困难户家缺少家具,他联系学生进行捐赠;沽东村种植资金不足,他联系自己相熟的苗木公司免费相送;村子通往学校的路灯不亮,他联系电力公司维修;困难户生病看不起病,他联系民政部门争取救助资金;面对村庄教育闭塞问题,他主动邀请市里各个院校的专家教授、名师进入村庄小学;整修文化墙没有经费,他邀请专业院校的师生进行免费创作……在这几年的帮扶工作中,老李将自己的力量用到了极致,他为这个村庄将自己的人情债用到了最大额度,共产党员一心为公、一心为民的精神在他身上得到了最大的彰显。

老李同志,我代表我们沽东村全体村民对您这几年来的辛苦付出表示衷心的感谢!老李用自己的实际行动践行了当初"实实在在把支部建设好,踏踏实实把村子发展好"的诺言,给村庄留下了无比丰富和珍贵的物质及精神财富。

老李的帮扶工作虽然已经完成了,但我们真心期盼老李能常回家看看。

做一盏照亮乡村孩子成长的路灯

我叫蒙长健，是天津市蓟州区下仓镇东太河中心小学校长。我校位于蓟州区东南部，紧邻河北省唐山市玉田县林西镇，距离蓟州区城区五十余千米，是一所典型的乡村小学。

与李强老师的第一次见面，他的激情、正气、担当、真诚、豪爽、谦逊和智慧，让我有一种一见如故的感觉。高校老师到远离市区的偏远乡村帮扶，这使我们深受感动。

帮扶组的老师们在百忙中来到我们这个偏远的乡村小学，从春暖花开到寒冬凛冽，一年年往去来回。几年来，帮扶组通过联系多家教学单位，来到我校进行精准帮扶，开展各种教育教学活动，在各方面给予了我校太多的帮助，全校教职工和学生受益匪浅，心里充满了浓浓的感激之情。

把市区先进的教学理念带进乡村

天津财经大学驻村帮扶组进驻以来，着力发挥高校教育实力雄厚、优质教育资源众多的优势，坚持帮村先帮教、扶村先扶智，把教育帮扶作为结对帮扶工作开局破题的重要抓手，整合资源，谱写真帮实扶新篇章。

校园文化对学生品德与素质的养成有着陶冶、启迪、塑造的功能，对学生的成长有着教育和引导作用，它能不时地提醒和启发学生的潜能意识。在受帮扶期间，我校师生有幸前往育婴里小学、宁园小学参观学习，其间的所思所感对我校的校园文化和发展理念产生积极深远影响，促进了教师之间互相尊重、互相学习、团结一致、共同奋进的氛围。学校拥有了崭新精神面貌，学生养成了良好的行为习惯，学习读书兴趣增强。

教师的成长与进步

让孩子享受优质教学资源是乡村教师最大的心愿。子曰:"三人行,必有我师焉。择其善者而从之,其不善者而改之。"这充分说明了在交往中学习知识的重要性。《礼记·学记》中谈道:"独学而无友,孤陋而寡闻。"同样说明了在交往中学习的重要性。在帮扶组的积极联系下,河北区宁园小学与东太河中心小学以"校际合作促发展,携手共享同成长"为理念,结对为"手拉手"学校。一方面,我校部分教师前往宁园小学进行了观摩学习,不仅开阔了视野,增长了见闻,还提升了教师的人文素养、专业知识与技能综合能力。另一方面,宁园小学的老师们来到我校进行听课指导,提出了很多建设性的建议,促进了青年教师的专业发展。在线下活动如火如荼开展的同时,线上的交流也没有停歇,从课程教学、学校和班级管理经验到学生全面发展的方式方法,我校教师获益良多。

帮扶期间天津财经大学在我校成立了"德润讲堂",李强老师从自身工作经历出发并结合理论知识,从政治、文化、历史、教育等方面多次给老师们上思政课。他还邀请天津财经大学马克思主义学院教师为我校青年教师许国苹指导,助其取得2020年天津市第十届小学"双优课"市级二等奖的优异成绩。

李强老师还帮助我们联系河北区教师发展中心董凤桂、思政教研员刘秀珍、心理健康教研员耿敏等多位领导和教研员,为我校教师提供了线上思政教研培训。教师发展中心的老师们介绍了一系列值得我们借鉴的经验,推荐了优质的网络资源,助力了我校思政教育教学的发展。

帮扶工作结束后,李强老师仍为乡村教育奔波,他还积极推动大中小学思政一体化建设,促成了包括我校在内的下仓镇四所初中、八所小学与天津财经大学马克思主义学院、统计学院、天津市第五十七中学、育婴里小学的合作，大家共同签订了《大中小学思政一体化建设协议书》，每月定期举办"言思沙龙"活动，让更多的乡村孩子通过教育改变命运，彰显了教育人的担当和情怀。

把每一个乡村孩子的人生梦想点亮

习近平总书记指出："全国广大教师用爱心和智慧阻断贫困代际传递，点亮万千乡村孩子的人生梦想，展现了当代人民教师的高尚师德和责任担当。"一批又一批乡村教师坚守岗位，致力于乡村教育事业，用情怀抒写担当，用生命践行使命，如点点烛光，为乡村孩子点亮梦想，为乡村发展注入力量。

为了获得第一手资料，在帮扶工作的四年里，李强老师深入困难学生家中走访慰问，聚焦群众急难愁盼问题。给每一名家庭经济困难的学生在家里打造读书角，配备桌椅、各种图书和文具等，这些对困难家庭学生来说，不仅是物质上的关怀，更是一种精神上的慰藉和鼓励。学生表示将积极面对并克服眼前的困难，加倍努力学习，将来用自己学到的知识回报学校和社会的关爱。

李强老师从北京工业大学筹集了三百个笔袋和一些其他文具及跳绳等物品，助力我校开展了"绳彩飞扬、跳动梦想"跳绳比赛。2021年"七一"前夕，他还从河北区教师发展中心邀请慈树梅老师来到我校担任评委，举办经典诵读比赛，让孩子们初次登上了表演的舞台展现自我。"白日不到处，青春恰自来；苔花如米小，也学牡丹开。"这是绝大多数小规模乡村学校的真实写照。帮扶组结合家访的所见、所闻、所感，为困难家庭的孩子们靶向施策，为乡村孩子点亮梦想，为乡村振兴注入力量。他们认真勤奋的工作态度获得了乡亲们的认可和称赞。

为了让校歌更充分反映新时代乡村好少年、好老师的良好精神风貌，李强老师专程邀请宝坻区教育系统有关人士将我校建校初期创作的校歌曲谱修改完善。他们努力用微光弥补差距，帮助乡村孩子更好地成长。

　　四年来,驻村帮扶组在结对帮扶工作的扎实付出,给我校带来了令人欣慰的成果,帮助我们进入了一个新阶段。看到了我校这么多可喜的变化,作为一名校长,感受到了一种浓浓的幸福感,也由衷地感谢驻村帮扶组的辛苦付出。对过去的记忆及当下的感知,除了感激之外,我唯一能做的就是开阔眼界、扩大格局、提升境界,教育引导孩子们好好学习,做一个对祖国、对人民有用的人。

　　李强老师的敬业精神影响着我校青年教师,他们作为乡村教育振兴的后继人,无论在教学岗位、管理岗位或后勤岗位的东太河中心小学教职员工,都在为学校的建设和发展贡献着自己的力量。

党的好干部，村民的贴心人

我叫张东美，是天津现代职业技术学院影视动画专业2019级的一名大学生。我的家在天津市蓟州区下仓镇沽东村，是天津财经大学结对帮扶的困难村。

2017年8月，天津财经大学驻村帮扶工作组来到我们村，我最初认识的就是李强老师。他来到村里后，很快便实现了由高校教师向农村人的转变，把自己当成村里人，把村民当成自己的亲人；把村子的事情当成自己的事，尽心尽力、不辞辛苦，为村庄的脱贫攻坚工作奉献自我，得到了村民们的一致认可。

俯下身子，用心用情驻村帮扶

"没有调研就没有发言权"。为充分了解村情民意，厘清工作思路，到村后，李强老师将走访调研、摸清村情作为第一要务，每天在村干部的引领下，拿着本子入户走访，他走进农家、深入田间地头，访贫问苦，了解情况，与村民面对面沟通思想、交流感情，了解困难户的具体情况，包括家庭人口数、致贫原因、是否有收入、收入来源、家中是否有地、是否有上学的孩子等。一次记不全就多去几次，一年下来，真正了解到了群众所急、所盼、所想，对于难点、热点问题，分析问题的根源，研究解决问题的办法。他还经常性走访"五保户"，察看独居老人的生活状况、排查他们房屋的用电安全、煤气使用安全、易燃易爆等危险品安全，保证老人们的人身安全。

李强老师还特别关注乡村教育问题，将高校老师的优质资源和先进的教学理念引入我们村的小学，使得孩子们的身心健康水平得到了很大的提升。在村开设"夜大学"，提升村民的文化素养，助力精神文明建设。为村里积极争取资金支持，打造党建文化展室。深入挖掘村庄的红色文化故事，改变村庄的人居环境。开展线上就业指导、助困帮扶,用心用情地帮扶每一户困难户,使得困难户的生活得到了极大的改善。

他在四年的帮扶工作中,从村庄的环境卫生到班子成员的管理,从精神文明建设到帮扶困难群众,从村集体经济发展的大事到与老百姓田间地头唠家常的小事,从打造党建文化展室到开设爱心文具店,每一件都在用心用情去做,真正地诠释了一名共产党员的担当,展现了一名帮扶人的热情和爱心,得到了村民的一致认可,也成为我一生的良师益友。

胜似亲人,凝聚爱心传递驻村情

李强老师心里装着老百姓,心里想着困难户。在四年的帮扶中,他们帮助过很多困难家庭,其中对我和家人的帮助也很大。为此,我们全家人都心怀感恩。

小时候的生活总是无忧无虑,爷爷和父亲外出务工,奶奶和母亲在家务农劳作,我和弟弟上学读书,一家人的生活还算富足。然而,上天总是会开玩笑,在我小学一年级的时候,突如其来的噩耗,扰乱了我们家的美好生活。我的父亲,突然身患糖尿病、脑血栓,后期还因病致残,完全丧失了劳动能力,每年都需住院治疗。为给父亲治病,家里花光了所有积蓄,我和弟弟还要上学,家里只能靠母亲做些粗活,挣些微薄的工资维持一家六口人的生计,家里的日子捉襟见肘、难以维持。

2017年8月,李强老师带队的帮扶组到村后,给我们"阴暗"的日子带来了一束光。当时我还在蓟州区第二中学读高中二年级,李强老师了解了我们家的情况后,积极地为我们家寻找摆脱困境的方法。他多次来到我们家,与母亲交流如何增加家庭收入,改变生活现状。经过一段时间的耐心调研,发现我们家距离东太河中心小学直线距离不足二百米,但是附近村庄却没有文具店。于是,李强老师就与我母亲商议,把院墙内搭建的装杂物的小棚子重修为三间厢房,改造成文具店，母亲经营店铺贴补家用。这样既可以解决生活上的困难，又可以方便照顾父亲。

建造三间厢房需要大量的建筑材料，本以为李强老师是驻村第一书记，手里掌握着帮扶资金，解决这件小事不算啥。后来，我们才从工人那儿得知，所有施工的材料都是李强老师四处找朋友募集来的，就连施工人员的工时费也是他筹措的。面对众人的不解、疑惑甚至流言蜚语，他却泰然处之。

厢房建成后，李强老师又请来了天津财经大学艺术学院的孟红雨副教授，设计门头标牌。如今，我们家的爱心文具店招牌的故事已经传遍了周边的村庄。装修好后，李强老师帮助联系文具店的供应商。都说万事开头难，筹备文具店需要付一笔货款，家里却一下子拿不出来那么多钱。事后得知，李强老师从个人工资中拿出三千元解决了文具店前期货品供应的难题。李强老师带我实地考察供应商的经历，我记忆犹新，考察也让我学到了很多。经过不懈地努力，文具店开业了，家里又有了一份收入。

文具店刚开业后，生意并不乐观，李强老师了解情况后，筹集了一些货物当作赠品来增加人气，这一创新的主意让文具店的生意渐渐好了起来。李强老师又自掏腰包在店里订了一些文具，一是帮助我们创造收益，二是帮助其他有困难的人。

2019年，党和政府给我家的危房进行了重新改造，一家人住上了宽敞明亮的新房子。由于一直给父亲治病，家里没有添置什么家具。李强老师看在眼里，记在心上。回到市区后，他联系他的学生，把专卖店展厅里的沙发、茶几等家具拉到我们家，事无巨细的关怀让我们一家倍感温馨。

2021年初，父亲病情再次严重，住院花费了三万元，这让本不宽裕的家负担更重了。李强老师了解到情况后，积极与镇政府协调，及时帮助父亲解决了三千元大病救助金。在了解父亲行走不方便时，又找好友筹措，送来了崭新的轮椅，父亲出行难题解决了。李强老师无微不至的关心和关爱,成就了我们家现在安居乐业的生活,也帮助我们树立起克服家庭困境的信心。有困难不可怕,自己摔了跟头不可怕,坚定信念爬起来接着往前走。

2021年8月,帮扶组离开村庄后,李强老师经常电话联系我们,询问家里的情况,看看我们过得好不好。每次都会告诉父亲要好好休养,有什么事情就找他。我在学校的学习和生活情况也是他一直关心的事。临近毕业时,李强老师还帮助我找工作,无论是生活还是我的学业,李强老师都无微不至地关怀着,我的心情正如村里党群服务中心后山墙上的标语,"党的光辉照我心"。

不负青春,做新时代有为青年

我第一次见到李强老师是上大学第一年时,当时恰好放暑假。在家附近远远地看到一个穿着白色上衣、黑色长裤,脸上带着笑容的人和我母亲聊天,那就是李强老师。李强老师详细地了解我的学习情况,了解到我学的是影视动画专业后,便提议让我多学习一些技能,还帮我联系摄影老师张凤芝具体指导我。

从我家到学校约一百多公里,由于没有直达的公交车,需要换乘五趟交通工具,李强老师主动联系我,在我返校时搭乘他的车,解决了我返校交通不便的问题。上学期间,李强老师也时刻关照我。2020年教师节前夕,李强老师专程来学校接我到天津财经大学,参观天津财经大学"思贤堂"大师主题展览馆。我们在"自强不息"文化石前合影,李强老师勉励我好好学习,早日成才。

民生无小事,枝叶总关情。李强老师作为驻村第一书记,时刻惦记、牵挂着困难群众,有"真解决问题"的态度、"解决真问题"的行动、"问题真解决"的决心。李强老师与我家的这段生活交集,我们已经在内心珍藏,想对李强老师说一声:"请接受我们发自内心的对您的祝福。"

2013年5月2日,习近平总书记给北京大学考古文博学院2009

级本科团支部全体同学的回信中指出："'得其大者可以兼其小'。只有把人生理想融入国家和民族的事业中，才能最终成就一番事业。"作为新时代的青年，我将以李强老师为榜样，做一个有志气、骨气、底气的青年，不负青春，不负韶华，不负时代，不负党和人民的殷切期望！

附录二：成绩与荣誉属于党和人民

李强

群众对驻村帮扶干部的评价是最真实、最具价值意义的,群众满意了,就是对驻村帮扶干部的最高认可。只有心系群众,从小事做起,从实事做起,才能发挥驻村帮扶干部的作用,才能不辜负群众满满的信任和期望,得到群众的认可。唯有带着感情、带着责任、不怕艰苦地投入脱贫攻坚战役当中,用自己的实际行动诠释共产党员为人民服务的宗旨,方可提高群众的幸福指数。

一、把论文写在蓟州大地上

我们从学校来,以田野为卷,以脚步为笔,把论文写在蓟州大地上,也写在了村民们的康庄大道上。2021年6月18日,由天津市委宣传部、天津市社科联、天津出版传媒集团共同主办的天津市社科界"千名学者服务基层"活动暨《思想的力量——新时代党的创新理论天津实践》出版座谈会在市社科联举行。座谈会上,播放了"思想的力量——新时代党的创新理论天津实践大调研"综述视频,我作为一百个课题之一的课题组负责人参加了会议。

为庆祝建党100周年,按照市委统一部署,在市委宣传部的领导下,市社科联以"千名学者服务基层"活动为载体,以"思想的力量——新时代党的创新理论天津实践"为主题,组织一百余个调研项目组、八百多名社科工作者走进基层、深入群众,对新时代党的创新理论在津沽大地生动实践所取得的重大成就和特色经验进行归纳总结,为天津实现"十四五"规划和2035年远景目标、全面建设社会主义现代化大都市提出思路建议。

把论文写在大地上，把百姓装进心中。在沽东村、乔安子村录制的视频内容真实反映了当前乡村人民群众的生活状况和改革发展中的热点、难点问题，为我们提供了不少有价值的信息、观点及建议。

作为一个高校学者，我们不仅要深入农村一线开展调查研究，更应该推动专业知识和研究成果实现现实转化，惠及广大农村及革命老区，这才是我们研究的真正价值所在。调查研究是我们党的光荣传统，是认识社会、认识中国的重要手段。在这个中国转型发展的关键时期，加强对当代中国社会的田野调查，反映社情民意，记录时代变迁，积极建言献策，有着特别重要的意义。希望我们驻村的亲身经历、亲眼所见、亲耳聆听的"三亲"文章可以为党和政府科学民主决策提供有益参考。

在乡村振兴方面，村里建立了文化广场，这不同于一般的美化绿化亮化，而是结合党的方针政策，真正做到把科研做到了田间地头，把论文写在了脱贫攻坚的大地上，把学问写进了贫困群众心坎里。

二、在经济薄弱村驻村工作队长培训班上做经验介绍

2021年6月2日，天津市结对帮扶困难村工作总结表彰大会在天津礼堂召开，我作为一名驻村第一书记接受表彰。

2021年7月21日至7月23日，受市委组织部、市农业农村委邀请，在市委党校和市党支部书记学院举办的经济薄弱村驻村工作队长（第一书记）培训班上，我为参会的同志作了驻村经验介绍。其中，市委党校260人，市党支部书记学院140人。我向"新战友"传授驻村经验。

我将作为驻村第一书记期间，如何围绕区情、镇情、村情，做好驻村帮扶工作，如何利用自身优势，通过教育文化帮扶，凝聚力量振兴乡村等方面，在会上做了交流发言，将四年来驻村帮扶抓落实、带队伍的创新理念，特别是开展文化教育工作的相关经验，向与会人员进行了介绍和分享，引起听众强烈反响和共鸣。

2021年9月18日，我再次受市委组织部、市委农办邀请，在市党

支部书记学院组织开展的乡村振兴示范村创建、驻村第一书记培训班上,向参训人员介绍驻村工作经验。

推动乡村全面振兴关键在人,关键在干部,关键在驻村第一书记。要建设一支政治过硬、本领过硬、作风过硬的基层乡村振兴干部队伍,为乡村振兴工作提供坚实保障。第一书记要切实增强紧迫感和责任感,对照"能力提升年"暨深化拓展"查堵点、破难题、促发展"活动的目标任务,努力提升自身综合素质能力,不断提高乡村治理能力,大力推动村集体经济和产业发展,为村里多争取项目资源、资金保障、技术服务,开辟外部市场,着力破解集体经济薄弱的难题。

鞍马犹未歇,战鼓又催征。在驻村帮扶四年的时间里,我一步一个脚印按照"三美四全五均等"目标要求,建强基层战斗堡垒,想群众之所想,办群众之所需,把群众的事当作自己的事来办。

在驻村工作一线工作中,我们发现了一些问题和困惑。我们带着问题学习了相关知识,在专家授课中提高理论水平,在学习交流中碰撞思想火花,在现场教学中提高解决实际问题的能力,锻造"真蹲实驻,真抓实干"的过硬本领,夯实乡村振兴理论基础,为后续的乡村振兴驻村工作蓄能充电。

2021年,我被评为"天津市结对帮扶困难村优秀驻村工作组组长"、"天津市优秀共产党员"。我知道这是对我工作的认可,驻村经历是我人生中的宝贵财富,更是对我今后工作的激励和鞭策。

言传不如身教。做好驻村帮扶工作责任重大、意义深远,在今后的工作中,我将继续努力,把每一份工作、每一件事都尽心尽力干好。

三、"荣誉村民"证书温暖了帮扶干部的心

回到学校工作后,我依然与镇村干部及乡亲们保持着密切的沟通和紧密的联系。

2021年11月27日,天津市蓟州区下仓镇组织相关干部来到天津财经大学,代表结对帮扶困难村的父老乡亲赠送学校两棵苹果树,

并向驻村帮扶干部颁发了帮扶村"荣誉村民"证书，以表达对天津财经大学党委四年来对结对帮扶困难村所作帮助的感谢。

四年来，在党的领导下，结对帮扶困难村取得了巨大的发展成就。我们也见证了乡村发生的翻天覆地的变化。实践充分证明，没有中国共产党的正确领导，就不可能有结对帮扶困难村今天的繁荣发展，就不可能有结对帮扶困难村人民群众幸福安定的生活。我想起了《在灿烂的阳光下》这首歌曲。

驻村帮扶四年时间，我们以心上带情、脚上带泥、身上带汗的初心和作风，与乡亲们一起挥洒辛勤汗水，围绕"三美四全五均等"帮扶任务目标，共同收获喜人成果。这一成绩的取得，是校党委坚强领导、是全体天财人共同奋斗的结果。以"不破楼兰终不还"的勇气向贫困发起总攻，用自己的实际行动为贫困群众排忧解难，做到真扶贫、扶真贫、真脱贫，我们与贫困户在脱贫攻坚的道路上同甘共苦，用心换心，描绘出了一幅干群情深的美丽画卷。

树是希望的象征，孩子是希望的种子。我们共同举办"建党一百年，共植幸福树"植树活动，以此庆祝中国共产党建党100周年，见证在共产党领导下，团结一致，万众一心，奋斗出来的伟大成就。共同栽种的两棵苹果树，见证了天津财经大学与帮扶村父老乡亲们的深厚情谊，更寓意天津财经大学育人桃李芬芳、硕果累累。天津财经大学有关领导和教师代表参加了植树活动。

说变化、话团结、感党恩。目前帮扶工作虽已结束，但帮扶的这根针，穿起的帮扶线，永远连在一起。天津财经大学将时刻关注帮扶村的发展，希望他们不忘初心，牢记使命，奋发进取，砥砺前行，用勤劳的双手，在巩固脱贫成果接续乡村振兴战略中不断书写帮扶村发展的新篇章。"脱贫摘帽不是终点，而是新生活、新奋斗的起点。"实现全体人民共同富裕，仍然任重道远。

现在回过头来看，我们驻村帮扶组打造乡村红色旅游基地的整个过程就是一个学习、实践、总结、推进的过程，是边学边干的模式。习近平总书记强调:"实践出真知,实践长真才。坚持在干中学、学中干是领导干部成长成才的必由之路。"处在前所未有的变革时代,干着前无古人的伟大事业,广大党员干部需要如饥似渴学习、一刻不停地提高,坚持在干中学、学中干就是十分有效的方法路径。

历史是最好的教科书,是党员干部的一门必修课。2022年7月1日是中国共产党成立101年纪念日,晚上,通过网络会议的形式,我给村里的党员讲授了一堂题为《从黄土坎战斗谈共产党领导人民打天下坐江山的底气》的党课。党员同志们接受了心灵的洗礼,坚定了理想信念,再一次带领全体村民更加树立起实现乡村振兴目标的信心。驻村帮扶四年来,我们早已把这里当成自己的第二故乡,乡亲们就是自家人,乡亲们的事就是自家的事。完成帮扶任务不是终点,乡村振兴已经启航,我要终生当好老百姓的服务员。

2023年5月,天津市习近平新时代中国特色社会主义思想讲师团办公室为我颁发了聘书,我光荣地成为一名宣讲成员。2023年6月23日,市委组织部在天津市委党校举办乡村振兴示范村第一书记和市派驻经济薄弱村工作队队长培训班,我分享交流了驻村工作经验和做法。

我先后接受中共河北省唐山市丰南区委组织部、北京农业职业学院、天津市宝坻区教育局、天津海关、天津市宝坻区委党校等多家单位邀请,以《党员干部要敢担当善作为》为题,交流驻村工作经验,倡导党员干部守正创新、挺膺担当,在强国建设、民族复兴道路上谱写新的篇章。

附录三：媒体报道

大学生志愿者为家乡农产品代言①

胡春艳

不久前，天津财经大学法学专业本科生吴欣瑶体验了一把"直播带货"。她和几位同学走进田间地头，在挂满瓜果蔬菜的田垄，通过直播镜头让家乡天津市蓟州区两个困难村的绿色农产品在"云端"亮相，吸引了全市许多高校师生的关注，为原本静静躺在村里的绿色蔬菜打开了新的销路。

吴欣瑶的另一个身份是天津财经大学帮扶蓟州区下仓镇乔安子村大学生工作室的一名志愿者。自天津市启动结对帮扶困难村项目后，天津财经大学驻村帮扶组从2017年8月起进驻乔安子村和与之相邻的沽东村成立了大学生工作室，邀请蓟州区户籍大学生加入，共同为乡村振兴贡献青春智慧，成为驻村帮扶组打开当地摆脱贫困现状的一把"钥匙"。

位于天津北部的蓟州区是全市唯一的半山区，而这两个村地理位置偏僻，经济社会发展相对落后。

一到村里，驻村帮扶组组长、乔安子村第一书记李强和同事们就一头扎进老百姓家中，挨家挨户走访调研。一圈走访下来，他们发现如今村里的主要劳动力，年龄大多六七十岁，村里还有不少因病致贫

---

① 胡春艳. 大学生志愿者为家乡农产品代言[N]. 中国青年报，2020-6-23（6）。

的低保户和特困供养户。

摆在帮扶组面前的难题一个接着一个:村民普遍老龄化、学历低、技能单一。最让人头疼的是很多村民和村干部观念陈旧,对帮扶组开展的一系列改变当地落后面貌的创新办法并不理解。

李强清楚,要想带领村民摆脱贫困,首先观念不能贫困。他跟村民聊天得知,村里历来重视教育,近年来出了不少大学生,比起周边的村庄,这里的孩子考上大学的比例更高。这些年轻人一旦通过高考离开了家乡,便不再愿意回来。

能不能发挥这些大学生的力量,让他们用自己的好点子给乡村注入新的活力?帮扶组向以天津财经大学为主的全市大学生们发出志愿者招募的消息,没多久,乔安子村大学生工作室揭牌成立了。天津大学在读博士生、大学生工作室负责人乔玉茜正是从这个村里走出的大学生,她太理解农村孩子用知识改变命运的迫切心情,与此同时她也明白,作为"村里的希望",自己必须肩负起用所学知识回报家乡、让乡村振兴的使命。

大学生的到来,给沉闷的村庄带来了青春亮色。他们发挥自己的特长,群策群力为村里设计了村徽、村标、村旗,还联系了一些幼儿园和小学的孩子们一起来到村里,一起动手把村里破旧的墙壁粉刷成一面面靓丽的文化墙。

在帮扶组老师的带领下,大家开始思考如何能给这个村子找到一条产业发展的新路,真正实现从"输血"到"造血"。通过调研发现,这里耕地面积有限,村民大多种植玉米、小麦维持生计,日子过得紧紧巴巴,于是大学生和帮扶组的老师们经过反复研讨,启动了"为蓟州绿色农产品代言"活动。

按照他们的设想,首先邀请农科院专家帮助村民规划新的种植方案,改良农业生产结构,将种植方向转向经济附加值更高的绿色农产品;然后启动直播代言等销售方案,解决乡村绿色农产品进入城市消费者生活的"最后一公里",提升利润空间,帮助村内低收入困难群体增收。

蓟州区好山好水，为绿色有机优质农产品生长提供了得天独厚的条件，当地的黄花山核桃、盘山磨盘柿、天津板栗、红花峪桑葚等农产品声名远播。为了让两个困难村通过消费扶贫让村民的钱袋子鼓起来，帮扶组协助村里成立了拓新农业发展公司和铭心农业发展公司。天津市农科院专家王胜军受邀多次来到村里考察种植情况，多次通过网络视频会议的办法，与农户交流，同时向他们传授新观念、新技术。

大学生们也成为网络主播，通过一次次直播和线下活动，为家乡的农产品代言，随着一批批绿色果蔬从大山运进城里，再摆上市民的餐桌，困难村也在一点点发生变化。李强介绍，天津财经大学大学生志愿者还发挥自己的影响力，倡议全市其他高校也积极参与进来，把蓟州区优质特色农产品直接引入校园，既为蓟州农村低收入户进行捐购，也为各高校师生员工提供优质特色产品。

公司成立两个多月来，已销售农产品近三十万元。李强说，销售的农产品不少都是来自村内低收入困难群体家庭，"我们以高于市场均价的价格收购，让当地农户看到了通过自身奋斗改变生活的希望"。

涵养扶贫村精神"负氧离子"[①]

徐德明

近日,天津市南开区第一幼儿园党支部书记、园长宗颖带领党员干部代表,走进天津财经大学驻村帮扶的蓟州区下仓镇乔安子村和沽东村,开展"与爱同行,我们在行动"献爱心活动。他们带去了由该园大班幼儿主动捐赠的玩具、图书等,并将孩子们写在卡片或拍成视频的祝福送给当地贫困幼儿,在初冬季节为贫困幼儿献上一份温暖。

自2017年8月天津市新一轮结对帮扶困难村工作启动后,天津财经大学驻村帮扶组以"教育文化+扶贫"的思路,将大量优质教育文化资源持续叠加到帮扶村,使村庄慢慢发生改变。

驻村帮扶工作开展以来,天津财经大学驻村帮扶组多次带领两村"两委"党员、干部外出至北京、唐山等地走访调研,开办"新时代农民素质提升工程",先后邀请中国农业大学农民问题研究所、北京农业职业学院等专家到村讲授脱贫致富经,邀请天津市电子信息技师学院到村调研,为帮扶村农村电商人才培养提供技术支持。沧州医学高等专科学校专门为帮扶村村民录制了普及医疗知识的专题讲座视频。

"起初只有我们一个团队在这里驻村帮扶,如今聚各方之力,共同为帮扶村建设贡献智慧,深感欣慰。"天津财经大学驻村帮扶组组长李强激动地说,在帮扶组的积极倡导和宣传下,如今,到帮扶村送文化、送服务的教育和文化界人士络绎不绝。

天津市青年京剧团为两村百姓"送戏下乡",让好多年没在现场看过国粹演出的村民百姓体验了一次剧场的感觉。有着"海河歌王"美誉的天津音乐学院教授李清资来到下仓镇东太河中心小学,倡导、

---

① 徐德明. 涵养扶贫村精神"负氧离子"[N]. 中国教育报,2019-12-10(6)。

践行环保理念,向学生介绍环保音乐创作的过程,并将自己多年的心血《童声嘹亮环保新歌集》音乐光盘赠送给学校,鼓励孩子们享受音乐带来的快乐。

春节前,帮扶组开展"勤学励志·筑梦天财"活动,带领两村共十五名品学兼优及困难家庭的学子到天津自然博物馆和天津财经大学参观、交流;在世界读书日之际,帮扶组举办"关注成长的心灵,播种灿烂的明天"亲子共读活动,激发学生的阅读欲望;"六一"儿童节,帮扶组邀请北辰区新华幼儿园面向全村孩子举办联欢会,教他们绘制沙画、玩彩虹伞等;暑假,帮扶组还邀请北辰区淮盛幼儿园教师开展多彩营地活动,为村里的孩子带来五彩绳和小彩珠编制课……一系列活动的开展,让村子里的孩子们增长了知识、开阔了视野,播撒下了一颗颗充满希望的种子。

绘制党建文化墙、家风家训文化墙、"六尺巷"文化墙,修建"党建林"、摆放"文化石"……短短两年,天津财经大学两个帮扶村的面貌悄然发生着变化,老百姓看在眼里、美在心里。原来"脏乱差"的卫生死角不见了,村子被逐渐打造成了"教育一条街、文化一条街",积极向上的理念不断扩散,向村民传递着正能量。

值得一提的是,帮扶组还成立了帮扶村大学生工作室,向大学生宣传创新创业政策,成功带动村内大学生暑期回村创业与实践;举办了帮扶村"夜大学",陆续邀请名校长、名教师来村,开展专题讲座,并和村民积极互动,送思想、传理念、拓思路。

"扶贫先扶志,扶贫必扶智。村中条件差不可怕,缺乏资源也不怕,让村民精神上出现更多'负氧离子',让他们精神为之一振,那么,啥样的困难都能克服,再难的堡垒也能攻克。"李强说道。

为村庄留下红色致富源泉

——天津财经大学教育帮扶侧记[①]

李浩

"来村里参观游玩的人越来越多,我们也感到有劲儿!"元旦期间,天津市蓟州区下仓镇乔安子村党支部书记、村委会主任魏印俊高兴地说。

如今的乔安子村,能成为周边小有名气的红色旅游村,离不开一支教育帮扶力量——天津财经大学驻村帮扶工作组的帮助。四年时间里,帮扶工作组发挥教育优势,挖掘乡村红色资源,把红色资源转化为旅游资源,再把旅游资源转为致富来源,让农民鼓了口袋、富了脑袋,给帮扶村留下了带不走的致富源泉。

深挖红色资源

五年前的乔安子村和沽东村,是名副其实的"空心村"。2017年8月,天津财经大学选派李强、晋斐、牛磊组成工作组,赴蓟州区东南最边沿的下仓镇乔安子村和沽东村开展驻村帮扶。到村不久,工作组便大致了解了村里的情况:青壮年劳动力外出打工谋生,村里主要留下老人、儿童和妇女。"空心村"该怎么发展? 工作组成员心里常装着这个问题。

"乔安子村紧邻河北唐山玉田县,抗日战争时期,这里发生过黄土坎战斗,我们好些人都参与过嘞!"在一次走村入户中,一名八十多岁的老人告诉帮扶组。面对这个有红色底蕴的"空心村",作为高校教师的李强立即来了兴趣,决定深挖村里的红色故事。

说干就干，帮扶组立即行动起来，成立顾问委员会，把村里七八十岁的老人集中在党群服务中心，听他们讲述红色往事。一边听，一边用手机录音，两个月时间里，帮扶组白天东奔西走，与老人们促膝长谈、与相关部门核实资料；晚上整理素材，一点点找线索，挖冀东革命史，把不为人知的红色故事挖掘出来。

很快，在学校的支持和工作组的努力下，越来越多的单位来到村里，聆听红色故事，感悟革命艰辛，品尝农家茶饭，体验农耕过程……乔安子村的乡村红色旅游做了起来。

带富红色乡村

"仅靠旅游产业并不够，得有具体的产业作为依托。"红色旅游发展起来后，工作组并未止步于此，继续琢磨发展路子。帮扶组了解到，周边村民种的蔬菜不好卖。为了增加村集体经济，帮扶组决定卖菜，帮助农民把农产品卖到城里。

帮扶组发挥自身优势通过线上线下两个渠道售卖。一个是成立"天财人爱心帮扶助农群"；另一个是与农产品公司合作，为村里申请到一台流动售货车。党员来村参观、帮扶组外出讲党课时，流动售货车就在附近展卖优质农产品，将销售额的百分之十纳入村集体收入。靠着这两个渠道，截至2021年帮扶结束时，两个村集体经济收入分别达到二十多万元。

厚植红色文化

"起初只有我们一个团队在这里驻村帮扶，后来有越来越多的单位与乔安子村、沽东村结对共建，聚各方之力为村里建设贡献智慧。"李强说。随着两村知名度的逐渐提高，到村里送文化、送服务的教师们络绎不绝。

为充分利用好这些"送上门"的教育资源，帮扶组创办了"乔安子夜大学"。结合村里都是老人、妇女和儿童的情况，请医学院校的教授为老人普及养生保健常识、把音乐教师请到乡村课堂、给家长讲学前教育知识……让好的教育在乡村落地生根,点燃乡村教育的火种。这些不定期开办的乡村大课堂几乎场场"爆满",极大地丰富了村民的文化生活。

驻村工作虽已结束,但天津财经大学的帮扶仍在延续。回校一年多,帮扶组仍牵挂着村里的乡亲们,关心乡村振兴事业,不仅继续发挥教育的力量帮扶乡村,更从乔安子村的红色文化中汲取养分反哺教育,为乡村振兴添砖加瓦。

2022年9月底,一块"青少年爱国主义教育基地"的牌子挂到了乔安子村,由天津财经大学(马克思主义学院和统计学院)、天津市第五十七中学、天津市河北区育婴里小学、天津市蓟州区下仓镇中心学校四校共同挂牌。利用好帮扶组挖掘出的红色资源,将其作为重要课程资源,发挥红色文化育人的作用。

"别小看这块牌子,对村民、教师、学生、游客来说意义可不小。"李强告诉记者,"青少年爱国主义教育基地"的挂牌,不仅能让老师有更丰富的课程素材、更多样的授课方式,也能让学生和游客在玩中学,还能给村里带来人气和经济收入,这是帮扶组为村子留下的红色致富源泉。"

让奉献精神生根发芽

——天津财经大学结对帮扶蓟州区乔安子村侧记①

金慧英

夏日熏风,在天津市蓟州区下仓镇,兰泉河畔,绿荫蔽天。在河西边的乔安子村村委会,一楼西侧有一块"红色阵地"牌匾,天津财经大学援建的村党建文化展室,于2020年春节前投入使用。"七一"期间,这里开展了丰富多彩的党建活动。

在天津市委部署的新一轮结对帮扶困难村工作中,天津财经大学结对帮扶乔安子村,从筹建党建文化展室开始到配套开展党建文化活动,如今不大的展室传递着满满的红色正能量,文明乡风也从这里吹向了全村。

建村红色文化展室

提起教育,天津财经大学驻村帮扶组组长、第一书记李强滔滔不绝:"扶贫必扶智。作为一名高校教师,我切身感受到,在农村做好孩子的教育工作非常重要,首先要让他们热爱自己的家乡,要熟知自己家乡的历史和文化,才会从小萌生为家乡、民族、国家发奋读书、奉献的梦想和情怀。"这就是他们入村后,一直在多方努力奔走,筹建这个党建文化展室的初心。

帮扶组了解到,在当年老百姓与八路军十三团共同抗击日寇的黄土坎战斗中,村里有儿童团员、抗日志士等参加革命,涌现出许多可歌可泣的英雄事迹。

于是帮扶组李强、晋斐、牛磊开始了与时间赛跑。他们在兼顾村

---

① 金慧英.让奉献精神生根发芽——天津财经大学结对帮扶蓟州区乔安子村侧记[N].农民日报,2020-7-11(4)。

庄产业发展之余,奔波于市、区、镇、村之间,白天与村里老人、市区的"老革命"英雄访谈,去相关部门查证资料,晚上再加班整理素材,经常一熬就是一个通宵。

他们挖掘出村里以乔洪弟和乔国志为代表的十余位革命英雄的事迹,找寻到村庄中包括兰泉河石板桥、三百岁老槐树、芦苇荡革命军需品藏匿处和藏八路军伤员的老菜窖等红色遗址。

记者在村党建文化展室看到,门口挂着各种教育基地的牌匾。李强告诉记者,展室总共花了四万多元,灯光、音响和四张展示桌是找人"化缘",之后又自己开车拉回来的。党建文化展室完全是"勤俭持家"建成的。

展室主墙上,分前言、浴血牺牲——初心篇、改天换地——奋斗篇、光耀桑梓——楷模篇、辉煌乐章——共建篇、结束语六部分。另一侧墙上展示的是水乡风貌,分村庄溯源、地理风貌等,图文并茂地诉说着乔安子村的人文历史。

2020年1月21日,村党建文化展室建成的第一天,村民李小燕就带着上小学的孩子来认认真真地看了一遍。李小燕夫妇是开出租车的,她经常到北京通州区拉客人。她说:"在外开车,想起家乡的红色历史,常有种自豪感。"

来到党建文化展室的老人们也很感动,回想当年的伙伴儿,有的还是革命英雄。"这个展室不大,能展放的内容是有限的,但是它挖掘出来的精神是鼓舞人心。"村里的党员纷纷说。

借助载体开展活动

在驻村帮扶组的帮助下,村党支部成员认为,村里通过建设党建文化展室把红色基因挖掘出来了,之后要把这个种子培育好,把它传承发扬下去,这是党支部要做的长期工作。

帮扶组首先带动村里的孩子们讲好乔安子村红色革命故事,并联系天津人民出版社的党员编辑来村,录制了以介绍党史、历史人物小故事为主的视频课,村里几十名中小学生观看了近百次。八岁的小学生吉爱东听了出版社老师讲革命先辈的故事后说:"我明白了,只有自己动手做,才能有更美好的明天。"上初中一年级的乔馨蒂看了周恩来总理为中华之崛起而读书的故事,觉得非常受教育。

天津财经大学党委书记张亚在党建工作上要求帮扶组要利用好各种党建载体,形成浓厚的党建工作氛围,确保党建向基层延伸。采访中,李强说:"我们的帮扶工作是市、区、镇、村四级党委齐抓共管,帮扶组的背后有校党委的有力支持,因此我们工作起来有不竭的动力。"

帮扶组邀请了天津华英学校、京津农业广播电视学校、天津泰达城市轨道投资发展有限公司、天津市和平区律师行业党委等单位到村举办党日活动,进行互动。

帮扶组还带领村里的党员及群众代表去天津市和平区朝阳里社区观摩交流志愿服务工作,让志愿者的奉献精神在乡村生根发芽。

众人帮扶,乔安子村面貌焕新

天津财经大学投入资金,对乔安子村进行绿化、村容村貌提升改造、党建文化墙粉刷绘制等工作,并带动村庄产业发展和村集体与村民增收。

在条件比较艰苦的帮扶组驻地,记者看到门口墙上有很多标语。在村里,有的村民院墙上写着"敬老从心开始,助老从我做起",还有的墙黄底色都已经刷好……现在村里的墙都变成了党建文化墙,按照帮扶组的说法,要让村里的每一面墙壁都会"说话",都成为党员教育的阵地。

采访当天,恰巧天津财经大学党委副书记侯洁带队来村指导帮扶工作,并按照天津市结对帮扶困难村考核验收七十三项指标,查找弱项短板。侯洁还带来了农业专家到田里指导农民种植蔬菜。

临走时,侯洁一行还从村里为学校购买了100箱蔬菜,倡导师生爱心购买。同时,天津财经大学还决定,将校内暂时闲置的一处6亩多的土地开辟为农作物种植园,让村里来人种植,为村集体增收,也为大学生劳动实践提供便利,一举两得。

最近,帮扶组又组织开展蓟州绿色农产品进校园活动,师生们踊跃认购,帮扶组将卖农产品的利润归为村集体收入,打造"红色+绿色"产业发展模式。

说起党建带动,村党支部书记乔会斌说:"一开始我们疑虑,觉得这能起作用吗? 现在发现很有效。乡风文明建设也是从红色文化引领来入手的。"

在帮扶组的指导下,村里组织成立了乡贤委员会、老龄委员会、大学生委员会。特别是大学生委员会,由天津大学材料学院在读博士生乔玉茜牵头,现在已经发展到有四十五个志愿者,大家倾情助力,改善村庄发展面貌。帮扶干部牛磊曾担任天津财经大学金融学院的辅导员,他说:"这个委员会是组织大学生的一面旗帜,这些大学生志愿者回到家里以后跟父母交流,进而去影响父母对一些问题的认识,可以有效促进乡风文明。"

在大学生委员会活动的带动下,天津蓟州区中医院的一对外科大夫夫妇也做起了志愿者,并得到医院的支持。他们发动大夫进村入户给老人等看病,之后还打算带团队来给村民们做CT、B超、验血等检查。

天津财经大学驻村帮扶组组长、第一书记
李强：帮扶，就要帮到底[①]
陈忠权

"我买个绿色背包、两盒铅笔……"每当下午放学后，蓟州区下仓镇沽东村村民张桂敏家的文具店就热闹起来，不少学生特意过来买她家的文具，张桂敏虽然很忙碌，但却满脸笑容，因为就凭这个面积并不大的文具店，她家每月可以增加收入一千五百元左右。

环顾文具店，十组文具柜整齐码放，上面摆放着多种文具，都是名牌产品，其中还有夏季孩子们需要的小电扇，价格都很实惠。等买文具的学生们走后，张桂敏激动地说："这个文具店可中用了！这可是天津财经大学驻村帮扶组组长、第一书记李强帮助兴建的。如果没有他们的帮助，这个文具店是根本不可能开起来的。"

李强介绍，张桂敏家是村里低收入家庭，她爱人身患多种疾病，常年吃药，家庭负担很重。两个孩子都在上学，其中大女儿正在上大学，正是需要钱的时候。家里的经济收入全靠八亩农田，由于种的都是普通农作物，经济效益较低。为帮助这个低收入家庭，在天津财经大学党委大力支持下，驻村帮扶组先后采取高价收粮等方式增加她家收入。为让两个孩子顺利完成学业，开拓增收渠道，驻村帮扶组又特意把她家院子里破旧废弃的院棚拆掉，然后翻修成崭新的文具店，以此增加收入来源。

李强书记找来朋友给文具店送来了一批文具，都是市场上美誉度很高的名牌产品。文具有了，怎样卖出去又让张桂敏睡不着觉，没想到李强书记又接着帮助她。李强书记发动天津财经大学志愿者前

[①] 陈忠权. 帮扶，就要帮到底[N]. 天津日报，2021-5-26。

来购买文具,与此同时,还发动来村帮扶的其他爱心团队进行认购,附近一所小学的孩子们也慕名前来购买,文具销售再也不用愁了。

"除了文具店,驻村帮扶组还帮我家建了一个食品店,两个店加在一起,每月增加收入两千多元,两个孩子学习费用基本可以解决了。"张桂敏说。

走进蓟州区下仓镇东太河中心小学,沽东村五年级在校小学生解未来活泼可爱,正跟同学们玩游戏。学校负责人介绍,前几年这个孩子的父亲因车祸去世。失去独子的爷爷奶奶随后又被金融诈骗骗走所有的抚恤金和家中存款。解未来母亲突患精神疾病,需长期服药,家庭生活非常困难。解未来也变得萎靡不振,学习成绩急速下降。得知这一情况后,李强带领驻村帮扶组和村"两委"班子、学校共同组成帮扶团队,几年来一直对其进行帮扶。驻村帮扶组多次送生活慰问品,还和学校一起对解未来进行心理疏导,并采取措施帮助谢未来家增加收入近两万元。现在解未来学习成绩快速提升,成为班里的一名优秀生。

把好书送给困难村的孩子们①

樊国安

2020年1月16日上午，一个"特殊"的党日活动在天津市重点扶持的贫困村——蓟州区下仓镇乔安子村村民学校隆重举行，这个"特殊党日"的内容是天津人民出版社编辑第一支部的全体党员和入党积极分子向乔安子村、沽东村在幼儿园、中小学上学的四十多个贫困家庭的孩子们赠送《谁最强》《童话开心果》《带着爸妈去旅行》等二百四十多本该社出版的优秀少儿读物。天津人民出版社编辑第一支部书记王玎说："作为庆祝天津人民出版社成立七十周年系列活动之一，在天津人民出版社党总支部的大力支持下，我们第一编辑室的全体共产党员和积极分子决定举办一个特殊的党日活动——向乔安子村和沽东村的孩子们无偿赠送一批我们出版社出版的优秀少儿读物，以充分表达我们作为共产党员和出版人对困难村学生的一点心意。"

赠书仪式后，该社青年编辑苏晨给孩子们讲述了一本书"诞生"的故事，对一本书书稿的编辑、书籍的封面装帧、内容的校对、印刷厂的印制乃至正版书和盗版书的鉴别都进行了生动形象的介绍。绘声绘色的讲述使孩子们对一本书"诞生"过程有了基本的了解，使他们对书籍的兴趣更加浓厚。情绪高涨的孩子们高举着自己喜欢的图书禁不住纵情高呼："读一本好书，走好人生路！"场面十分感人。手里拿到两本赠书的初三学生魏印琪心情激动地说："今天收到了天津人民出版社赠送的好书，我一定要努力学习，刻苦读书，争取将来考上大学的建筑系，学好本领为建设美丽乡村贡献一份自己的力量。"

---

① 樊国安. 把好书送给困难村的孩子们[EB/OL][2020-2-16]. http://www.cbbr.com.cn/contents/502/21219.html。

追寻乡村振兴的"诗和远方"

　　天津财经大学驻村帮扶工作组组长李强对《中国出版传媒商报》记者说，乔安子村和沽东村位于蓟州下仓镇东部，是天津市确定重点帮扶的困难村。天津人民出版社编辑第一支部全体党员及入党积极分子今天清晨冒着零下十度的严寒，驱车一百多公里给这两个村的孩子送来了该社的优秀少儿读物，同时深入到困难户家中送图书、送楹联、送福字和其他礼物，给父老乡亲和孩子们送来了天津出版人的一片深情厚谊和文化精神嘉品。特别令人感动的是参加今天赠书活动的天津人民出版社总编辑王康走到半路突然接到婆母去世的噩耗，不得不匆匆赶回家料理老人后事，但是她依然惦记着这两个困难村的孩子们，在高速公路服务区购买了四十多袋小食品委托该社的编辑带给孩子们。我代表驻村工作组和两个困难村的父老乡亲衷心感谢天津人民出版社的各位领导，衷心感谢天津人民出版社第一编辑室的青年编辑们。我们一定要借助天津出版人文化扶贫的力量，将乔安子村和沽东村建成美丽富裕的小康村。

配好"金钥匙" 开启振兴路[①]

刁云鹏

自我市新一轮结对帮扶困难村工作启动以来,天津财经大学驻蓟州区下仓镇乔安子村和沽东村帮扶组在三年的时间里,打造出一个五星村、一个四星村,向全市人民交出了一份亮眼的答卷。在李强、晋斐、牛磊三位帮扶干部的带领下,两个帮扶村的村容村貌发生了翻天覆地的变化,百姓们看在眼里、美在心上。

大街小巷"脏乱差",部分房屋年久失修,村委会没有办公地点、办公设施老旧……驻村第一天,帮扶组就发现了不少问题。"乔安子村和沽东村的情况不尽相同,需要有针对性地制定帮扶方案。"帮扶组组长李强告诉记者,"我们挨家挨户上门拜访,向村里的老党员们了解村里情况,村民都迫切想改变村庄旧貌,希望把村里一些不良风气慢慢化解,再把好的民风一点点培养起来。于是,我们就决定从村容和村民精神面貌两个方面下功夫。"

沽东村部分村民违规占路种菜,既不美观又阻碍通行,帮扶组上门做工作又常常吃闭门羹。为了尽快落实环境整治工作,帮扶组决定在秋收结束后把违规耕地都种上苗木花卉。他们邀请农学专家到村里实地考察,为村子找到适合种植的苗木品种。帮扶资金暂时没到位,他们就和村"两委"班子一起筹钱购苗;劳动力不足,他们就带着全村男女老少一块干。在大家的共同努力下,金枝国槐、玉兰、西府海棠、樱花等极具观赏性的花卉树木在沽东村扎根生长,寓意"金玉满堂",在美化村容的同时,也提振了村民的精神面貌。随后,道路拓宽、硬化、房屋加固修缮、卫生死角清整、新建党群服务中心等工作相继完成,两村的村容村貌明显改善。

---

① 刁云鹏.配好"金钥匙" 开启振兴路[J].天津支部生活,2020(18):41-42。

　　"硬件"有了,在"软件"上还得下功夫。帮扶组了解到部分村干部与村民之间、村民与村民之间存在着一些矛盾和隔阂。要顺利开展工作必须先统一思想,他们就利用村民家的院墙做文章。帮扶组为两村主街划分了不同板块,在不同区域体现不同的党建主题,写上不同的宣传标语。他们还邀请天津财经大学艺术学院的师生和小学、幼儿园等共建单位的党员老师到两村开展党日活动,为两村绘制文化墙。通过绘制党建文化墙、家风家训文化墙、"六尺巷"文化墙,修建"党建林",摆放"文化石""志愿精神石"等一系列文化建设,原来"脏乱差"的街道,变得花团锦簇,村里每一面墙都会"说话",处处洋溢着正能量,村民也受到了潜移默化的影响,党群工作得以顺利开展。

　　乔安子村紧邻河北省唐山市玉田县,著名的黄土坎战斗曾在这里打响。帮扶组了解到村里有很多老人参与过黄土坎战斗,有许多可歌可泣的英雄事迹。为了留住这些珍贵的记忆,帮扶组在乔安子村成立老龄委员会,召集村里七十岁以上的老人,定期组织召开座谈会,引导老人讲述当时的亲身经历。在两个月时间里,帮扶组白天东奔西走,与住在村里的老人们促膝长谈,和相关部门核实资料,晚上再加班整理素材,经常一熬就是一个通宵。为了不让乔安子村的红色革命故事流于纸面,帮扶组筹划在新建成的党群服务中心开设一间党建文化展室。此后,他们分类整理资料,向学校寻求支持,找广告公司设计布置,征集革命时期的老物件,并"化缘"来了灯光、音响和展示桌……就这样,党建文化展室建成了。

　　红色资源有了,帮扶组决定开发红色旅游,助力乡村振兴。"靠着'党建一条街'和党建文化展室,我先把自己熟悉的单位全都请来了。"李强笑着说道,"我当导游,一路上给大伙儿讲党课,讲村里的革命故事。每到一面主题墙,我就给大伙儿讲相关内容的思想内涵,理论联系实际,让理论知识入心入脑。"此外,帮扶组还协调蓟州绿食集团,为村里申请到一台流动售货车,鼓励来村参观的党员们认购蓟州优质农品,将销售额的百分之十纳入两村的集体收入。通过口耳相传,现在有越来越多的单位找到李强,希望来两村开展支部活动。

"起初只有我们一个团队在这里驻村帮扶,现在有越来越多的单位与两村结对共建,聚各方之力为村里建设贡献智慧。"李强激动地说。如今,到两村送文化、送服务的文化界、教育界人士络绎不绝。为此,帮扶组又组织创办了"乔安子夜大学"。租用百姓家的院子,利用"化缘"来的拉杆箱、麦克风,借来的旧幕布,募捐到的投影仪,找来的电灯泡、电线,凑来的二三十把形状各异的凳子……乔安子村"夜大学"就这样"开学"了。他们邀请蓟州一中的老师为家长讲授家庭教育知识、医学院的教授为村民普及养生保健常识、音乐老师为孩子们上音乐课……农忙时少讲,农闲时多讲,这个不定期开办的社会大课堂几乎场场"爆满",极大地丰富了村民的文化生活。

"记得刚到村里时,有村民对我说,别净整那些虚头巴脑的东西,不如把钱给大伙儿分分。我想说,我们帮扶组一步一步地走,用好党建引领这把'金钥匙',带动两村各项工作的提升。现在百姓们看到村里实实在在的变化,天天耳濡目染地接受思想教育,大伙儿都上下一心、团结互助,这是我们给村里带来的最大的财富。老百姓的好日子已经来了!"李强说道。

后　记

　　光阴似箭,岁序频迁。奋斗的时间总是过得很快,倏忽之间,匆匆四年。帮扶四年,由"无终子国"的蓟州回到"海河之滨"的河西,在这"连雨不知春去,一晴方觉夏深"的日子里道别蓟州,心中分外不舍。

　　回望这段经历,我从中又汲取了一些精神力量。纵使脚踏泥泞,依然砥砺前行。正像一首歌的歌词:"踏过荆棘我苦中找到安静,踏过荒郊我双脚是泥泞。"从一开始的不知"结对帮扶"为何意,到受沈浩书记的精神鼓舞立志投入这一事业中,再到我真正实地去沽东村、乔安子村参加帮扶工作,一门心思让群众过上美好生活。这一系列的转变伴随的不只是时间的推移,更是我信念愈发坚定的过程。为什么对蓟州有一份深深的感情和牵挂,因为这里培养出了我不变的信念:要为人民做实事!

　　一千多个日日夜夜,我们用脚步丈量困难村的一草一木,走访每一户、每一位村民,用成绩、用不悔的行动对待这片深爱的土地和这里的乡亲们。

　　在实际的帮扶工作中,我愈发深切地体会到沈浩书记工作的不易,体会到千千万万驻村帮扶干部工作的艰辛。在广西百色村,黄文秀同志年轻的身影永远定格在扶贫攻坚的道路上。在这条道路上,我们还有一千八百余名共同奋斗的战友倒下了。驻村工作期间我的身体出现了大大小小的毛病,我因为自己仍然活着,并且能为村里做点实事而发自内心地感到幸福,至少,我还能照亮一些人的前路,能为一些人带来生活的希望,这让我深深地感到自豪。

在蓟州驻村的这四年,将是我一生的财富和荣耀!蓟州早已成为我的第二故乡!走进蓟州就像回到家的孩子一样,总觉开心美好。脱贫攻坚迎来最后的胜利,四年的驻村帮扶已经到了收获的季节了。2021年8月,学校新一任第一书记上任,乡村振兴传承延续。"我们共产党人好比种子,人民好比土地。我们到了一个地方,就要同那里的人民结合起来,在人民中间生根、开花。"毛主席的这句话,我想我做到了。

我想对村里的孩子们说,这四年,我们由不熟识到熟识,你们是我若干年从事教育生涯的一瞬,而我也是你们十几、二十几年求学之路的一瞬,但这些瞬间成了永恒,成为永远的"忘年交"。

我想对村"两委"班子成员说,感谢你们对驻村帮扶干部的支持和信任。"团结战胜一切!"一个好支部可以激励一群人、带动一大片!正如习近平总书记在党的二十大报告中所强调的,"团结奋斗是中国人民创造历史伟业的必由之路"、"全面建设社会主义现代化国家,必须充分发挥亿万人民的创造伟力"。我想,正是你们的支持和信任,才能让我们的工作更顺利更高效地开展下去,衷心感谢你们对我们工作的建言建策,衷心感谢你们为了咱家村子通往富裕道路而洒下的每一滴汗水。

我想对可爱的天财人说,谢谢校领导和老师们!没有你们,我们的工作不可能推进得这么顺利。大家齐心协力,共克时艰。天财人的一个个温情的瞬间我仍然历历在目,无论是"七一"党的生日,还是云端"天财爱心帮扶助农群",大家都为结对帮扶困难村工作贡献着自己的一份力量,感谢大家的支持与帮助。

在这里,我想向关心帮助支持沽东村、乔安子村老百姓的所有亲人、朋友们表示衷心的感谢!他们中有北京农业职业学院杜宝德、赵章彬、柏根才、杨士军、崔坤、张新华、朱启酒等同志;有河北省唐山市丰南区董进宏、韩雪松、翟志达、于春海、赵建华等同志在走访调研,以及村集体经济增收中给予的帮助;有天津市电子信息技师学院王喜华、李凤丽、吕春林等同志在村集体经济增收中给予的帮助；有张同顺、刘晖、佟洁、李忠、刘铮、王万山、李岢、王林强、王凯、倪迎、孙波、邵博、辛彤、季景书、刘华格、李海燕、魏超、刘佳等同志在发展村庄红色旅游增加村集体经济收入方面给予的帮助；有王久香、韩绍森、郭东季、郭洪生、张浩、赵阳、陈金艳、李金凤、魏东风、常志鹏、李清资、张鲲、程前玉、孙树忠、袁大昌、祝捷、王亨、宋军勇、李珂、王保山、陈雨季、王宇、梁永、冯景彦、李文军、刘爱红、刘达燕、沈澎、王瑞琳、张娜、肖建影、李勇、刘荫桐、李艳红、张凤芝、成建斌、刘淑婷、秦伯超、张强等同志在帮扶工作中提供的帮助；还有天津市宝坻区教育系统的张起明、张秀玉、王雅坤、田静波等同志在帮扶村文化墙建设中，他们都为我们驻村帮扶工作的开展提供了相当重要的帮助。

"举事以为人者，众助之；举事以自为者，众去之。"急难见真情，情谊无穷尽，感谢大家向我们伸出援手！也有河北区教师发展中心及王柯伟、姜志惠、董凤桂、王瑞；南开区第一幼儿园宗颖；河北区第一幼儿园张稳艳、河北区第十九幼儿园苏俊英、河北区第十七幼儿园杨莉；河西区第十六幼儿园鲁丽、涂红春；北辰区北仓小学刘自成；北辰区宸宜幼儿园王淑青；北辰区新华幼儿园高耀红；北辰区淮盛幼儿园樊亚娜；32702部队幼儿园周枫；蓟州区第一中学田学文等同志在教育下乡帮扶中给予的帮助。在各部门、各兄弟单位、社会各界人士的大力支持帮助下，我们勠力同心、攻坚克难，结对帮扶困难村工作取得重要的阶段性成果。

我想对亲爱的乡亲们说，我能有幸见证四年来沽东村、乔安子村的发展并参与其中，虽艰辛但深感充实、累并幸福着，好日子是实干得来的。我们在一起的日子很难忘，我在"人民大学"里学真知，在实践锻炼里悟初心，乡亲们教会了我很多很多……当我从乡亲们家中出来时，你们依依不舍，目送我走了好远……从此，我心中多了一份牵挂，我的思念会一直伴随在你们身边，我的牵挂从未走远。我在这里流泪，我在这里成长，我把心留在了这里，把情留在了这里。

　　我想对共同奋斗于驻村帮扶工作的"战友"说,四年并肩奋战终有一别。再次回望这段经历,我们是在回顾一种力量,铭记一种精神,我们也共同收获了很多。一桩桩、一件件的经历和见闻都深化了作为共产党员的初心和使命,乡亲们的笑容就是我们收获的最宝贵的财富。回忆过往四年,我们情系蓟州,"撸起袖子加油干",抱定"敢教日月换新天"的信念,甘洒热血写春秋。"革命理想高于天",担当作为换来累累硕果,有情怀有梦想,哪里都是干事的主战场。我们用"中国红"把驻地装饰成家,用无怨无悔的坚守和付出,在平凡的岗位上书写了不平凡的人生华章。正如黄文秀在驻村笔记中所写到的那样,"每天都很辛苦,但心里很快乐。"

　　我怀着敬畏之心感谢我耄耋之年的母亲,还有亲爱的妻子和女儿。四年来,我始终专注于驻村帮扶工作,然而由于驻村帮扶,我忽略了对家人的陪伴照顾。感谢家人对我的大力支持!外孙张之源激发了我的创作灵感。

　　我还要感谢我的两个弟弟李铭、李悦。他们在帮着我照顾年迈母亲的同时,还数次帮我把市区的友人送到村里来助力结对帮扶困难村工作,还自付高速费、汽油费。他们默默无闻地做着他们力所能及的事情,不计辛劳,不求回报。

　　我想对自己说,时光荏苒,岁月如歌。回想起那寒冷的冬夜,屋子里实在是太冷。厨房和卫生间的水管已全部冻上,我们仨冻得实在是睡不着了,不到三点就起来看《习近平的七年知青岁月》来提振精神。通过对照学习,我才真正体会到,只有像总书记那样扑下身子扎实为贫困群众办实事、解难题,才是实现脱贫目标的必由之路。"事非经过不知难,成如容易却艰辛"。感谢我自己的不断坚持,才有了今天回望过去时问心无悔的经历与回忆。

　　一次帮扶,感恩常在。四年驻村经历,永远是我人生旅程中的一笔宝贵财富。"捧着一颗心来,不带半根草去"。

　　我想对亲爱的党组织说,感谢党对我多年的培养教育。在工作中我能坚定理想信念,站稳人民立场,练就过硬本领,顺利完成驻村第一书记工作目标,实践了一些想法,同时实现一直以来的抱负与理想,这是党给我的信任与机会。在此我衷心感谢党组织的信任,感谢党和人民的培养。

手捧建党百年市级优秀共产党员奖章,我还要感谢学校党委对帮扶工作的高度重视,才能使我们在结对帮扶困难村工作中取得佳绩。是校领导和老师们的帮助与支持,才能让结对帮扶困难村工作如此高质量地完成。2023年恰逢天津财经大学建校65周年,谨以此文献给母校。希望母校在未来的发展中能实现为加快新财经建设,推进学校向更高水平更高质量发展迈进的目标,希望母校能在未来的办学中砥砺前行,再创辉煌。

感谢带领我前往小岗村的安徽科技学院汪洋同志;感谢凤阳县实验中学校长、小岗学校终身名誉校长(原小岗学校校长)邱建闯同志;感谢工作中任胜东、闫宏伟、张贺贵、李志东、张明富、张振刚、吴纪光、刘广贺、刘闫明、李红敏、胡艳梅、王怀国、张静华、丁宝利、赵顺生、王凤霞、王立伟、韩欢欢、刘洪利等同志对我们驻村帮扶工作的大力支持;感谢天津市农村社会事业发展服务中心的林兆辉、刘庆辰、孙树莉、王健、刘强、李明等同志提供了力所能及的帮助。

在本书编写过程中,我还要特别感谢天津财经大学经济学院刘明明教授对本书框架的修改给予详细的指导;宝坻区黄庄镇貉子沽小学原校长赵中辉同志为我的文章提供了重要素材;感谢天津财经大学马克思主义学院高展教授;蓟州区档案馆三级调研员郭忠宝同志、中共玉田县委党史研究室郭福祥同志、唐山市丰南区地方志办公室郭百新同志、宝坻区大白庄高级中学陈兆军老师在本书编写过程中提供了一些相关资料和建议;感谢在本书校对工作中提供帮助与修改意见的中国气象局气象干部培训学院(中共中国气象局党校)严鼎程同志,天津人民出版社王康、孙瑛、张校博等同志;天津财经大学于航、苏晓亚、刘晓霞、蔡炟婧、崔馨月、韩百祥、蔡骐安、王梓涵、赵依冉等同学做了一些文字修订的工作。最后,好友李藤生、徐德明、郝庆合、刘凤云等提出了许多宝贵的修改意见,在此表示衷心的感谢!感谢所有为此书顺利出版曾经帮助过我的人。

怀念对驻村帮扶工作给予大力支持的天津财经大学金融学院张湧泉教授!

再一次衷心感谢你们!

作者谨识2023年10月于天津财经大学